人民共和國文化與文學叢書

三 編

李 怡 主編

第 11 冊

枯萎的語言之花
—— 1949 至 1965 年中國大陸的文學（下）

張 檸 著

花木蘭文化出版社

國家圖書館出版品預行編目資料

枯萎的語言之花——1949 至 1965 年中國大陸的文學（下）／
張檸 著 — 初版 — 新北市：花木蘭文化出版社，2016〔民 105〕
目 2+170 面；19×26 公分
（人民共和國文化與文學叢書 三編：第 11 冊）
ISBN 978-986-404-658-4（精裝）
1. 中國當代文學 2. 文學評論
820.8   105012612

特邀編委（以姓氏筆畫為序）：

吳義勤　孟繁華　張　檸
張志忠　張清華　陳思和
陳曉明　程光煒　劉福春
（臺灣）宋如珊
（日本）岩佐昌暲
（新西蘭）王一燕
（澳大利亞）鄭　怡

ISBN-978-986-404-658-4

9 789864 046584

人民共和國文化與文學叢書
三　編　第十一冊　　　　　　　ISBN：978-986-404-658-4

枯萎的語言之花
—— 1949 至 1965 年中國大陸的文學（下）

作　　者　張檸
主　　編　李怡
企　　劃　北京師範大學民國歷史文化與文學研究中心
　　　　　四川大學現代中國文化與文學研究中心
總 編 輯　杜潔祥
副總編輯　楊嘉樂
編　　輯　許郁翎、王　筑　美術編輯　陳逸婷
印　　刷　普羅文化出版廣告事業
出　　版　花木蘭文化出版社
社　　長　高小娟
聯絡地址　235 新北市中和區中安街七二號十三樓
　　　　　電話：02-2923-1455／傳真：02-2923-1452
網　　址　http://www.huamulan.tw 信箱 hml810518@gmail.com
初　　版　2016 年 9 月
全書字數　277610 字
定　　價　三編 20 冊（精裝）台幣 36,000 元

枯萎的語言之花

—— 1949 至 1965 年中國大陸的文學（下）

張檸 著

第八章　一種特殊文體的發生

通過前面 7 章的描述，我們大致可以瞭解前 17 年文學界思潮、運動、管理的基本狀況。這種狀況下產生的文學文本的特殊性便順理成章。在接下來的章節中，我們將要討論文學文本的文體特點，以及不同的文體的「發生學」問題。我將詩歌分為**領袖頌歌體、政治頌歌體、個人抒情體**三種；將小說分為**邊緣敘事體、主流敘事體**；另外還專門討論一種特殊的文體：**公眾表態體**。其它如散文、紀實文學等，不作專門的討論。

一、群體表態的心理

表態，是群體文化的典型現象之一。個人與群眾的關係，是通過「表明態度」來判別的。它通過語言（各種形態的「語言」，包括表情、聲音和肢體語言等），改變或者維護群眾關係。在這裡，我們關注的是通過言說和書寫呈現出來的口頭語和書面語。我們先討論「群眾」這一概念及其心理特徵。

群眾的誕生。德國文學家卡內提說：當有人驚呼「著火了！」，「群眾」就誕生了。〔註1〕這當然是一個形象的說法。卡內提在他那本偉大的著作《群眾與權力》中，對群眾的誕生、分類、心理特徵進行了詳盡而又具有洞見的闡釋。

卡內提認為：「只有解放群眾才真正創造出群眾。解放是這樣一個時刻……所有屬於群眾的人都失去了他們的差別並感到自己是平等的人。這些差別是指特別由外在加諸人的差別，指等級、地位和財產的差別。作為單個

〔註1〕〔德〕埃利亞斯·卡內提：《群眾與權力》第 11 頁，馮文光等譯，北京，中央編譯出版社，2003。

的人總是意識到這些差別。這些差別使他們深受其苦，迫使他們在重負之下相互疏遠。……只有所有的人在一起才能把他們從他們的距離重壓下解放出來……在解放中，各種距離被拋棄，所有的人都感到是平等的。在這種密集中，人與人之間鮮有空隙，身體擠壓著身體……爲了這一幸福的時刻……人們聚成群眾。」〔註2〕

群眾誕生的第一個條件是「解放」，解放的第一個結果就是「平等」，解放的第二個結果是「失去差別」。這種失去差別的群眾，就像一團火、一陣風、一盤沙──既有邊界又沒有邊界，既緊密又散亂。在整體運動的時候它可以自由移動並保持嚴密的邊界；分離就意味著死亡，風、火、沙不是能分離的。只有「整體」的群眾才能完成「解放」任務。它的力量來自破壞性：「破壞那些具有某種代表意義的具體形象，就是破壞人們不再承認的等級制度。人們破壞……普遍建立起來的距離。……他們被推翻了，被打得粉碎。解放就以這種方式完成了。……通常的破壞，無非是對一切界限的攻擊。窗戶和門是房子的一部分，它是房子與外界接觸的邊界地方最脆弱的部位。如果門和窗戶被打破，房子就失去了它的個性。這時，任何人都可以隨心所欲地進入房子。……人們相信，住在這些房子裏的人通常是一些力圖把自己同群眾隔絕的人，他們是群眾的敵人。但現在呢，把他們分隔開來的東西已被摧毀，不再有什麼東西把他們和群眾分開。他們可以從房子裏出來，加入群眾，……瓦罐之所以激怒他，是因爲瓦罐只是界限；房子激怒他的是緊閉的大門。典禮儀式，保持距離的一切東西，都對他構成威脅，使他無法承受。他擔心人們到處都會試圖把群眾分散開，使他們回到這些準備好的容器中去。群眾仇視他們未來的監獄。」〔註3〕

群眾有不斷繁衍、增長的需求，廣泛吸納新的衝破界限的成員，顯示出高度的「開放性」。這種開放性仇視一切阻礙增長和繁衍的、反動的限制力量。同時，它又敏銳地覺察到了一種分離和瓦解的威脅，於是就產生了高度的「封閉性」。這種「封閉性」針對的是來自外部和內部的各種誘惑，特別是群眾內部可能產生的個人欲望（吃、喝、玩、樂等），不整齊劃一的動作和思維（躲著談戀愛，玩些生活小請調，說話措辭與眾不同等）。因爲對群眾而言的非道德欲望和習性，會消解戰鬥力，從而可能使群眾分崩離析。這種左右爲難的

〔註2〕 同上書，第3～4頁。

〔註3〕 〔德〕埃利亞斯‧卡內提：《群眾與權力》第5頁，馮文光等譯，北京，中央編譯出版社，2003。

處境產生「雙重的群眾」：既開放又封閉；既整齊劃一又變化不定；既溫柔又暴烈；既緊密又分散。解決內外脅迫這一困境的最好辦法，就是培養一種「重複性人格」。只有重複性人格才能既滿足繁衍和增長的需求，同時又能夠防止內部的分裂。或者形成一種人格結晶，透明而又緊密地結構在一起。相反，變化莫測的具有個人性的人格是不合時宜的。

群眾的特性。卡內提總結出群眾的四種特性：1、群眾要求永遠增長。封閉性的要求並不能阻止它的繁衍。2、在群眾內部平等占統治地位。否則就不會誕生群眾，成為群眾就是要滿足一種體驗絕對平等的願望。3、群眾喜好緊密地結合在一起。群眾從來也不會感到擁擠，解放和緊密兩種感覺經常重疊。4、群眾需要嚮導。為了防止群眾瓦解，一個統一的嚮導必不可少，因為這個嚮導既在個人之外，又為每一個體所共有。〔註4〕這種嚮導就是領袖人物。

群眾集團的演化。集團是群眾的結晶體。群眾是集團晶體的鬆散化形式。集團更古老，群眾更現代。當然，現代社會也有一些群眾晶體（如宗派小集團、黨派小集團）。卡內提將群眾集團的歷史演化分為四個階段和四種類型。1、狩獵集團。這是一種最古老的群眾，他們唯一的目的就是集中力量把獵物殺死，然後一起把它吃掉。2、戰爭集團。兩個狩獵集團相遇，就產生了戰爭集團。必須補充的是，這兩個集團極其相似，都想對另一個集團做自己要做的事情，且決不放棄。3、哀慟集團。對戰爭中即將死去的群體成員的哀慟。群眾眼看著一個緊密結合在一起的軀體無可奈何地就要分離而產生的激動情緒。其情緒根源是一種集團性的群體激動，表現形態為緊緊抱住瀕死的身體，然後號哭，最後是迅速離開。我認為哀慟集團是戰爭集團的一種附加形式，似乎不應該成為並列關係。4、繁衍集團。這或許正式戰爭和哀慟的結果，是一種變成更多的願望。繁衍集團是現代群眾的基本前提。〔註5〕

卡內提還分析了繁衍集團與無產階級的關係：無產階級和生產之間的關係是嚴密的、獨一無二的，「作為繁衍集團基礎的古老觀念又以特別純粹的形式再現出來了。無產者繁衍得比較快，他們得人數增多有兩種途徑。一種途徑是他們比別人有更多的孩子，僅僅由於他們的子孫，無產者就成為群眾性

〔註4〕同上書，第12～13頁。每一分類的命名是卡內提的，解釋文字為本書著者從複雜的文字中總結而來的。以下注釋相同。

〔註5〕同上書，第63～73頁。

的了。無產者人數增多還有另一個途徑：越來越多的人從農村彙集到生產中心。……正是增長的雙重含義，是原始繁衍集團的特徵。人們彙集在一起舉行慶典和儀式……上演預示他們會多子多孫的節目。……人們從未考慮到，無產階級的人數應該少一些，因為他們的情況很糟糕。……人們認為無產階級和生產應該一起增長。這完全是原始繁衍集團的活動中表現出來的那種不可分割的聯繫。」〔註6〕

群眾的儀式。最典型的儀式就是吃，是共享，一起進餐，把戰利品吃掉。「共餐是一種特殊的繁衍儀式。在這種特殊的儀式上，每一個參與者都分到一塊被殺死的動物的肉；人們一起吃他們共同捕獲的獵物。這個動物被分解成一塊一塊，被整個集團吃掉；這個動物的軀體一部分一部分進入所有集團成員的口中。他們抓住它，撕咬、吞食。所有吃肉的人通過這一隻動物而結合在一起了。」〔註7〕通過大家聚在一起吃同一獵物，個人結合或者繁衍為群眾。這種原始集團的共享儀式在現代社會可以轉化為各種其它形式。比如，教堂的禮拜儀式也是一種共享儀式，眾多的信徒聚集在一起「共餐」，分享上帝的「聖餐」，目的在於將零散的個人聯結在一起，也就是繁衍教徒和繁衍信仰。再比如，現代社會超級市場的消費儀式，消費者在一起共享商品的「榮耀」，目的在於繁衍消費者群體，商品彷彿是進入腸胃的獵物一樣將人們糾集在一起。

還有一種更為特殊的「共餐儀式」，就是群眾大會，比如批判大會（或者大家一起在報刊上發表批判文章），也是大家聚集在一起分享獵物（批判對象：共同的敵人）。所有的人都用語言殺死同一個對象，這就相當於每一個人都在將獵物撕碎成一塊塊而吞進肚子裏。這個被吃的獵物的殘片，就把所有「共餐」的人結合在一起了。要想和群眾融為一體而不被拋棄，必須參與這種特殊的共餐儀式。即使你覺得它的味道並不美妙，為了成為群眾的一部分，你也必須要津津有味地撕咬、吞食。

我們花費了不少篇幅來分析群眾心理，並試圖探索一種更為複雜的「表態文化」的群眾心理根源。卡內提的《群眾與權力》如此豐富複雜，完全不只是可以用於解釋表態文化，還可以用於解釋更多更複雜的文化現象。

表態運動。表態，是一種融入群眾的特殊言論形式，是群體文化的一種

〔註6〕〔德〕埃利亞斯‧卡內提：《群眾與權力》第 136 頁，馮文光等譯，北京，中央編譯出版社，2003。

〔註7〕同上書，第 77 頁。

內在要求。對於個體而言，是一種安全措施。目的在於大家一起將另一些個體吃掉，而不至於讓自己變成晚餐。大家一起吃同一個「獵物」，是大家團結的標誌，因為同一個「獵物」進入了大家的腸胃。只不過這裡的工具不是牙齒，而是語言。正如郭小川在詩歌中所說的：「要發射一排語言的子彈，思想製造的語言同金屬製造的子彈一樣貴重，每一顆都應當命中反黨分子的心肝」。〔註8〕

一個現代健全的、多元的社會，是由一個個具有獨立性的個體構成的。在這個社會裏，面對群體性事件，一個人既可以表態，也可以沉默，人同時有言論的自由和沉默的自由。在一個存在安全隱患的社會裏，或者說在一個帶有原始群體文化遺存的集體中，表態，就是個體融進集體的一種最簡便的方式，表示你跟大夥兒還在一起，並願意在一起，沒有彼此拋棄。只要選擇合適的時機和方式表態，一般來說都很安全。沉默就不一樣了，它會產生很多後果，比如「孤獨」，這已經是沉默的最好結局了。在特定的年代，沉默還能產生很壞的結局，那就是給自己帶來不測。因為「沉默」作為一種權力形式，作為一種保密的形式，並不是隨便一個人就可以使用的，隨便使用就是僭越。因此，表態（當眾大聲說出來）就顯得至關重要。如果你堅持不發出聲音，那麼群眾會在你的其它聲音（書信、文章等）發現你的聲音，那時候你就完了。

近半個世紀以來，中國人對「表態運動」非常熟悉。從延安整風開始，到50年代的反右鬥爭、60年代的整風和社教、「文革」期間的批判和「站隊」，中國人一次又一次地表態，表明自己是群眾而不是「個人」。開始當然是迫於壓力，表態者還感到有點困難、猶豫、自責，到後來漸漸自動化了，一有風吹草動，他們就爭先恐後地自動表態，形成了一種獨特的「表態文化」。從上到下，從機關、工廠到學校，每周半天的政治學習，無事就讀報，有事就表態。還有一種偷偷摸摸的表態，那就是趁黑到領導那兒去打小報告。

當時的「表態」其實很簡單，因為「調子」已經定好了（通過重要報刊的「社論」），你只要舉手就行，用不著承擔責任，更用不著動腦子去思考，不管是「指鹿為馬」還是「黑白顛倒」，你都必須「贊成」或「反對」，「沒有沉默的自由」。後面這個短語出自胡適。50年代全國上下掀起了一場「批判胡適資產階級唯心論」的思想圍剿運動。胡適的兒子胡思杜作為當時華北

〔註8〕 見第10章第3節注66。

革命大學培訓班的學員，參與這次全國性的表態運動。1950 年 9 月 22 日，香港《大公報》「發表」了署名文章《對我的父親——胡適的批判》，稱胡適在沒有回到人民懷抱之前，「就是人民的敵人，因此也是我自己的敵人」，並宣佈與胡適劃清「敵我界線」。其實，背地裏他們並沒有劃清界線，在給母親的信中勸「爸爸要少見客，多注重身體」。由於父子之情，胡適理解兒子的處境，知道他「沒有沉默的自由」。但胡適並沒有原諒當時眾多不敢選擇沉默而表態的知識分子（比如沈尹默、朱光潛、周谷城、陳垣等人）。〔註 9〕

在一種個人不可控制的力量操縱下，「表態運動」的目的在於造成一個眾口一詞、人多勢眾的局面，以達到增加打擊力度的效果。那一張張表態的嘴巴，只是一個與腦子、思考、理性相分離的器官，與思想和情感沒有關係，也就是卡內提所說的「重複性人格」的語言表徵。它的背後是高壓權力在起作用。積極表態，就表明你站在了人民群眾一邊，不表態就是與人民群眾為敵。只要暫時中止腦子的思維功能，將兩片嘴唇按照公眾的統一模式動一動，你就安全了，否則就有可能大難臨頭。

所謂「表態運動」，就是通過直接的或間接的、硬的或軟的、壓迫的或誘惑的等各種手段，解除個人沉默的權力和自由。任何表態運動，不管是過去的「舊表態」還是今天的「新表態」，都有一些共同特點。首先，它們都是由一種個人無法控制的力量在支配，支配舊表態運動的是傳統的政治權力，支配新表態運動的是大眾媒體的權力。第二，它們都對孤獨的個體構成壓力。舊表態運動的壓力是直接針對人身安全，新表態運動的壓力是讓獨立的個體產生被公眾拋棄的感覺。第三，無論在新舊兩種表態運動中，個人意見都無足輕重，舊表態運動體現的是一種完全操縱了權力的集團意志，新表態運動體現的是一個媒體市場操縱下的抽象數據。第四，它們都缺少真正商談的過程，都有不容分說的特點，它不能保護少數人的安全，或者不能尊重少數人的意見，而是追求一種風暴式的群體效果，從而強化權力。

表態文體的分類。 幾十年來長期不斷的表態運動，形成了一種獨特的表態文體。根據這種文體的功能、心理特徵和語言風格，大致可以分為三種基本類型。第一，懺悔型表態體。其表現形態就是「懺悔請罪」，將自己過去的「罪」與新時代的「功」進行對比，然後表明思想改造的態度和決心。第二，攻擊型表態體。就是往死裏批，語言變成一把把刀子直插敵人心臟。這種文

〔註 9〕《胡適日記全編》第 8 卷，第 59～62 頁，合肥，安徽教育出版社，2003。

體有兩種情形，一種情形是，某一對象已經被確定爲集體「共餐儀式」的食品，你只要跟著表態，跟著吃，也就是「落井下石」就行，前提是你自己不想變成食物。還有一種情形是，你獨自一人捕獲的獵物，然後奉獻給集體「共餐儀式」讓大家分享。第三，逃避型表態體。如果說第一種表態體在懺悔請罪的同時，還有最後一點個體人格的邊界；第二種表態體在批判的同時也有一些反批判，甚至會沉默。第三種表態體就是一種徹底的放棄，也就是一種不願意參與廝殺而放棄掙扎的「語言自殺」。這種文體的特點是，一出來就自己宣判自己的死刑，也就是通過上綱上線的方式，把自己變成「敵人」和主動願意成爲「被吃」的獵物，把自己變成「語言上的死人」，以便群眾順利「進餐」。這三種類型的表態體，也有其歷史演變的規律，大致上就是按照順序從第一種到第三種發展。

二、懺悔型表態文體

懺悔型表態文體，主要出現在 1949～1951 這幾年。北平解放之後，拿槍的敵人已經被消滅。一個新的群眾集團形成了。整座城市沉浸在一片慶典、歡呼、共享、共餐的狂歡儀式之中。但也有少數人並沒有眞正進入這個群眾集團的狂歡節日，而是寂寞地置身於這個龐大集團的邊緣地帶。他們或者是因爲遭到「群眾」的懷疑而向未取得資格（獲取資格就需要表態）；或者是個人「道理上想通了，但情感上沒有通」（《人民日報》曾經就這個問題發表多篇文章展開了討論〔註 10〕）而猶豫不決。在這些暫時還沒有加入群眾集團的人中，中華民國時期就已經是高級知識分子那個群體最有代表性。他們的表態文章也最有代表性。

較早表態的是北京大學中文系教授，古文字學家唐蘭。1949 年 8 月 26 日，唐蘭在《人民日報》發表題爲《我的參加黨訓班》的表態文章。文章首先反覆強調，早在 20 多年前自己就對共產主義理論發生了興趣，就相信共產主義將來一定會得勝利。接著指出自己的缺點：「在現實的環境裏，我沒有勇氣去接受。由於過去的一知半解，常常懷疑到馬克思主義也許還有缺點，例如：到了共產主義社會，怎麼就是最完善的社會，而不會有正反合的反面呢？……這種幼稚的想法……」。通過黨訓班學習，學習了毛澤東的《新

〔註10〕參見《人民日報》1949 年 10 月 12 日文章《理論上承認了，情感上接受不了》，10 月 28 日文章《試論理智與情感的矛盾》。

民主主義論》和劉少奇的《論共產黨員的修養》之後，自己就開始轉變。「受了誠摯的批評，也自己發掘出了無數的缺點」，最後表態說，今後有這樣的機會還要來學習，真心真意為人民服務。

文章分三層意思，一是回顧過去的思想經歷，並否定它。二是一邊學習一邊檢討自己錯誤和缺點，闡明轉變經過。三是表明態度。文章寫得比較粗糙，思想和心理根源的挖掘不深。但有它的特點：首先是表態比較早（因此真誠與否變得不大引人注目了），其次是包含了這種懺悔文體的「三段論」的基本結構：**否定舊我──披露心跡──重塑新我**。在否定的時候主要是把自己幼稚化，變成小學生，然後闡明學習改造的必要性。在披露心跡的時候，既要寫心靈的掙扎，還要寫在群眾的教育下心靈得到洗滌的過程。最後表態說，對自己能夠改造好很有信心。

類似的表態文章還有古人類學家裴文中的《我學習了什麼？》，刊於 1949 年 10 月 11 日《人民日報》。裴文中的文章結構與唐蘭的文章類似，也是全面否定過去的學術思想，決心按照唯物主義觀點改造思想，融入新的群體。但文章寫得更細緻，語調更誠懇，特別是增加了一堆自我貶低的詞彙：「典型的小資產階級人物」「糊裏糊塗」「睡眼朦朧」「思想太偏，學習才漸漸明白」等，把自己變成「學生」。他還交代了自己的「活思想」──自己如果急著「表態」，害怕身邊一批「落後的朋友」說自己「投機」，「抬轎子」。

朱光潛的文章《自我檢討》發表在 1949 年 11 月 27 日的《人民日報》。表態功能自然是主要的，表明自己贊成共產黨的道路。對自己的批評則比較謹慎：「從對於共產黨的新瞭解來檢討我自己，我的基本的毛病倒不在我過去是一個國民黨員，而在我的過去教育把我養成一個個人**自由主義者**，一個脫離現實的見解褊狹而**意志不堅定**的知識分子。我願意繼續努力學習，努力糾正我的毛病，努力趕上時代與群眾，使我在新社會中不至成為一個完全無用的人。我的性格中也有一些優點，勤奮，虛心，遇事不悲觀，這些優點也許可以做我的新生的萌芽。」在檢討自己的缺點時，認為自己是一位溫和的改良主義者，思想陳腐、溫和謹慎，沒有革命思想。

1949 年前後，表態文章寫得最多的是費孝通。發表在 1949 年 11 月 15 日《新華日報》的《我參加了北平各界代表會議》一文，[註11] 首先否定自己，把自己變成「小學生」：「開了 6 天會，對我說是上了 6 天課，這 6 天課裏學

〔註11〕《費孝通文集》第 6 卷，第 95～98 頁，北京，群言出版社，1999。

到的抵了過去 6 年，甚至 30 多年。30 多年來我所追求的夢想的，在這 6 天裏得到了。這是什麼呢？是民主。」接下來必須轉入個人心跡的曲折轉變，要有一些起伏，太直接了人家不信（既然你的轉變這麼快，從前幹什麼去了？）費孝通接下來說，自己知道共產黨拼命能拼命工作，有辦法，中國有希望。但對他們是否能夠實現民主持懷疑態度。經過 6 天會議 6 天教育才眞正相信新社會的新民主，一種人民民主與無產階級專政辯證結合的新民主。這時候他自己感到特別的慚愧。

費孝通的這篇表態文章，僅僅是在表態，並沒有徹底否定過去的舊我。1950 年 1 月 3 日的《人民日報》又發表了費孝通的「表態」文章，在這篇文章裏，他開始批判自己了：「一套想法歸根是在對人民的力量沒有信心。沒有這個信心，必然會縮手縮腳，自甘落後了。……知識分子的缺乏信心，其實只是反映出中國資產階級的懦弱無能罷了。經過百年來革命鬥爭鍛鍊的人們並不是這樣的。依靠了這一片黃土，終於把具有飛機大炮的敵人趕走，這只是深厚潛伏著的力量的一個考驗，就是這個力量同樣會把中國建設成爲一個在現代世界中先進的國家。當我看到和接觸到這個力量時，我怎能不低頭呢？」開始是「小資產階級不肯低頭」，後來挨了批評又覺得「自己百無是處」「經過一番鬥爭，心定了一些，改造罷。可是知識分子畢竟還是知識分子。傳統知識分子是唯心而且不是辯證的。他們在這個轉變關頭，總是不太肯從歷史發展觀點來看問題，對於自己的改造也是如此。百無是處的悔恨心理，恨不得把過去歷史用粉刷在黑板上擦得乾乾淨淨，然後重新一筆一筆寫過一道。」這篇文章和前面一篇加在一起，基本上符合了表態文章的「三段論」結構了。但還是有人不滿意，認爲只是寫了轉變過程，沒有寫爲什麼轉變，是什麼東西使得你轉變，也就是舊知識分子轉變的必然性。

於是，一個月後的 2 月 2 日，費孝通再一次在《人民日報》發表表態文章《解放以後》，文章說：「主要是共產黨的作風感化了人。共產黨是有主張的，而且所主張的和我在解放前的主張是有距離的。我經過了長期學習之後，才認識到這一點。共產黨是以整個人類歷史爲出發點的，是全盤的；繼往開來，從整個社會的發展來看問題的，是整體的；因爲是全盤的和整體的所以能包括局部，指出片面的錯誤，因而說得服人的。所謂『服』必須是『悅』的，悅就是發現了眞理的高興。沒有這一點就變了力屈。力屈就不甘心。……在無產階級領導下，他們是可以改造的，也就是說可以說得服的。新政協的

成就，在我看來，就是使所有革命的人民都悅服於一個共同綱領。」

費孝通的多篇文章合在一起，才符合了表態體文章的「三段論」要求，才能夠成爲眞正的「保護型表態體」，才能夠獲得進入群眾集團的通行證。因此，不要以爲這種文章是好寫的。

當然，還有一個問題，上面所舉的例子，都是學者的例子。學者的文章要死板一點，心思也不夠活絡，更重要的是，他們的文章「懺悔」成分還不夠，乾巴巴幾條，顯示不出眞誠懺悔的一面。作家就不一樣了，他們能夠將「三段論」融進整個懺悔之中，渾然一體，給人一種眞誠的感覺，還能夠感化更多的讀者。較早寫表態體文章的是戲劇作家曹禺。他在《文藝報》1950年第 3 卷第 1 期發表了《我對今後創作的初步認識》一文，把他從前的創作《雷雨》和《日出》等說得一無是處，幾乎是全盤否定。更重要的是，文章中是眞正的懺悔，懺悔以前的創作中的錯誤及其思想根源，懺悔自己在思想轉變過程中的小資產階級的軟弱性。將「三段論」的邏輯融進了懺悔文體之中，才稱得上是「懺悔型表態體」的標本：

> 我寫過幾本戲，常有人在演，自己覺得內容大致是「進步」的。便放了心，以爲盡了責任，就很少用心去檢查這些作品對於群眾發生的影響，哪些是好的，哪些是壞的。這些作品的讀者和觀眾是些什麼人呢？他們大約是店員、職員、學生、城市中的小資產階級知識分子和市民吧？我不曾嚴肅地想過。我只是辛辛苦苦地寫，只是憑我個人的是非之感，在我熟習的狹小圈子裏，挑選人物，構成故事，運用一些戲劇技巧來表達我的模糊而大有問題的思想。我曾經用心檢查過自己的思想麼？發現個人的思想對群眾有害的時候，**我是否立刻決心改正，毫不詢私，在群眾面前承認錯誤，誠誠懇懇做一個眞爲人民利益寫作的作家呢？不，我沒有這樣做**。現在，我看出我很含糊，在沉默之間把嚴重的過失輕輕放過。雖然我不肯用動聽的言辭爲自己護短，可是過去每當讀到了正確的、充滿了善意的批評之後，**我無話可說，我沉默**，說明批評是對的，我很信服；但是我還是我，我沒有拿出勇氣改正創作的道路，**沉默有時是躲避眞理的方法**。我彷彿有一個自命「進步」的盾牌，時常自以爲很能接受批評，而實際上覺得錯誤不大，慢慢地改吧。
>
> 我的作品對群眾有好影響麼？眞能引起若干進步的作用麼？

這是不盡然的。《雷雨》據說有些反封建的作用，老實講，當時我對反封建的意義實在不甚瞭解；我以個人的好惡，主觀的臆斷，對現實下注解，做解釋的工作。這充分顯出作者的無知和粗心，不懂得向群眾負責是如何重要。沒有歷史唯物論的基礎，不明了祖國的革命動力，不分析社會的階級性質，而貿然以所謂的「正義感」當作自己的思想的支柱，這自然是**非常幼稚，非常荒謬**。但一個作家的錯誤看法，為害之甚並不限於自己，而是會擴大蔓衍到看過這個戲的千百次演出的觀眾。最可痛心的就在此。

我對於舊社會的罪惡是深惡痛疾的。愛憎之心雖然強烈，卻從不能客觀地分析社會的現象，把罪惡的根源追究個明白，我不慣於在思想上做工夫，我寫戲很用心，而追求思想的意義就不懇切。我時常自足於「大致不差」的道理，譬如在反動統治下，社會是黑暗的，我要狠狠地暴露它；人是不該剝削人的，我就惡惡地咒罵一頓。其實，這些「大致不差」的道理在實際寫作中時常被我歪曲，有時還引出很差的道理。我用一切「大致不差」的道理蒙蔽了自己，今日看來，客觀效果上也蒙蔽了讀者和觀眾。……

一個作家若是與實際鬥爭脫了節，那麼，不管他怎樣自命進步，努力寫作，他一定寫不出生活的真實，也自然不能對人民有大的貢獻；同樣，一個作家如若不先認識中國革命的歷史，不能用正確的眼光分析生活，不能從自己的思想掘出病根，加以改造，他的思想只能停留在狹小的天地中，永遠見不到中國社會的真實，也就無從表現生活的真理，便終身寫不出一部對人民真正的有益的作品。

我是一個**小資產階級出身**的知識分子，「階級」這兩個字的涵義直到最近才稍稍明瞭。原來「是非之心」，「正義感」種種觀念，常因出身不同而大有差異。你若想做一個人民的作家，你就要遵從人民心目中的是非。你若以小資產階級的是非觀點寫作，你就未必能表現人民心目中的是非，**人民便會鄙棄你、冷淡你**。思想有階級性，感情也有階級性。若以小資產階級的情感來寫工農兵，其結果，必定不倫不類，你便成了掛羊頭賣狗肉的作家。……作為一個作家，只有通過創作思想上的檢查才能開始進步，而多將自己的作品在文藝為工農兵的方向的 X 光線中照一照，才可以使我逐漸明瞭我的**創**

作思想上的瘡膿是從什麼地方潰發的。

挖瘡割肉是痛苦的。一個作家對於自己的產物時常免不了珍惜愛護，就怕開刀。這是什麼作家呢？這是小資產階級的作家……。一個決心為人民服務的無產階級作家絕不如此。他的思想情緒和工農兵的思想情緒打成一片。他考慮寫作怎樣從人民生活出發，怎樣使自己的作品成為教育人民的工具，怎樣提高自己的思想與藝術，為著使人民的思想情感提高一步，鼓勵人民更好地勞動生產，要使人民的生活一天比一天美好。小資產階級作家便不如此，他在口頭上，很容易說工農兵的利益比小資產階級的思想意識更重要，但一到實際行動，便不期然有所偏愛，有所顧慮。我這樣講，並非說我已克服了缺點，儼然是一個完全改造過來的人。不，差得很遠。只就檢查自己的作品一點看，我感到我在許多地方依舊姑息養好，還有，由於思想水平低，有了毛病，也看不出來。有一陣曾經這樣泛泛地講，我的作品無一是處，簡直要不得。……表面看來，這很坦白，很謙虛，實際上，是小資產階級情緒的流露，這裡有一半是不服軟……有一半是馬馬虎虎，不肯認真檢查，學習掌握思想的利器，在自己的作品上開刀。

這一年來，我有許多機會和一些年輕的，年長的，對人民文藝有成績的作家和批評家們在一道。他們使我認清創作的道路，也教給我一些創作的方法，那就是學習馬列主義，實踐馬列主義，向工農兵學習，深入到他們的生活中間去。他們是毛主席的好學生，給我印象最深的是他們對人民的利益認真負責的態度。

毛主席說：「中國的革命的文學家藝術家，有出息的文學家藝術家，必須到群眾中去，必須長期地無條件地全心全意地到工農兵群眾中去，到火熱的鬥爭中去，到唯一的辰廣大最豐富的源泉中去，觀察、體驗、研究、分析一切人，一切階級，一切群眾，一切生動的生活形式和鬥爭形式，一切文學和藝術的原始材料，然後才有可能進入創作過程。」

每當讀到這一段話，就念起以往走的那段長長的彎路，就不覺熱淚盈眶，又是興奮，又是感激。我真能做這樣一個好學生麼？無論如何，現在該學習走第一步了。

我很快樂，在四十之後，看見了正路，為著這條正路，我還能

改正自己。因為，我知道，一個作家只有踏上了這條正路，才開始
有一點用處。(著重號為引者所加)

三、攻擊型表態文體

通過懺悔文章表態，決心放棄舊我，重塑新我，這樣就不再是「個人」
了，他獲得了進入新的群眾集團的通行證。於是，群眾得到繁衍，集團得以
壯大。這符合「群眾」的特徵。不過，「繁衍集團」隨時有可能轉化為「戰爭
集團」。作為群眾的一員，參與新的集團的戰鬥，就是理所當然的義務。戰鬥
要消滅的對象，是集團共同的敵人。這種敵人有幾類，一類是外來的敵人，
這種敵人是新的群眾集團一直試圖消滅的對象，因此，戰鬥形式是「持久戰」，
可以集中精力打殲滅戰，也可以分散打游擊戰，沒有固定的要求。這類敵人
是「美帝國主義」、「現代修正主義」、「資產階級和小資產階級個人主義」等
等。還有一類是內部的，也就是集團內部成員身上那些有可能變成外部敵人
的苗頭。這種敵人比較危險，因為它是隱蔽的，要發現。發現的方式有二，
一是群眾發現(檢舉揭發)，一種是群眾的嚮導的發現(定性)。無論如何，
一旦發現了新的敵人，一種「攻擊型表態文體」就誕生了。

這種「攻擊型表態體」主要集中在 1952～1957 年。圍繞著知識分子思
想改造運動，幾年間出現了諸多由「群眾嚮導」發起的大事，也就是出現了
很多值得群眾群起而攻之，並可以一起舉行語言「共餐儀式」的大事。所攻
擊的對象，主要是那些還沒有懺悔的人，以及沒有從內心深處真正懺悔的
人。他們表態不及時、不深刻，錯失良機，以至於被群眾和「群眾嚮導」從
集團中剔除出來了，成為群眾的敵人。這時候，作為「繁衍集團」的群眾就
轉化為「戰爭集團」了，他們要齊心協力殺死共同的敵人。「戰場」是不允
許有逃兵的，必須全體動員，不怕犧牲向前衝。你的攻擊性文章，就是你的
表態。

下面將舉一些「攻擊型表態體」的例子〔註12〕，可以看出這種文體的基
本程序：

〔註12〕例子的選擇沒有什麼特別的含義，我也可以選擇其它的例子，比如 1955 年 5
月 18 日的《人民日報》就發表了 23 篇表態體的文章，因此，選擇什麼文章，
有一定的隨機性，主要目的是瞭解當時群眾批判運動中的這一類集體文體風
格。這種文體的形成有其複雜的社會歷史根源。我在這裡無意「冒犯」任何
人。

1、先表示一種集體性的驚詫和憤怒（情緒上的合一，是形成新的群眾的先決條件）──

病中很吃力地看了關於胡風反動集團的一批又一批的材料，也就是對這個集團猙獰面目的一層又一層的揭露，我真氣得頭腦欲裂，無論如何也不能平靜下來。……我苦於腦病，思想很難集中和多說話，但只要還有一口氣，我就要同大家一道聲討這種人類的渣滓、外國帝國主義和蔣介石匪幫殘餘勢力的別動隊、人民的可恥叛徒！〔註13〕

我是怎樣也無法繼續我的日常工作了，真是令人毛骨悚然！敵人在哪裏？敵人就在自己的眼面前，就在自己的隊伍中，就在左右，就在身邊，明槍容易躲，暗箭最難防！胡風原來是一個披著馬克思主義外衣，裝著革命的小資產階級知識分子，混在我們裏面，口稱「朋友」，實際包藏著那麼陰暗的、那麼仇視我們的、卑視我們的、恨不能把我們一腳踩死的惡毒的心情，進行著組織活動的陰謀野心家。〔註14〕

我很氣憤，在文學界裏面竟有這樣陰險毒辣的反革命組織，那個掛了「作家」招牌的反革命頭子胡風，竟敢這樣膽大妄為地進行陰謀活動。〔註15〕

在病床上，一天天讀到「人民日報」上發表的揭露胡風反黨、反人民、反革命集團的材料，以及各報各方面揭露和聲討胡風反革命集團陰謀活動的罪行，我一次次壓抑不住半年來和疾病做鬥爭的養病性子，我憤怒！〔註16〕

我在病床上看到報上發表的一批又一批揭露胡風的材料和文章，那個肚裏裝著一副黑心腸的假笑的嘴臉，如同就在眼前。〔註17〕

2、然後檢討自己以前的麻痺思想，指出敵人的危害性（提示自己沒有離開群眾）──

〔註13〕 蕭三：《「如果敵人不投降──消滅他」》，1955 年 6 月 17 日《人民日報》。
〔註14〕 丁玲：《敵人在哪裏》，1955 年 5 月 23 日《人民日報》。
〔註15〕 金近：《胡風是人民的公敵》，1955 年 5 月 26 日《人民日報》。
〔註16〕 于伶：《同胡風反革命集團鬥爭到底》，1955 年 6 月 5 日《人民日報》。
〔註17〕 柳青：《必須刨根》，1955 年 6 月 7 日《人民日報》。

　　胡風反革命的罪狀源源不斷地被揭發出來了。這樣頑強地在革命陣營內潛藏了二十多年的反革命分子，在沒有釀出更大的禍害之前得到揭發，對祖國的建設來說，應該是不幸中之幸。我們以前是太馬虎了，一直把胡風當成為友人，真可以說是和豺狼一道睡覺。今後是應該更加提高警惕了……我們的敵人是很狡猾的，決不能讓他們「鑽進肚皮」來做破壞工作。〔註18〕

　　鬥爭早已開始，我們必須徹底地打垮他整個集團，不讓他們有捲土重來的機會。我們要完全揭穿他們的假面目，剝去他們的偽裝，使這個集團的每一分子都從陰暗的角落裏站出來，放下「橡皮包著鋼絲的」鞭子和其它秘密武器，老老實實誠誠懇懇向黨和人民投降，從此改過自新，重新做人。這是他們唯一的向人民贖罪的路。〔註19〕

　　敵人——一切惡毒的陰謀詭計，其目的就是毀滅我們正在建設的新社會，破壞我們已經獲得的自由、幸福的生活，就是讓那吃人的萬惡舊勢力復辟，讓那罪惡的枷鎖再加在我們肩頭。……我們看到塗成黑色的美國飛機碎片，我們看到殺人不聞聲的暗殺手槍，我們看到美國特務親筆寫下的供狀，我們對背叛祖國的，不只一次宣佈了莊嚴的、正義的判詞，現在，我們徹底揭穿了胡風這種長期以來，一直在窺伺著，進行著破壞活動的反革命黑幫。不管你怎樣偽裝暗藏，不管你怎樣習詐險惡，六億人民的新中國是堅強的，誰企圖來破壞它、動搖它，其結果，是只有跌得稀爛，碰得粉碎的。〔註20〕

3、開始進攻（共餐儀式的主體部分就是一起吃同一個獵物）——

　　惡鬼的畫皮是容易迷惑人的。今天畫皮已經剝去了，難道誰還那麼愚蠢，要對惡鬼自始至終保持他的「忠貞」嗎？那是國法所不能容許的事。徹底醒悟過來，忠於人民祖國，不要忠於惡鬼胡風！〔註21〕

　　……像他那樣的髒臭的狗頭，拋擲一萬個，也打不碎我們的鋼

〔註18〕郭沫若：《請依法處理胡風》，1955 年 5 月 26 日《人民日報》。
〔註19〕巴金：《必須徹底打垮胡風反黨集團》，1955 年 5 月 26 日《人民日報》。
〔註20〕劉白羽：《人民的敵人必須嚴屬制裁》，1955 年 6 月 11 日《人民日報》。
〔註21〕郭沫若：《請依法處理胡風》，1955 年 5 月 26 日《人民日報》。

鐵般的革命的現實，但從他的口氣上，我們可以聽出他的反對革命的兇惡的狠心。他使人想起了「聊齋誌異」上的披著人皮的惡鬼。〔註22〕

胡風等人的娘家在什麼地方——原來他們是國民黨匪幫雙料「中」字號（「中統」和「中美合作所」）的走狗。被這兩個「中」字號殺害的中國人，要比有史以來的豺狼吃的人還多，而胡風等人這一小幫子走狗，正是這樣的狼種。他們不僅是狼種，而且似乎又當過狐狸的徒弟。他們不但會打悶棍、甩鞭子、投擲集束手榴彈、抓缺口，而且會假埋頭、空檢討、裝老實、賣積極、敷衍、裝死、布疑陣、拖時間；甚至像出刊物、開書店、學技術、教學生、做詩、編劇、赴朝慰問、寫英雄人物、讀馬克思列寧主義等等好事，一到他們手裏就都變成破壞革命的手段，真是萬惡皆備於他們矣。像胡風和幾隻喪盡人性的嫡親狼種走狗，人民對他們除了決不能饒恕；其餘已染狗風但狗性未全的人，只要不是甘願做狼狗的孤臣孽子、而願意徹底交代逆跡，一洗狗風，我們當允其重新做人。不過他們如敢再用假埋頭、空檢討、裝老實、裝死等狐狸伎倆，也是不行的。死不悔改的反革命分子如果要死，那麼這死就不能讓他們僅僅是「裝」一「裝」了。〔註23〕

胡風和他的小集團是一個反黨、反人民、反革命的組織，胡風一直就是一個跟我們勢不兩立的敵人，是隱匿在革命陣營裏的暗藏分子。我從來沒有見過像胡風這樣的惡人。這樣狠毒，這樣陰險，這樣奸詐，這樣鬼祟，這樣見不得陽光，人壞到了這樣的地步，真是「今古奇觀」！然而，他和他的小集團就在我們身邊陰謀活動了二十多年。到了今天，我們才看出來，這個魔鬼的心裏原來長期藏著這麼一大堆反黨、反人民、反革命的東西！〔註24〕

在作協黨組的擴大會議上，有人說：「丁玲和陳企霞是一條狐狸，一條狼。」他們互相勾結，抱著反黨情緒，鬼鬼祟祟。陳企霞到丁玲家裏都是等到丁玲的公務員出門學習的當口。我忽然想起，

〔註22〕周立波：《清洗胡風這個壞傢夥》，1955 年 5 月 26 日《人民日報》
〔註23〕趙樹理：《胡風集團哪裏逃》，1955 年 6 月 15 日《人民日報》。
〔註24〕曹禺：《胡風，你的主子是誰》》，1955 年 5 月 28 日《人民日報》。

胡風的妻子梅志曾經說過：「對公家人不能不存戒心。」想不到丁玲他們也有了同樣的心理。一個聞名世界的黨員作家，一旦她有了反黨情緒，背叛了黨，她便會墮落成象梅志那樣的陰險。……這個反黨集團一直提倡個人崇拜，互相吹捧，對黨和群眾都玩弄兩面派的手法，挑撥離間，拒絕黨的領導，這些人已成了一小撮鼠目寸光、失去了黨性的人。這群「作家」早已不是「靈魂的工程師」，而是「靈魂的蛀蟲」。〔註25〕

不管丁玲肯不肯徹底交代，丁、陳的反黨集團是一定會打垮的。在新中國的文藝界中不能允許有任何小集團存在。作為一個作家必須把個人的事業跟集體的事業、個人的命運跟集體的命運連在一起，離開了黨和人民另找出路，不管是有著多大聲譽的作家，哪怕是丁玲罷，也會為人民唾棄，因為她已經自絕於人民了。〔註26〕

讀了蕭乾的文章，知道了蕭乾做的事情，我們感覺到，蕭乾就像那種偷偷在井水裏放毒的人。他要放毒，又怕被人抓到，處處先給自己留退路，裝好人。然而，這個放毒的罪人終於被人民抓住了，被我們看破了。〔註27〕

4、為「群眾」出一個好點子，以便迅速殺死敵人——

據說有一種九尾狐，因為有九條尾巴的緣故，才是狐狸中最狡猾的。今天這個九條尾巴的狐狸，似乎才露出一條。但，露出來總比不露出來好，而都露出來又比僅僅露出一條好。因為尾巴完全露出來的狐狸，大家才知道這是個真「狐狸精」，必須「打」。再則，狐狸知道自己在群眾面前是個狐狸，才開始打算，想轉變為人。〔註28〕

我們要求把他從文藝界清洗出去。並對其反革命罪行依法予之制裁。〔註29〕

〔註25〕曹禺：《靈魂的蛀蟲》，1957年8月15日《人民日報》。

〔註26〕巴金：《反黨反人民的個人野心家的路是絕對走不通的》，1957年8月31日《人民日報》。

〔註27〕曹禺：《斥洋奴政客蕭乾》，1957年8月23日《人民日報》。

〔註28〕曹禺：《誰是胡風的「敵、友、我」》，1955年5月18日《人民日報》。

〔註29〕周立波：《清洗胡風這個壞傢夥》，1955年5月26日《人民日報》。

要把他那最有毒性的箭頭打個盡碎，把胡風集團徹底打垮，把胡風從人民作家行列中踢出去，踢出去！〔註30〕

我完全贊成好些機構和朋友們的建議：撤銷胡風所擔任的一切公眾職務，把他作為反革命分子來依法處理。〔註31〕

胡風是反革命分子，他仇恨黨、仇恨人民和我們的革命事業已達到瘋狂程度，我們不能讓他保存「實力」，等待時機，捲土重來。我代表我們北京師範大學全體教職員工學生請有關當局對反革命分子胡風依法懲處，加以嚴屬的制裁。〔註32〕

四、逃避型表態文體

從「懺悔型表態體」向「攻擊型表態體」的轉變，是群眾運動的必然趨勢。而「逃避型表態體」的「語言自殺」傾向，是「攻擊型表態體」的一種結局。它表明群眾話語體系的建立，個人言談方式和思維習慣的消亡。「逃避型表態體」用一種近乎瘋癲的話語方式，向群眾表明個人語言系統的死亡。其基本模式是：1、將「懺悔體」和「攻擊體」合而為一，自己既是「懺悔者」，又是「攻擊者」。2、按照群眾的意願審判自己，首先是在語言上宣判自己的死刑，完全沒有自己的話語方式，而是把群眾的意願加諸自身，甚至比「群眾」還要「群眾」，用一句俗語，就是往自己身上「扣屎盆子」，群眾喜歡聽什麼就說什麼，目的就是盡快能夠使自己迅速逃離語言風暴的中心，逃避語言的殺戮。這種將「懺悔者」、「攻擊者」、「審判者」多重身份集於一身的語言行為，只能是一個瘋癲的文體。自我審判文風和瘋癲文風，是這種類型文體的兩種表現形式。

看看郭小川 1959 年 11 月的檢討：

資產階級右派分子的進攻，和我個人主義的世界觀發生了呼應，敵人的進攻就使我守不住陣腳，我原有的階級意識發生了動搖。首先是厭倦鬥爭，……另一方面，就是我的個人欲望更加發展了。……這時，我的思想上積累了越來越多的陰暗的東西。……就跟黨產生了離心傾向。……我的世界觀發展到了極為嚴重的地步，

〔註30〕馬拉沁夫：《徹底打垮胡風集團》，1955 年 5 月 31 日《人民日報》。
〔註31〕郭沫若：《請依法處理胡風》，1955 年 5 月 26 日《人民日報》。
〔註32〕陳垣：《我們絕對不能容忍》，1955 年 5 月 31 日《人民日報》。

甚至連犯錯誤都在所不惜，實在是離反黨只有三十六公里了。……
我如果這樣下去，無產階級忠心是會「死」的。〔註33〕

下面他開始結合自己的作品帶「帽子」：

詩歌《一個和八個》，這是我在思想上和行動上的一次反黨的
罪惡，無疑是隱藏在我思想深處的陰暗思想的總暴露，是我的資產
階級世界觀的總暴露，是當時修正主義思潮對我的影響的總暴露。
第一，我對肅反是有陰暗心理的，在延安搶救運動時，我因為幼稚、
糊塗，自己抓來一頂帽子。由此，我表面上是毫無怨言的，而且不
願暴露，可是，當有人和我談起這些事，我也覺得，當時雖是我糊
塗，但也是環境造成的，別人把我們搞糊塗了。……當別的同志和
我談起延安審乾和搶救運動，為了被審查而發牢騷時，我也往往表
示同情的態度，勸他們不要埋怨，自己人的事，錯了也沒有關係。
這種態度和勸說的前提，實際上是延安審幹搞錯了。……在理論上，
在口頭上，我當然是擁護肅反的，但在我內心深處，在感情上，還
是延安的老觀念，以為搞錯了一些「好人」，心中同情，卻不去想這
些人是什麼人，什麼階級，什麼具體情況，而一古腦兒把戴帽子的
錯誤全算到黨的賬上。這種陰暗的思想，在這首詩裏直接地起了作
用。這首詩，就是為那些被整肅過的人作辯護。第二，我的自我擴
張到了嚴重的地步。由於小資產階級的劣根性，我一直是散漫、缺
乏組織性紀律性的，戰爭時期好一點，解放以來，由於一帆風順，
便過高地估計自己，不能聽取批評，不能作黨的馴服工具，到了1956
年寫出一些作品受到某些喝彩之後，便更加驕傲自滿起來。如同在
這首詩中所表現出來的那樣，反黨分子王金就是我心目中的英雄，
也是我自己的寫照。這個人可以敵我不分，向敵人訴苦，對於黨的
審查，暴跳如雷，把個人看成「超人」，強調自己的所謂「人格力量」
和「主觀戰鬥精神」。從這裡，可以深刻地看到個人主義與各種最反
動的思想觀點的聯繫。由於個人主義的發展，便自動地投到尼采哲
學、胡風思想和甘地哲學的門下。第三，這時期，我對黨已經有了
更多的不滿，我要離開作家協會，拒絕黨所交付的政治任務，黨不
允許，我是不滿的，才會歌頌像王金這樣的反黨「英雄」，才把黨的

〔註33〕《郭小川全集》第12卷，第34～36頁，桂林，廣西師範大學出版社，2000。

幹部醜化，才忍心對我們的幹部進行惡毒的諷刺。第四，人性論的
觀點在這首詩中達到極點……〔註 34〕

此時郭小川還是清醒的。「文革」期間的檢討，風格完全不同。郭小川的
「檢討書」數量之多，單篇的篇幅之長，保存之完整，是罕見的。同時，他
此時的檢討，基本上是一種強迫性重複的語言，顛三倒四，幾近瘋癲，翻來
覆去重複講那幾件事情：「文藝黑線」，「同情丁玲陳企霞反黨集團」，「個人創
作壓倒了黨的工作」、「對肅反的意見」等等：

> 在我沒有檢查我的嚴重罪行的時候，我首先向我們偉大的領
> 袖毛主席請罪！向毛主席的親密戰友、我們的林副主席請罪！向毛
> 主席派來的親人——工人、解放軍毛澤東思想宣傳隊請罪，向革命
> 群眾請罪！……我深切感到，革命群眾的每一句話、每一個聲音、
> 每一個眼神，對我都有無限督促和鞭策的力量，我一定不辜負革命
> 群眾對我的挽救和教育，珍惜每一分鐘、每一秒鐘，用自己最大的
> 決心狠觸自己的靈魂，深挖自己犯罪的一切行為和思想，以便早日
> 開始我的第二次生命，真正回到毛主席的無產階級革命路線上來。
> 〔註 35〕

> 我檢查得不好，認識不深，覺悟不高，但是，我是從心裏願意
> 檢查的，是從心裏感到必須革自己的命的，對於群眾對我的革命大
> 批判，我真正是心服口服的。偉大的史無前例的無產階級文化大革
> 命，對於我這樣的人來說，也千真萬確「是完全必要的，是非常及
> 時的」。在偉大領袖毛主席的號令下，革命群眾正伸出千千萬萬隻
> 手，把我從劉少奇的反革命泥坑中拉回到毛主席的無產階級革命路
> 線上來，我真是無限感激。我確確實實是對毛主席犯了罪，對黨和
> 人民犯了罪，我要向毛主席請罪，向革命群眾請罪！同時，我也要
> 發出誓言：我要永遠革自己的命，革階級敵人的命，永遠跟著偉大
> 領袖毛主席在無產階級專政下繼續革命，重新革命。〔註 36〕

復旦大學歷史系教授王造時（1903～1971）1957 年的檢討：

> 我犯罪的根源之一是資產階級民主法治和費邊社會主義的反
> 動思想體系。……我犯罪的另一根源是個人政治野心和個人英雄主

〔註 34〕 《郭小川全集》第 12 卷，第 38～40 頁，廣西師範大學出版社，2000。
〔註 35〕 《郭小川全集》第 12 卷，第 160～161 頁，廣西師範大學出版社，2000。
〔註 36〕 《郭小川全集》第 12 卷，第 241～242 頁，廣西師範大學出版社，2000。

義，一貫地不靠攏黨。今後決心：……1.爭取半年內，粉碎自己的資產階級思想，基本上改變立場，跳出右派泥坑。2.爭取在二年內成為資產階級的中左派。3.爭取在三年內成為左派的知識分子。4.爭取在五年達到候補（共產）黨員的政治水平。〔註37〕

時任中央人民政府森林工業部部長的羅隆基（1898～1965）1957年的檢討：

> 我是中華人民共和國一個有了罪過的人，我最近有些言論和行為犯了反黨、反社會主義的罪過。今天，我站在這個莊嚴的講臺上是來向諸位代表低頭認罪，是求向全國人民低頭認罪。解放以後，黨和人民對我的照顧是優厚的。我擔負的是國家機關和人民團體中的相當高的而且相當重要的職位。站在這個崗位上，有了反黨反社會主義的言論和行為，我的惡劣影響就更大，我的罪過就更嚴重了。經過反右鬥爭後，感覺到了羞愧無以自容的地步，我今日幡然悔悟，願意以今日之我來同昨日之我作鬥爭，來檢舉我自己的罪過。（按，以下交代了五大罪狀）……我對不起毛主席，對不起領導黨，對不起民主同盟幾萬個同志，我對不起國家，對不起全國人民。我今天只有低頭認罪是不夠的。今天我的問題是幡然悔悟，決心改過自新，還是堅持錯誤，自絕於國家，自絕於人民。〔註38〕

最奇特的，是錯劃為右派的中國戲劇家協會劇作家杜高（1930～）的「窩窩頭檢討」。1960年大饑荒時期，在勞改農場勞改的杜高，在食堂見到本應屬於沈姓勞改犯的、但沈犯卻沒有來領取的兩支窩窩頭，想吃的念頭一閃而過，被告密後，勞改隊幹部召集了批判大會，事後寫下檢討：

> 我內心深處萌動了一個不純潔的念頭（想吃掉它），……為什麼在吃的問題上這麼經不起考驗？……能不能把這簡單地看成是想多吃一點東西的問題呢？不能的。在對待糧食問題上，現在尖銳地考驗著每一個人的立場。當全國人民都在自覺地減少自己的糧食定量來和天災帶來的困難進行鬥爭的時刻，當先進的人們以少吃一顆糧食為樂事，把節約一粒米看成自己隊國家和人民盡了自己的責

〔註37〕 葉永烈編：《王造時：我的當場答覆》第260頁，北京，中國青年出版社1999。

〔註38〕 謝泳編：《羅隆基：我的被捕經過與反感》第310～322頁，北京，中國青年出版社，1999。

任的時刻，而我卻產生了燙得別人的糧食的可恥念頭，居然在兩支窩窩頭面前表現了這樣大的動搖，……反人民的、個人主義的貪婪本性就顯示出來了。……有著資產階級個人主義思想的人，在接觸到與自己的利益有切身關係的事物時，總是會犧牲大多數人的整體利益來謀取個人利益的。從隊這兩個窩窩頭所產生的自私觀念中，我看到了自己的資產階級個人主義思想的濃厚和醜惡。有著自私的觀念的人，必然在糧食問題上是站在反集體、反人民的立場上的。……我看清了自己的真正思想品德是何等的底下，而剝削階級的剝削意識又是怎樣根深蒂固……讓它再發展一步，後果是不堪想像的。〔註39〕

　　所有這些「逃避型表態體」（我沒有用「檢討體」，因為「檢討體」的情況比較複雜，一般性的思想檢查，比如 50 年代初期，也是檢討），都是一上來就審判自己，目的是盡快「解脫」。為了保持最後的尊嚴（也就是「我要活下去」這一最後的生命之尊嚴），也就是保存肉身存在而不至於被消滅，他們選擇了放棄思想的尊嚴、語言的尊嚴，及時地在語言上宣佈自己的「死刑」。這就是「逃避型表態體」最後的防線。

〔註39〕 李輝編：《一紙蒼涼：杜高檔案原始文本》第 201～203 頁，北京，中國文聯出版社，2004。

第九章　昔日先鋒今何在

一、「寫什麼」和「如何寫」

　　建國初期，爲確立新的文學標本，周揚主持編輯了「中國人民文藝叢書」，收入作品 177 種。其中，戰爭題材的 101 種，農村題材的 41 種，工農業生產的 16 種，陝北土地革命歷史題材的 7 種，幹部作風的 12 種。在這些作品中，以趙樹理、丁玲、周立波、歐陽山、賀敬之、劉白羽、袁靜和孔厥、馬烽和西戎、阮章競、柳青、草明等人的爲代表。周揚說：「反映工業生產和工人階級的作品非常之少。……工人階級、農民階級和革命知識分子，是人民民主專政的領導力量和基礎力量，我們的作品必須著重地來反映這三個力量。解放區的知識分子，經過整風和長期實際工作的鍛鍊，在思想、感情、作風各個方面都有了根本的改變，他們已經相當地工農化了我們的作品應當反映他們的新的面貌。」〔註 1〕新的文學題材中，既不包括「工農兵」之外的普通市民，也沒有「已經相當地工農化的革命知識分子」之外的其它知識分子。

　　進城之後，文學創作中究竟能不能表現小資產階級的市民和知識分子呢？爭論首先在中國最現代化的、小資產階級知識分子最集中的城市上海出現。1949 年 8 月 22 日，《文匯報》在報導歡迎上海的文代會代表返滬的新聞裏，發表了陳白塵的講話要點：「文藝……應以工農兵爲主角，所謂『也可以寫小資產階級』，是指以工農兵爲主角的作品中可以有小資產階級的人物出

〔註 1〕 周揚：《新的人民的文藝》，見《中華全國文藝工作者代表大會紀念文集》，北京，新華書店，1950。

現。」8 月 27 日《文匯報》刊登了洗群的文章《關於「可不可以寫小資產階級」的問題》，認為站在無產階級的立場上，也可以寫小資產階級為主角的作品。8 月 31 日，陳白塵發表答辯文章，說他的原意是：「工農兵在社會上取得了主人公地位，在文學作品中，他們也應取得主角地位」；「在一般作品裏，城市小市民、知識分子也可以出現，但主角應該是工農兵，而不是小資產階級」。那些只是關心「可不可以寫知識分子和小資產階級」這個問題，而不關心「如何與工農兵相結合」的人「顯然潛伏著避重就輕、投機取巧的隱衷。」署名左明的文章厲聲說：「這一問題之所以被很多作者們關心而終於正式提出，我認為是有其階級的思想意識的根源的……正說明了他們還沒有能夠擺脫小資產階級知識分子的思想意識的支配，不自覺的做了舊思想的俘虜。」《文匯報》在此後的一個月中就此展開了討論。這次討論的主要問題是，小資產階級可不可以作為文藝作品的主角。一種意見認為可以寫，寫什麼是題材問題，怎麼寫才是立場問題。另一種意見則認為，既然強調文藝為工農兵服務，強調作家與工農兵相結合，就不能把小資產階級人物作為作品的主角。兩個月之後何其芳在《文藝報》表《一個文藝創作問題的爭論》〔註2〕一文，對上述兩種意見作了分析並提出了自己的看法。何其芳認為：「如果能夠通過作品中的人物正確地生動地寫出小資產階級的特點和命運，寫出他們的政治覺悟和思想改造，是可以用這樣的人物為主角來教育人的」。何其芳認為，在「寫什麼」和「怎樣寫」的問題上，只強調「怎樣寫」是不夠的，應該強調文藝如何應更多地表現工農兵的生活。何其芳的觀點模棱兩可，一方面認為小資產階級和知識分子還是可以寫的，另一方面又留有餘地，反覆強調「為工農兵服務」的新文藝方向。

　　1950 年 8 月，時任《文藝報》主編的丁玲在《文藝報》發表《跨到新的時代來──談知識分子的舊興趣與工農兵文藝》一文，文章首先綜述了報社收到的「許多讀者來信」的觀點：

　　　　一、不喜歡讀描寫工農兵的書，說這些書單調、粗糙、缺乏藝術性。說這些書既看不懂也不樂意看。又說這裡主題太狹窄，太重複，天天都是工農兵，使人頭疼。還有人舉了一個工人的例子，說工人也不喜歡，那個工人認為這些書太緊張了，他們樂意看點輕鬆

────────────────────

〔註2〕 《文藝報》第 1 卷第 4 期，轉自《中國新文學大系 1949～1976》第 2 集第 2
　　　卷，第 59～70 頁。上海文藝出版社，1997。

的書，如神話戲，或山水畫。他們工作生活都緊張，娛樂還要緊張，怕要「崩了箍」，他們說這些書只是前進分子的享樂品。二、他們喜歡巴金的書，喜歡馮玉奇的書，喜歡張恨水的書，喜歡「刀光劍影」的連環畫，還有一批人則喜歡翻譯的古典文學。三、要求寫小資產階級知識分子的苦悶，要求寫知識分子典型的英雄，寫出他們在解放戰爭中的可歌可泣的故事。要求寫知識分子改造的實例，或者寫以資產階級為故事的中心人物，或者寫城市的小市民生活的作品。並且要求這些書不要寫得千篇一律，老是開會，自我批評，談話，反省……。

　　丁玲的文章對這些觀點逐一反駁，認為新文藝的主題、人物、場面都是新的，比舊時代的革命文藝、歐化文學形式、庸俗陳腐的鴛鴦蝴蝶派文學「都要顯得中國氣派，新鮮而豐富。」如果說還有人不喜歡，那時他們的思想觀念有問題。她說，儘管以工農兵為對象的新文學還不是很成熟；對於這些新的人物雖然顯出了崇高的愛，卻還不能把這些人物很好的形象起來，給讀者以很深的印象；甚至不如過去一個時期知識分子寫知識分子的苦悶那麼深刻。但這種缺點一定會得到克服。丁玲接著說：

　　　　一件繡花的龍袍是好看的，是藝術品，我們卻只能在展覽會展覽，但一件結實的粗布衣卻對於廣大的沒有衣穿的人有用。我們會慢慢提高我們布的質量，色彩和裁剪適宜，縫工精緻，我們要使我們將來的衣服美麗，但那件龍袍，不管怎樣繡得好，卻只能掛在牆上任人展覽了。讓我們為愛護新文藝的成長而努力，我們應該在愛護之下來批評，卻不是排斥，不是裝著同情的外貌而存心的排斥。我們對這些熱心的讀者也是非常放心的，因為他們是要求進步的，他們又已經置身於新社會裏，新社會的各種生活，會從各方面幫助他放棄一些舊觀點的，他們會一天天更接近人民群眾，會一天天更理解人民文藝，甚至他們不久就會參加到這裡面來，與大家完成這一新的創作時代。

　　丁玲的意思是，「新的人民的文藝」沒有什麼問題。如果硬要說有什麼問題的話，那就是藝術技巧（「如何寫」的問題）還不夠成熟，這一點可以慢慢地在寫作實踐中加以改進。而丁玲對於「寫什麼」的問題態度十分明確：「知識分子在動蕩時代中的一些搖擺，一些鬥爭，比起工農兵的戰鬥來，的確是

顯得單薄無力得多。知識分子在這樣龐大的作為人民主體的工農兵隊伍裏面就不覺得自己有什麼值得表揚了。」〔註 3〕在丁玲的文章中，「如何寫」的問題是在「寫什麼」的問題確立的前提下討論的，有了正確的感情和立場，再來談技巧。這種情感和立場的確立，是要經過長期艱苦的思想和身體的雙重改造的。

文學創作中「寫什麼」的問題看似簡單，其實十分複雜。可以說，建國初期的「寫什麼」問題是一個立場問題、政治問題；「如何寫」的問題是個人風格問題、技巧成熟與否的問題。而在文學批評中，這個問題又經常變得搖晃不定，我可以說你「有什麼樣的立場就有什麼樣的風格」，「如何寫」的問題中就包含了「寫什麼」的問題。我可以從「寫什麼」（為什麼寫這種人物和這種事情呢）的角度批評你，也可以退一步說，你寫這種人物和事件可以，但你為什麼要這樣寫呢？因此，為了避免麻煩，一般作家都是選擇寫工農兵題材，「如何寫」呢？要真誠地熱愛你所寫的對象，歌頌他們，盡量不要寫他們缺點。趙樹理也寫農民的缺點，但主要是中農。即使是中農，最終也在幹部的教育下進步了。還有一種選擇，那就是不寫或者盡量少寫，比如矛盾、巴金、曹禺等，當然還有沈從文、錢鍾書。選擇不寫的人，多是些已經成名的老作家。至於青年作家，創作之路剛開始，內心充滿寫作的欲望。就像蕭也牧在檢討書中所說的：「來北京以後，自思寫來寫去，總是寫不好，於是下決心要寫規模較大一點的作品。開頭，我打算要寫關於抗日戰爭和土地改革的小說，手頭的材料確實不少，自以為生活也熟悉，但一動手，不論題材、人物、生活，都顯得很生疏，寫起來非常吃力，終究寫不出來。但不寫，又不甘心，總還是念念不忘地要寫小說。」〔註 4〕

就在「寫什麼」的問題還在爭論不休，「如何寫」的問題也暫無定論的節骨眼兒上，青年作家蕭也牧寫了一篇關於知識分子生活題材的小說《我們夫婦之間》，發表在《人民文學》（當時的主編為茅盾，副主編為艾青）1950 年第 1 期上，引起了一片讚揚聲，還被改編成了電影（崑崙影業公司出品，鄭君里導演，趙丹飾演男主角知識分子李克，蔣天流飾演李克的妻子女主角工農幹部張英）。

最早的批評來自 1951 年 6 月 10 日《人民日報》上陳涌的文章《蕭也牧

〔註 3〕 丁玲：《跨到新的時代來》，洪子誠編：《二十世紀中國小說理論資料》第 5 卷，第 37～44 頁，北京，北京大學出版社，1997。
〔註 4〕 蕭也牧：《我一定要切實地改正錯誤》，1951 年 10 月 26 日《人民日報》。

創作的一些傾向》。陳涌的文章說，蕭也牧「把知識分子與工農幹部之間的『兩種思想鬥爭』庸俗化了」，「醜化了工農出身的女幹部」，「這事情正好說明，小資產階級出身的文藝工作者的改造是長期的，一個忘記了警惕自己的人，在特別複雜的城市的環境下，便特別容易引起舊思想情感的抬頭，也特別容易接受各種外來的非無產階級思想的影響。」

　　丁玲看到小說後對康濯說：「這篇小說很虛偽，不好，應該……糾正這種傾向。」當時丁玲並不想公開批評蕭也牧這位「老朋友」。後來發現，蕭也牧的小說影響越來越大，即將要對「人民的文學事業」構成危害了，再加上陳涌已經在《人民日報》上發表了批評文章，丁玲才決定用公開信的形式對蕭也牧進行批判。丁玲的文章叫《作為一種傾向來看——給蕭也牧同志的一封信》（此外還有馮雪峰署名「李定中」以「讀者來信」之名發表的文章《反對玩弄人民的態度，反對新的低級趣味》）。在諸多的批判文章中（丁玲認為「都沒有切中要害」），丁玲的文章最致命，她從「**寫什麼**」（「你為什麼偏要寫這樣一對夫婦呢？」）和「**如何寫**」（丁玲從蕭也牧的敘事風格中，發現了他的小說是「一個大丑角戲弄一個小丑角，並以此去博得觀眾的哈哈大笑……的小噱頭戲」，進而判定這部小說是「歪曲和嘲弄工農兵的小說」）**兩個角度展開批評**，意思是，選擇這個題材本身就不對，之後在敘事語調和敘事風格上的錯誤更大。「歪曲嘲弄工農兵」的罪名，使得蕭也牧在劫難逃，一生下場悲慘。丁玲的文章最後警告蕭也牧：「希望你老老實實站在黨的立場，站在人民的立場，思索你創作上的缺點，到底在哪裏。」〔註5〕

　　如果說對蕭也牧的批評是因為寫了小資產階級知識分子，嘲笑了工農出身的女幹部，也就是說在「**寫什麼**」的問題上犯禁了，那麼路翎呢？路翎在建國後所寫的小說，表現的幾乎都是底層的工農形象和志願軍戰士形象。從諸多的批判文章中可以看出來，路翎主要是在「**如何寫**」的問題上犯禁了。因此，路翎的小說是「歪曲現實」現實主義，他筆下的工人形象是「個人主義、無政府主義、流氓無賴」，他筆下的工人階級的精神狀況是「歇斯底里、精神病患者」，他筆下的黨員幹部是「無知無能，失去立場」……〔註6〕他那些戰爭題材的小說「對部隊生活作了歪曲的描寫」，「立腳在個人溫情主義上，

〔註5〕丁玲：《作為一種傾向來看》，洪子誠編：《二十世紀中國小說理論資料》第 5 卷，第 55～62 頁，北京，北京大學出版社，1997。
〔註6〕陸希治：《歪曲現實的「現實主義」》，洪子誠編：《二十世紀中國小說理論資料》第 5 卷，第 75～83 頁。

用大力來渲染個人和集體——愛情和紀律的矛盾」,「把正義戰爭與人民幸福對立起來」……〔註7〕

　　還有一批青年作家及其作品遭到批判,如朱定的《關連長》,秦兆陽的《改造》,王林的《腹地》,淑池的《金鎖》,方紀的《讓生活變得更美好罷》,劉紹棠的《田野落霞》、《西苑草》,王蒙的《組織部新來的青年人》,宗璞的《紅豆》,劉賓雁的特寫《本報內部消息》、《在橋梁工地》,以及鄧友梅,叢維熙,邵燕祥等人的作品。那種批判文章的作者藝術感覺粗糙、邏輯混亂、推理鬆散、感情用事、誇大其詞、強詞奪理、上綱上線。總之,青年作家稍有新意的作品就要遭到一頓「棍棒」,甚至導致一生的悲劇(蕭也牧、路翎、劉紹棠、王蒙等都是如此)。爲了將更多的篇幅留給那些 20 世紀 50 年代的年輕一代年「先鋒作家」,在此不再對批判史料進行過多的介紹。

二、蕭也牧的「進城幹部」

　　刊登於《人民文學》1950 年第 1 期(第 1 卷第 3 期)的《我們夫婦之間》,是建國之後第一篇以知識分子(主人公是一位初中文化的幹部,在當時大概也算「知識分子」)生活爲題材的短篇小說,一出來就引起了廣泛關注。小說寫了一位叫李克的「知識分子」幹部,與工農出身的幹部妻子張同志進城後日常生活中的矛盾衝突,以及矛盾衝突的化解過程。嚴格地說,它並不能算作「知識分子」題材小說,只能說是「**進城幹部題材**」小說(這在當時是新題材)。由於當時的文學創作全部是寫「工農兵」題材,城市「資產階級」知識分子題材又是禁區。因此放寬泛一點,也可以把它當作「知識分子」題材。何況小說一開頭就說:「我是一個知識分子出身的幹部」。

　　小說主人公李克與妻子張同志在戰爭年代結爲夫妻,但進城後因情感方式、價值觀念、審美趣味的差別而經常發生衝突,以致出現情感和婚姻危機。後來,兩個人都檢討了自己身上的缺點,女方表示要進一步提高文化修養、改變思想方式和工作方法;男方表示要學習工農出身的妻子身上的優點,改造自己身上的小資產階級毛病。小說以大團圓的方式結尾——這種寫法並無多大新意,是解放區作家處理知識分子與工農幹部關係的常見模式——蕭也牧也只能這樣寫。這是從整體敘事結構的角度看。從敘事的過程或者細節描

〔註7〕 侯金鏡:《評路翎的三篇小說》,洪子誠編:《二十世紀中國小說理論資料》第
　　　　5 卷,第 110～120 頁

寫的角度看，這篇小說有很多敏銳的發現和大膽的描寫。這些細節正是小說遭到批判的重要原因。

蕭也牧在建國前後，就開始嘗試在小說中表現城市勞動者、知識分子和進城幹部的生活。1949 年前後，寫了《母親的意志》（一位城市青年和母親之間的故事，有高爾基小說《母親》的影響）、《海河邊上》（新中國城市青年工人張大男和馬小花之間的愛情故事，情感刻畫得比較細膩，這個小說也遭到批判）、《攜手前進》（新中國工廠先進青年幫助落後青年呂三炮轉變思想故事）、《愛情》（剛走上革命工作崗位的青年編輯，在老革命出身的編輯教育下，自己的小資產階級愛情觀得以轉變的故事，結構有點失調，「憶苦思甜」式的回憶部分佔據了太多的篇幅，年輕編輯思想轉變的過程太簡單）。這些小說在當時都具有很強的探索性，但技巧還是不夠成熟。因此，今天看來，這些小說的敘事儘管還是顯得粗糙和匆促，但在當時卻可以說是「先鋒小說」了。《我們夫婦之間》也是如此，它一出現就導致了兩種截然相反的效果，一是許多讀者感到新鮮，二是少數批評家的憤怒和討伐。蕭也牧將「**知識分子幹部**」、「**工農幹部**」、「**城市生活**」、「**誰改造誰**」這樣一些關鍵詞或敏感問題綜合在他的故事之中；通過小說敘事，將兩種尖銳對立的價值觀念、審美趣味、生活態度，通過日常生活瑣事並置在一起。

兩位進城幹部，一位是受過教育的「知識分子」，一位是「粗通文字」的工農出身。李克和妻子「張同志」（電影中取名張英）的矛盾，是在新事物（城市文化）面前的價值取捨不同，審美趣味不同而導致的，更是農民（「工農兵」）和市民（「小資產階級」）面對新鮮，甚至陌生事物的思維方式的衝突。「一天也沒離開過深山、大溝和沙灘」的妻子張英，進城後對一切都看不慣，很難適應：「那麼多人！男不像男，女不像女！男人頭上也抹油……女人更看不的！那麼冷的天氣也露著小腿。怕人不知道她有皮衣，就讓毛兒朝外翻著穿！嘴唇血紅紅，頭髮像個草雞窩！那樣子，她們還覺得美的不行！坐在電車裏還掏出鏡子來照半天！整天擠擠嚷嚷，來來去去，成天干什麼呵！……總之，一句話：看不慣！」張英納悶地問李克：「他們幹活也不？哪來那麼多錢？」李克說：「這就叫做城市呵！你這農民腦瓜吃不開啦！」小說敘事一直在這種緊張的觀念衝突、對抗、妥協中展開——

　　◎張英認為，那麼多人擠在城裏，不勞動，不生產，整天在街上瞎逛、消費；他們哪來的那麼多錢？消費就是浪費，就是忘本，應該保持艱苦樸素

的作風；得好好改造他們。李克認爲這就是城市跟農村不一樣的地方；進城後家裏人在一起適當消費也是可以的。（這是一種城市消費價值與農村的生產價值的矛盾。）

◎張英不喜歡城裏人標新立異的新奇的裝扮，也看不慣他們有腳不走路，坐人力三輪車讓別人拉的作派；李克認爲，對新事物的接受需要一個過程，改造他們也需要過程，不能急躁，不要恨不得一夜之間就完成改造的任務。（這是一種市民張揚個性和農民低調處事、市民奢華和農民樸實、市民強調交換價值和農民強調倫理價值的矛盾。）

◎張英認爲，保姆到家裏來也是參加革命工作，革命工作不分高低，大家一律平等。李克認爲，該幹什麼幹什麼，不要讓人幹活之後還上政治課。（這是一種通過貨幣體現的市民社會細緻社會分工，與通過情感體現的鄉村社會粗放社會分工的矛盾。）

◎張英認爲，自己老家鄉下有困難就要支持，至於寄了誰的錢並不重要。李克認爲把自己的稿費寄走，要跟他打個招呼，「不應該不哼一聲就沒收了」。（這是一種社會性的「個體」思維與血緣性的「群體」思維的矛盾。）

◎張英認爲，進城是來改造城市的，而不是自己被城市改造了；對城市的舊習慣，就是不能妥協，不能遷就。李克認爲這是「固執、狹隘、很不虛心！」（這是一種消滅城市和維持城市的矛盾（城市是由市民組成的，沒有市民就沒有城市。）

就在兩個人矛盾不斷加劇的時候，張英開始發生變化：「服裝上也變得整潔起來了，見了生人也顯得很有禮貌！」問題在於，張英的變化並不是因爲她想通了，更不是接納了丈夫李克的建議，而是接受了組織的指令。她說：「組織上號召過我們，現在我們新國家成立了，我們的行動、態度，要代表大國家的精神。風紀扣要扣好，走路不要東張西望，不要一邊走一邊吃東西，可能的條件下要講究整潔樸素，不腐化不浪費就行！」還是一種變相的鄉村「群體思維」。爲了更好地符合群體思維的要求，她決定要李克幫助她提高思想和文化。李克也開始改變，首先，他肯定了張英身上的優點：「你倔強、堅定、樸素、愛憎分明──這句話的意思就是說你有著很深的階級仇恨心和同情心。」；然後反省自己身上的缺點：「我的思想情感裏邊，依然還保留著一部分很濃厚的小資產階級的東西！有時甚至模糊了革命者的立場，這是一個嚴重的思想問題！」最後兩人重歸於好，給了小說一個大團圓的結局和光

明的尾巴。儘管有這樣的結尾，但整個敘事過程還是把當時進城出現的重大矛盾充分地表現出來了。因此，光明尾巴、大團圓結局這種敘事結構意義上的東西，並不能掩蓋敘事過程的具體展開，也就是說，細節展開的效果沒有逃過小說家丁玲的眼睛，於是大加鞭撻。

　　這篇小說中探索的，確實是當時的一個重大問題。1949 年 3 月 5 日至 13 日在西柏坡召開的七屆二中全會決定，中國共產黨的工作重心將由鄉村轉向城市，並制定了一系列接管城市、進駐城市的工作規劃，其中一項重要的規定就是「把消費城市變成生產城市」。1949 年 3 月 17 日的《人民日報》發表《把消費城市變成生產城市》的社論指出：

　　　　怎樣才能把城市工作做好？怎樣才能使城市起領導鄉村的作用？中心環節是迅速恢復和發展城市生產，把消費的城市變成生產的城市。在舊中國這個半封建、半殖民地的國家，統治階級所聚居的大城市（像北平），大都是消費的城市。……它們的存在和繁榮，除盡量剝削工人外，則完全依靠削剝鄉村……不僅搜括鄉村的農產品來供給它們的需要，而且吮吸鄉村農民的脂膏血汗，去換取帝國主義的工業品……造成了鄉村和城市的敵對狀態。進入大城市後，決不能允許這種現象繼續存在。要消滅這種現象，就必須有計劃、有步驟、迅速恢復和發展生產……這樣才能夠充分而便宜地供給鄉村以必要的工業品，而換取其農產品，使鄉村和城市，從相互敵對轉變爲相互依存；這樣，才能改善城市的經濟地位，從而改善城市人民首先是工人的生活；這樣，才能抵制帝國主義的經濟侵略，而不再受其剝削；這樣，才能使城市領導鄉村，變農業國爲工業國；這樣，才能鞏固工農聯盟，鞏固從城市到全國範圍的、無產階級領導的、以工農聯盟爲基礎的人民民主專政的政權。

社論最後也涉及到所謂的「消費」問題：

　　　　只知道鼓勵生產，而在供銷上沒有計劃，沒有辦法，致使生產和消費脫節，供給和需要矛盾，生產品推銷不出去，勢不能不使生產陷於停滯的狀態中，且給予投機商人以操縱剝削的機會。爲了避免這種弊害，必須一方面盡可能地、比較有計劃地進行生產，另一方面在需要和可能的條件下，逐步地發展**供銷合作社**。這種合作社是聯繫生產者和消費者的紐帶，也就是溝通鄉村和城市的橋梁。它

以公道的價格，把工業品賣給鄉村，而又以公道的價格，收買農產品，供給城市。這不僅可使鄉村避免投機商人的中間剝削，城市獲得糧食和原料，而且可鼓勵農民生產，發展鄉村經濟。

這裡提到的「消費」不是嚴格的經濟學意義上的消費，而是為了滿足生活必須所需要的「生產力再生產」的「生產資料」。並且，這種「生產資料」不允許進入自由市場，而是要通過一個特殊的機構：「供銷合作社」來統一調配。這是計劃經濟的一大特色。真正意義上的消費還是被看作「生產」的對立面。將城市文化中的消費與生產對立起來，無論在理論上還是實踐上都不通，「變消費城市為生產城市」不符合城市經濟恢復的普遍要求。這種含混不清的提法，無疑是「進城幹部」特別是「工農幹部」的指導思想。剛進城的人，更多是處於一種分裂狀態：一方面「仇視」城市文化，將它視為「罪惡的淵藪」；另一方面又貪婪地掠奪和破壞城市文化。

關於這一點，當時中共華北局領導人、參與城市接管工作的薄一波回憶說：「我們黨誕生在城市，但後來長期生活、戰鬥在鄉村，許多同志不熟悉城市工作，還有一些同志難免用一種小生產者的觀點去看待城市。華北最初接管城市，走了一些彎路，這是重要的原因。如收復井陘、陽泉等工業區，曾經發生亂抓物資、亂搶機器的現象，使工業受到很大的破壞。收復張家口的時候，不少幹部隨便往城裏跑，亂抓亂買東西，有的甚至貪污腐化……攻克石家莊，接管工作雖有所改進，但仍有不少士兵拿取東西，他們還鼓勵貧民去拿。開始是搬取公物，後來就搶人財物……在城市管理上，不自覺地搬用農村的經驗，混淆了封建主義與資本主義的界限，損害了工商業的發展。」毛澤東看到薄一波的報告，批示：在城市或鄉鎮破壞工商業，「是一種農業社會主義思想，其性質是反動的、落後的、倒退的，必須堅決反對。」〔註8〕

蕭也牧小說的城鄉衝突主題的確十分尖銳。但並沒有涉及薄一波所提到的那些嚴重問題，只是涉及到一些思想觀念和審美趣味的衝突問題，而且，女主人公還是一位單純的工農幹部。即使這樣，也遭到了徹底的否定。

　　蕭也牧（1918～1970）簡介：原名吳承淦，後改名吳小武，
　　筆名蕭也牧，浙江湖州人。1937 年參加革命，先後任《救國報》
　　和《前衛報》編輯、「鐵血劇社」演員。1945 年入黨，任張家口鐵

〔註8〕薄一波：《若干重大決策與事件的回顧》（上）第 6～7 頁，北京，中央黨史出版社，2008。

路分局工人糾察隊的副政委。50 年代初曾在共青團中央宣傳部工
作，後因小說《我們夫婦之間》受到批評而調中國青年出版社任編
輯。期間編輯《偉大的祖國》叢書、《紅旗飄飄》叢刊等；參與《紅
旗譜》、《紅岩》、《李自成》等作品的修改和出版。主要作品有《秋
葵》、《連綿的秋雨》、《識字的故事》、《山村紀事》、《難忘的歲月》、
《海河邊上》、《攜手前進》、《我們夫婦之間》、《羅盛教》等。《蕭
也牧作品選》（天津百花文藝出版社，1979 年版）收入 1943 年至
1962 年的短篇小說 30 篇。《我們夫婦之間》發表於 1950 年第 1 卷
第 3 期《人民文學》，提出了幹部進城後所面臨的新問題。蕭也牧
因這篇小說被錯劃爲「反黨反社會主義」分子，飽受磨難。1970
年 10 月 15 日在河南「五七」幹校被迫害致死。1980 年春天平反
昭雪。關於他生平的資料比較少見，張羽的《蕭也牧之死》（《新文
學史料》1993 年第 4 期）和盛禹九的《蕭也牧的悲劇》（《書屋》
2006 年第 11 期）是難得的材料。

三、路翎的「戰地愛與恨」

　　路翎是一位過早中止創作的作家，是一位「夭折的天才」。我們應該因
此而爲 20 世紀中國文學感到惋惜和悲哀！他解放前的創作，除了偉大的長
篇小說《財主的兒女們》，以小資產階級知識分子的奮鬥、求索、漫遊爲主
題之外，其它絕大多數中、短篇小說的筆墨，都給了掙扎在底層的苦難的勞
工，如《飢餓的郭素娥》、《卸煤臺下》、《蝸牛在荊棘上》、《羅大斗的故事》、
《在鐵鏈中》等。1949 年至 1955 年入獄之前，路翎的創作主題集中在三個
方面，一是城市勞工新生主題，如《女工趙梅英》、《糧食》等；二是歌頌新
中國的主題，如劇本《迎著明天》、《祖國在前進》等；三是朝鮮戰爭志願軍
主題，如《初雪》、《窪地上的「戰役」》、《戰士的心》、《你的永遠忠實的同
志》等。路翎的「錯誤」不是出在「寫什麼」上面，而是出在「如何寫」上
面。路翎的小說從來就是寫「主旋律」的，但他的寫法卻是獨一無二的。實
際上就是路翎寫得太好了，與以周揚、丁玲們爲代表的文學界所設想的新文
學模式距離太大，以至於所謂的「批評家」無法接受。我們來分析《窪地上
的「戰役」》和《初雪》這兩個小說。

　　1954 年第 3 期《人民文學》的頭條，發表了路翎的小說《窪地上的「戰

役」》。這是一首「戰地浪漫曲」，是一曲將戰爭的殘酷、戰士的勇敢和無私，與年輕人敏感的心靈、純樸的情感、多情的夢想交織在一起的生命和愛的讚歌。我多次重讀這篇小說，一些場景使我聯想到托爾斯泰《戰爭與和平》中的某些片段，聯想到蕭洛霍夫《靜靜的頓河》中的一些情節，還有《這裡的黎明靜悄悄》中的場面。只不過因各種顧忌使得路翎的描寫更含蓄、更隱諱、更收斂而已。即使這樣，路翎還是將一種眞正的讚美之情和眞正的文學精神傳遞出來了。我們經常會聽到這樣的議論，說同樣經歷了戰爭和苦難，我們的作家爲什麼些不出感人的作品，俄羅斯作家甚至蘇聯作家爲什麼能夠。我覺得路翎能夠、只有他能夠，並且已經開始寫出那種眞正讓我們感動的最美好的文字。假如他的寫作權力被剝奪的時候，不是 33 歲的話，他一定成了一位偉大的作家。

　　《窪地上的「戰役」》是一篇戰爭小說，甚至就是一篇「戰壕小說」。所謂的「戰壕小說」不是那種只關心殘酷的打鬥和殘殺場面的「武打故事」，而是「小說」是「文學」，它必須關注「文學性」的問題，也就是與人性密切相關的審美問題及其恰當的藝術形式。《窪地上的「戰役」》有三分之二的篇幅在描寫「戰壕」，卻絲毫也不覺得枯燥無味，甚至有詩意昂然的感覺。同時，小說也沒有糾纏在戰爭、暴力、血腥場面上，以藉此吸引讀者；而是充滿了優雅、緩慢、舒展的敘事節奏。小說另外三分之一的篇幅，寫朝鮮姑娘金聖姬如何悄悄愛上青年戰士王應洪、王應洪如何懵懂無知、偵察班長王順如何巧妙第「揭穿」並以戰時紀律加以阻止的故事、王應洪知道後如何滑稽地「躲避」等。路翎是刻畫人物性格的高手，能夠通過幾個短小的行動描寫，將人物性格凸現出來。路翎也是結構故事的高手，幾個小小的「道具」（手絹、襪套等），貫穿故事始終，把戰爭主題和情感主題穿插在一起。路翎更是抒情的高手。所謂抒情高手，就是想像的高手，面對一切細小的事物而引發出無窮感歎的高手。這種帶有抒情性的文字，給「戰壕故事」帶來了如此之多人性的光輝。其實路翎寫得最好的地方並不是金聖姬愛上王應洪的故事，而是部隊離開老鄉家上戰場後的心裏描寫。我們來看兩段關於青年戰士王應洪和偵察班長王順的心理描寫。

　　一段是對戰士王應洪埋伏在窪地裏執行任務時的描寫：

　　　　天氣陰沉而且吹著小風，……大家臥倒，聽著動靜。除了微風
　　吹動樹葉，和附近的什麼地方有溪水的流響聲以外，沒有別的聲音。

開闊地上長著一些春天的金達萊花，王應洪輕輕地撥開他面前的花枝，希望能更清楚地看見班長。但在這個不知不覺的動作裏，他卻摘下了一個花枝，把它銜在嘴裏。這是因爲他畢竟是初上戰場，而這附近的這一片寂靜特別使他激動，於是，面前的清楚可見的一切，雜亂的小草和小花，就叫他覺得安全和親切：這些隨處可見的小草和小花，彷彿是熟識的友人一般，忽然間就替他破除了戰場上、敵人後方的那種神秘可怕的感覺——雖然他不曾意識到自己的這種狀況。他在激動中比老戰士們想得多。他甚至於忽然想，現在他可以寫信告訴媽媽，他到敵人後方來戰鬥了。把那花枝在嘴裏咬了一陣，班長又做了記號，他們又前進的時候，他就把花不知不覺地拿下來塞在衣袋裏。他沒有意識到這個，也不知道這是爲什麼。也許他的頭腦是曾經閃過什麼念頭，他做這點多餘的動作是爲了對自己表示沉著。

另一段是班長王順帶領王應洪，兩個人留下來掩護部隊撤退之後，王應洪受了重傷，王順想起自己對王應洪過於嚴厲，不禁思緒萬千：

他的眼前就出現了那姑娘的閃耀著燦爛的幸福的面貌。……在他命令王應洪和他一同留下的那個嚴重的瞬間，以及在他拖著這青年爬進栗子樹林的時候，這個燦爛的幸福面貌都似乎曾經在他的心裏閃了一下。現在回想起來，好像確實是這樣的。他替這個不論從軍隊的紀律，或是從王應洪本人說來都沒有可能實現的愛情覺得光榮，於是他覺得，他拖著王應洪在山溝裏一寸一寸地前進，除了是爲了別的重大的一切以外，也是爲著這姑娘。她曾經在那黃昏的山坡上掩面哭著從他的身邊跑過，於是他覺得他是對她負著一種他也說不明白的、道義上的責任。他憐惜她不懂得戰爭，憐惜她的那個和平勞動的熱望：他覺得他眞是甘願承擔戰爭裏的一切殘酷的痛苦來使她獲得幸福。於是，爬進栗子樹林進入這條小溝，替王應洪裹著傷，要他吃饅頭，拿紀律來強迫他，哄他，又對他小聲地柔和地說著話，這一切動作都好像在對他心裏的金聖姬姑娘說：你看，我是要把他帶回來再讓你看看的，你要知道我愛他並不比你差，我更愛他，而且，你看，我決不是你所想像的那種不通情理的冷冰冰的人！說來奇怪，他所擔心，所反對的那個姑娘的天眞的愛情，此刻

竟照亮了他的心，甚至比那年輕人自己都更深切地感覺到這個。那
年輕人沉默著，透過面前的草葉和幾枝紫紅色的金達萊花望著明朗
的天空……

能夠將戰爭題材寫得如此細膩的大概只有路翎。更重要的是，這是一個
純粹的戰爭題材的小說，我已經講過，三分之二的篇幅發生在戰場上。而當
時的輿論環境，也不允許路翎去寫一個愛情故事。當批評者將這個小說定性
為「愛情故事」的時候，路翎寫出 3 萬多字的答辯文章《為什麼有這樣的批
評》，為自己辯護。但是，在敘事的間隙，路翎的確將一個「沒有發生的愛情
故事」穿插在其中，幾個小小的「道具」，幾處心理活動的描寫，使得小說中
的兩個主題：「戰爭」和「愛情」天衣無縫地交織在一起，從而讓殘酷的戰爭
中充滿了人性的溫情和光輝。當然，小說的問題還是明顯的，對「窪地戰鬥」
場面的描寫拖拉、冗長。我也理解，路翎為了讓小說更像戰爭小說，不得不
這樣分配敘事篇幅。

《初雪》寫得更奇妙。志願軍司機老劉（劉強）和小助手王德貴，運送
一車朝鮮婦女穿過封鎖線、離開轟炸區向安全地帶轉移。其中一位婦女還抱
著正在吃奶的、七八個月大的嬰兒。因後面車斗太擁擠，劉強讓 18 歲的助手
王德貴將孩子抱到駕駛室。王德貴「像捧著一盆熱水一樣捧著孩子」，劉強開
著車在黑暗中顛簸。一路上，炮火聲、馬達聲，與婦女的驚呼聲、嬰兒的哭
聲交織在一起。每當炮火封鎖太厲害的時候，劉強就停住車，抱一抱那個孩
子。一路上，劉強一邊注視著車窗外的情況，一邊不時地轉過臉看著孩子的
臉蛋。王德貴開始一直有牴觸情緒，認為這種婆婆媽媽的事情讓他碰上了，
甚至想跟劉強換一換。後來，就著探照燈的光亮，王德貴發現孩子長得很俊，
胖胖的、圓圓的臉，「緊閉的薄薄的嘴唇非常可愛地翹著，黑黑的睫毛貼在面
頰上。於是孩子在他的緊張的內心裏面喚起了模糊的甜蜜的感情。」王德貴
抱著抱著，「這個孩子叫他打心眼裏覺得溫暖。他覺得他和這孩子已經忽然地
這麼熟了，如果不叫他抱，他會難過的，他心裏已經不再是最初的那個模糊
而陌生的甜蜜的感情，而是禁不住的關心和熱切的愛。」小說的敘事，在車
窗外的炮火、彈坑、白雪，和探照燈映照下駕駛室的孩子的臉龐之間來回「移
動」。這種敘事方式跟《窪地上的「戰役」》類似，像老戰士王順和新兵王應
洪一樣，這裡是劉強和王德貴。安置在炮灰紛飛的背景之下的整個敘事過程，
也可以看作是愛的情感的展開過程。

　　路翎的小說，開拓了戰爭題材審美維度的多樣性，使得它沒有成爲「戰況報告」，也沒有停留在「仇恨敘事」和「暴力美學」層面，這是他的作品具有超越性的地方。這就是路翎，這就是路翎在當時與眾不同的地方，也是路翎遭到批判的重要原因。

　　　　路翎（1923～1994）**簡介**：原名徐嗣興，祖籍安徽無爲，生於南京。17歲開始發表作品，18歲在胡風主編的《七月》發表短篇《「要塞」退出以後》而初露頭角。1942年後，20歲左右的路翎進入創作的高峰期，寫出了成名作中篇小說《飢餓的郭素娥》（1944），以及現代文學史中最優秀的長篇小說之一《財主底兒女們》（79萬字，1941年寫畢交胡風，因稿件在戰亂中丟失，1944年重寫，1945出版），成爲「七月派」主力作家之一。1948年被聘爲南京中央大學文學系講師。1949年任彭柏山領導下的南京軍管會文藝處創作組組長，7月出席第一次文代會。1950年初在胡風的幫助下調北京，任中國青年藝術劇院創作組組長。1952年調中國戲劇家協會劇本創作室任創作員。1952年12月赴朝鮮採訪，7月回國，寫出了《窪地上的「戰役」》等小說和多個劇本。1955年6月19，因「胡風反革命集團」事件被捕，1959年6月入秦城監獄，1961年因精神病入院治療，1964年保外就醫，文革期間再次入獄，1974年進勞改農場，1980年平反昭雪。

四、宗璞的「校園愛情夢」

　　發表在《人民文學》1957年第7期（即「革新特大號」）的《紅豆》，粗粗看上去像是一篇「愛情小說」，其實，它是一個「夢」。這有什麼區別嗎？當然。愛情故事很簡單，或者是愛情成功的喜劇，或者是愛情失敗的悲劇，差別只是敘述技巧的高下。而「夢」就不一樣了。夢是一個三段論式的「結構」，前面是「入夢」，中間是「夢」（故事）本身（也就是想像中各式各樣的人生事件），後面是「夢醒」。「夢醒」是「入夢」的前提；「入夢」是對「夢醒」的否定，也是對「匱乏」的想像性滿足，是對「壓抑」的敘述性的「對抗」。宗璞的小說《紅豆》正是這樣一個結構性的「夢」。

　　1956年，28歲的宗璞寫了一個8年前（1948年）的「夢」：夢裏20歲的主人公江玫，1956年分配到北京西郊某大學（也就是江玫8年前就讀的大

學）去工作，巧合的是她的房間，正好是她當年的宿舍。宿舍牆上的耶穌像還掛在那裡，藏在耶穌像背後一個小洞裏的、她與齊虹的愛情信物還在那裡——小盒子裏裝著的兩顆紅豆。面對十字架背後的紅豆：

> 江玫站起身來，伸手想去摸那十字架，卻又像怕觸到使人疼痛的傷口似的，伸出手又縮回手，怔了一會兒，後來才用力一撤耶穌的右手，那十字架好像一扇門一樣打開了。牆上露出一個小洞。江玫顛起腳尖往裏看，原來被冷風吹得緋紅的臉色刷的一下變得慘白。她低聲自語：「還在！」遂用兩個手指，箝出了一個小小的有象牙托子的黑絲絨盒子。江玫坐在床邊，用發顫的手揭開了盒蓋。盒中露出來血點兒似的兩粒紅豆，鑲在一個銀絲編成的指環上，沒有耀眼的光芒，但是色澤十分勻淨而且鮮亮。時間沒有給它們留下一點痕跡。江玫知道這裡面有多少歡樂和悲哀。她拿起這兩粒紅豆，往事像一層煙霧從心上升起來——那已經是八年以前的事了。那時江玫剛二十歲，上大學二年級。那正是一九四八年，那動盪的翻天覆地的一年，那激動，興奮，流了不少眼淚，決定了人生的道路的一年。……

接下來就是江玫和齊虹的愛情故事的主體部分，敘述了發生在 1948 年北京某高校學生江玫和齊虹純粹的「愛情」，以及這一愛情因各種外部因素（價值觀念的衝突，改朝換代的變化等）而導致的悲劇結局。一些集團和一些觀念勝利了，一些集團和一些觀念失敗了；或者時過境遷，那種所謂的「勝利」和「失敗」或許又翻轉過來。但江玫和齊虹的愛情卻突然間消失了，只剩下耶穌像背後牆洞中的那兩顆相思的「紅豆」。小說的結尾，也就是「夢醒」時分，場景又回到了 1956 年西郊某大學革命幹部江玫的宿舍：

> 雪還在下著。江玫手裏握著的紅豆已經被淚水滴濕了。「江玫！小鳥兒！」老趙在外面喊著。「有多少人來看你啦！，史書記，老馬，鄭先生，王同志，還有小耗子——」一陣笑語聲打斷了老趙不倫不類的通報。江玫剛流過淚的眼睛早已又充滿了笑意。她把紅豆和盒子放在一旁，從床邊站了起來。

這種小說結構，跟魯迅的《狂人日記》的結構幾乎完全是一樣的。略有差別的地方在於：第一，《狂人日記》將「入夢」和「夢醒」兩個部分合併在前面的序言中，而不是像《紅豆》那樣按照時間順序放在「正夢」的前後。

第二，夢的內容的差別，一個是愛情夢幻，一個是瘋狂者的日記。一般的解讀，只關注「狂人」的日記部分，而不關注他在「夢醒」之後「然已早愈，赴某地候補矣」的提示。毫無疑問，將整體結構因素考慮進去，是一種更爲寬闊的解讀視野。如果僅僅就主題部分的愛情故事來解讀，當然也有很豐富的內容，但很容易被「愛情夢幻」中的某些具體的要素，比如「思想交鋒」、「趣味差異」、「觀念衝突」等問題抓住；進而糾纏於究竟是江玫對還是齊虹對？究竟是蕭素對還是齊虹對？爲什麼江玫不跟隨齊虹到美國去？蕭素爲什麼不安分守己學習而要參加革命？江玫將來的處境怎麼樣呢？等次要問題，從而削弱了《紅豆》的結構性力量。因爲，江玫對也罷，齊虹錯也罷，蕭素正確或崇高也罷，都無法彌補青春和純情消失的悲劇，也無法解釋我們閱讀《紅豆》時從整體上產生的悲涼的情感。

　　愛情故事的展開當然也是精彩的。除了對情感描寫的敏銳和細膩這種愛情故事的基本要求之外，它的內涵超出了年輕人的情感本身，而指向了人生觀和價值觀的衝突。比如，齊虹喜歡科學的單純美和音樂的純粹美，不喜歡社會人生雜亂，「物理和音樂能把我帶到一個眞正的世界去，科學的、美的世界，不像咱們活著的這個是界，這樣空虛，這樣紊亂，這樣醜惡。」江玫不置可否，蕭素認爲這是小資產階級思想。其實江玫在脫離同宿舍的蕭素的控制時，與齊虹更接近，都喜歡貝多芬、蕭邦、蘇東坡、李商隱，都喜歡「十年生死兩茫茫，不思量，自難忘，千里孤墳，無處話凄涼」的意境。當齊虹對「自由」進行「小資產階級」的解釋時，江玫試圖表示一點不同意見，說「自由是對必然的認識」，一個是「實踐論」意義上的自由（身體自由行動，自由的本意），一個卻在說「認識論」意義上的自由。齊虹一聽就知道是《大眾哲學》上來的，不是江玫自己的觀點，而是從蕭素那兒學來的。齊虹視江玫爲太陽，視兩個人的世界爲惟一（這大概就是所謂眞正的愛情吧？）。蕭素要把江玫變成「同志」，讓她瞭解集體的力量，品嘗「大家」在一起的「甜頭」。奇怪的是蕭素贏了，齊虹輸了。更離奇的是，蕭素採用了兩種手段爭取江玫，一種是「剝奪」，一種是「給予」。她通過不斷在江玫面前貶低齊虹（說同班同學齊虹「靈魂深處自私、殘暴、野蠻，鼓動江玫「結束了吧，你那愛情，到我們中間來，我們都歡迎你，愛你。」），而剝奪齊虹愛情的權力。她通過把自己的鮮血抽出來（獻血給江玫的母親），給予江玫，從而控制了江玫。另外，江玫之所以拒絕跟齊虹到美國去，還有另一個重要原因，就是齊虹身上

早就帶上的「原罪」印記：他是富家子弟。其實，江玫一直在痛苦地掙扎，在個體意義上的愛情與社會意義上的愛之間掙扎，以至於變得失眠、四肢無力、臉色蒼白、痛苦不堪。這些都是「夢」的重要內容。

宗璞的《紅豆》和路翎的一些小說，代表了 20 世紀 50 年代短篇小說藝術技巧的高峰。如果要進一步追問原因，那就是，宗璞和路翎一樣，關注的不僅僅是社會性的主題，而是人性的主題，並且能夠將這些主題融進一個比較合適的藝術結構之中。與此相應的是另一種風格的小說，表達了強烈的現實關懷和社會責任感。比如王蒙、劉紹棠、叢維熙、鄧友梅等的人的小說。

> 宗璞簡介：原名馮鍾璞，祖籍河南，1928 年生於北京，著名哲學家馮友蘭之女。少年就讀清華大學附小，抗戰期間隨父赴昆明，就讀西南聯大附中。1946 年入南開大學外文系，1948 年轉清華大學外文系，同年在《大公報》發表處女作《A.K.C》。1951 年畢業分配在政務院宗教事務委員會工作，同年調入中國文聯研究部。1956 年至 1958 年在《文藝報》任外國文學的編輯。1957 年出版童話集《尋月集》，同年發表短篇小說《紅豆》，引起文壇注意，在反右鬥爭中遭到批判。1959 年下放河北省農村。1960 年調入《世界文學》編輯部。1978 年調入中國社會科學院外國文學研究所。主要作品有《宗璞散文小說選》，長篇小說《南渡記》等。

五、王蒙的「辦公室故事」

與路翎那種將極端場景（戰爭場面和日常生活）和極端情感（恨和愛）並置在一起的小說不同，王蒙的《組織部新來的青年人》和蕭也牧的《我們夫婦之間》一樣，是寫日常生活的。蕭也牧的故事主要是在「私人空間」中展開，而王蒙的故事主要在「公共場所」展開。對這一類關注普通的日常生活的小說，閱讀起來是需要耐心的。但是，日常生活畢竟是我們每天都要面對的「常態」，許多重大問題，也就是正在威脅乃至破壞「常態」的事情，就正在其中發生。

王蒙發表在《人民文學》1956 年第 9 期的《組織部新來的青年人》，既可以看作是一篇「暴露小說」，暴露官僚主義的各種病症，暴露冷漠、圓滑、不作為還找藉口的「官油子」嘴臉；還可以看作是一篇「抒情小說」，滿腔熱血的理想主義者林震，熱情正在緩慢消退但偶而還流露出來的趙慧文，他們青

春時代美好得情感表現得也十分明顯。王蒙將兩種對立的人生態度、情感方式並置在一起。社會層面（準確地說是「單位」）的矛盾對立的衝突結構，是小說敘事的基本動力。這個衝突結構由兩組人物及其相關的行爲構成：林震、趙惠文爲一方，代表著青春、熱情、理想、不容任何缺點的人生態度。劉世吾、韓常新爲另一方，代表了權威、體制、、冷靜、世故、麻木的精神狀態，維護現狀則是他們基本的處世準則。儘管王蒙的敘事語調平靜而穩健，似乎沒有造成緊張和尖銳的矛盾衝突，但效果還是出來了。

作品描寫了多種類型的官僚主義：區委副書記兼組織部長李宗秦，一個在其位不謀其政的官僚。區委組織部第一副部長劉世吾，一個革命意志衰退，看透了一切，滿嘴「犬儒主義哲理」，對錯誤採取冷漠麻木態度的官僚。區委組織部工廠黨建組組長韓常新，一個平庸的官僚，最擅長的是寫假大空的彙報材料。麻袋廠廠長王清泉是一個懶惰且工作方法簡單粗暴的官僚主義。

當官僚主義碰上執拗的「理想主義者」時，他們會說：「必須掌握一種把個別問題與一般問題結合起來，把上級分配的任務與基層存在的問題結合起來的藝術。」當官僚主義遭到批評的時候，他們不但會反駁、狡辯，還會反攻：「王清泉氣急敗壞地到區委會找副書記李宗秦，說魏鶴鳴在林震支持下搞小集團進行反領導的活動，還說參加魏鶴鳴主持的座談會的工人都有歷史問題……最後說自己請求辭職。」

最後領導總結：「林震同志的工作熱情不錯，但是他剛來一個月就給組織部的幹部講黨章，未免倉促了些。林震以爲自己是支持自下而上的批評，是作一件漂亮事，他的動機當然是好的；不過，自下而上的批評必須有領導地去開展，譬如這回事，請林震同志想一想：第一，魏鶴鳴是不是對王清泉有個人成見呢？很難說沒有。那麼魏鶴鳴那樣積極地去召集座談會，可不可能有什麼個人目的呢？我看不一定完全不可能。第二，參加會的人是不是有一些歷史複雜別有用心的分子呢？這也應該考慮到。第三，開這樣一個會，會不會在群眾裏造成一種王清泉快要挨整了的印象因而天下大亂了呢？等等。至於林震同志的思想情況，我願意直爽地提出一個推測：年輕人容易把生活理想化，他以爲生活應該怎樣，便要求生活怎樣，作一個黨的工作者，要多考慮的卻是客觀現實，是生活可能怎樣。」這樣一來，青年林震到「犯錯誤」了。

　　兩個年輕人後來彷彿開竅了：「他們的缺點散佈在咱們工作的成績裏邊，就像灰塵散佈在美好的空氣中，你嗅得出來，但抓不住。……他看透了一切，以為一切就那麼回事。按他自己的說法，他知道什麼是『是』，什麼是『非』，還知道『是』一定戰勝『非』，又知道『是』不是一下子戰勝『非』，他什麼都知道，什麼都見過……於是他不再操心，不再愛也不再恨。他取笑缺陷，僅僅是取笑；欣賞成績，僅僅是欣賞。……」

　　小說一出來就引起了轟動效應。王蒙回憶：「1957 年 2 月，《文匯報》突然……發表李希凡的長文，對於《組》進行了猛烈的批判，從政治上上綱，乾脆把小說往敵對方面揭批，意在一棍斃命。……我無法相信李希凡比我更革命，我無法接受李代表革命來揭批我。我很快給公認的文藝界的最高領導周揚同志寫了一封信，說明自己身份，求見求談求指示。……周揚開宗明義，告訴我小說毛主席看了，他不贊成把小說完全否定，不贊成李希凡的文章，尤其是李的文章談到北京沒有這樣的官僚主義的論斷。……後來我聽了毛主席在中央宣傳工作會議上的講話錄音。主席說，有個王蒙寫了一篇小說，……一些人準備對他圍剿，把他消滅。主席說，我看也是言過其詞。主席說王蒙我不認識，也不是我的兒女親家，但是對他的批評我就不服。比如說北京沒有官僚主義。中央出過王明，說自己是百分之百的馬克思主義，百分之九十就不行？北京就沒有官僚主義？反官僚主義我就支持。王蒙有文才，有希望。主席又說，小說有缺點，正面人物寫得不好。對缺點要批評，一保護，二批評，不是一棍子打死。」〔註9〕

　　毛澤東還說：「這篇小說有缺點，需要幫助他……王蒙寫正面人物無力，寫反面人物比較生動，原因是生活不豐富，也有觀點的原因。有些同志批評王蒙，說他寫得不真實，中央附近不該有官僚主義。我認為這個觀點不對。我要反過來問，為什麼中央附近就不會產生官僚主義呢？中央內部也產生壞人嘛！用教條主義來批評人家的文章，是沒有力量的。」〔註10〕毛澤東的話是 1957 年 2 月 26 日說的，他的表態，不但使得批判的聲音消失了，還出現了很多吹捧的聲音。後來因為「事情正在起變化」，王蒙還是被劃為右派。

　　王蒙簡介：祖籍河北南皮，1934 年生於北京，父親曾任教北

〔註9〕　王蒙：《王蒙自傳・半生多事》第 167～168 頁，廣州，花城出版社，2006。
〔註10〕　逢先知，金沖及主編：《毛澤東傳 1949～1976》（上）第 616～617 頁，北京，中央文獻出版社，2003。

京大學。中學時參加中共領導的城市地下工作。1948 年入黨。1950
年在青年團區委工作。其處女作短篇小說《小豆兒》發表於 1955
年，描寫一位少先隊員發現其舅舅是國民黨特務而告發的故事。
1953 年至 1956 年創作長篇小說《青春萬歲》，描寫 50 年代初期幾
個女子中學學生在新建的社會主義中國的興奮和困惑（1957 年曾
在《文匯報》連載，原定由中國青年出版社出版，責任編輯蕭也牧，
後因反右而取消出版計劃，直到 1979 年才出版，1980 年被上海電
影製片廠拍攝同名電影）。1956 年發表短篇小說《組織部新來的青
年人》，後被錯劃為右派。1958 年後在京郊勞動改造。1962 年任教
於北京師範學院。1963 年起赴新疆生活、工作十多年。1978 年調
回北京工作。

　　除了上面列舉的代表性作家和作品之外，還有一些當時的青年作家也值
得注意，比如劉紹棠的《西苑草》，鄧友梅的《在懸崖上》，茹志鵑的《百合
花》，劉真的《長長的流水》等，限於篇幅，不再做詳細的文本分析。

第十章　抒情文體的演變

一、領袖頌歌體：抒情的原點

1、當代「頌歌」溯源

　　1937 年抗戰的爆發，無疑是 20 世紀中國文學的一個重要轉折。這一時期的文學，一改「五四」時期懷疑批判和理性沉思的啓蒙格調，而轉向對人民戰爭、民族英雄的歌頌。適宜於街頭朗誦的鼓動詩（還包括報告、速寫、故事、活報劇等）成爲最流行的文學樣式。1938 年，詩人田間在爲自己的詩集《給戰鬥者》所寫的「代序」《論我們時代的歌頌》一文中指出：「最尊貴的歌頌動員了，這歌頌沖蕩在鐵與血之間，在侵略中國的仇敵和保衛中國的人民之間；是我們的忠勇的戰鬥者在歌唱了……把詩人自己的武器──歌頌的筆尖，接觸到人民生活的最緊張處，把歌頌的顏色塗染到人民生活的最切實處，把歌頌的調子唱到人民大眾生活的最生動處……讓我們的歌頌符合著戰鬥者的步伐吧，讓我們的歌頌迎接著英雄的呼喚吧……」。〔註 1〕詩集的編者胡風在爲《給戰鬥者》所寫的後記中，肯定了田間這一類詩歌在當時的社會學意義，指出其「情緒有餘」，但美學上「尚嫌不夠」。胡風還認爲田間序言中的觀點「不能完全恰如其分」，但對他蓬勃的熱情和眞誠的精神予以理解。〔註 2〕這種誕生於民族危亡時刻的「頌歌體」詩歌，可以視爲 20 世紀中國文學「頌歌時代」的濫觴。這種頌歌的主題（民族救亡、集體主義情緒），一方面吻合了中國抗日救亡時局的必然要求，另一方面也使人們對五四時期的詩

〔註 1〕　田間：《給戰鬥者・代序》第 1～5 頁，北京，中國文聯出版社，2002。
〔註 2〕　同上，第 131～132 頁。

歌主題（個人、主觀情緒）產生了「疑惑」，進而要將它視為「洋八股」予以
拋棄。為文學定下「頌歌」基調，並不是所有的作家都能完全接受的，即使
是在解放區也是如此。

周揚晚年接受訪談的時候證實說：當時延安有兩派，一派是以何其芳和
周揚自己為代表的「魯藝」派，我們「主張歌頌光明」；一派是以丁玲、蕭軍
等人為首的「文抗」派，他們「主張暴露黑暗」。「我說：請你們不要在根據
地找缺點，因為太陽中間也有黑點……我不贊成蕭軍他們的觀點，我才寫了
這篇文章。」〔註3〕「這篇文章」就是指 1941 年 7 月周揚在《解放日報》發
表《文學與生活漫談》一文。該文的語氣基本上是商榷式和勸告式的（但其
中暗含著警告），內容也是以討論文藝創作的內在規律為主，但潛臺詞十分明
確：「一個作家在精神上與周圍環境發生矛盾，是可能有兩種截然相反的原因
的。一種是周圍生活本身是壓迫人的，窒息人的，是一片黑暗，作家懷著對
光明的熱望不能和那環境兩立，他拼命地反對它。另一種是它處身在自己所
追求的生活中了，他看到了光明，然而太陽中也有黑點，新的生活不是沒有
缺陷，有時甚至很多；但它到底是在前進……延安作家幾乎都是和革命結有
血緣的，他們可以說都是革命的親骨肉。這裡大概不會出紀德，也更不至於
有布寧吧。」〔註4〕周揚希望延安作家不要老是盯住「太陽中的黑點」，並警
告他們不要做「紀德」和「布寧」。因為俄羅斯作家、諾貝爾文學獎獲得者布
寧（1870～1953）對十月革命持反對態度，1920 年流亡法國巴黎。另一位諾
貝爾文學獎得主、法國作家紀德（1869～1951）曾經是蘇聯十月革命的同情
者，1936 年應高爾基邀請訪問蘇聯，對所見所聞表示失望，回國後出版《訪
蘇歸來》一書，揭露蘇聯現實的陰暗面，批評斯大林的個人崇拜。

那時候的作家個性還是比較鮮明的。周揚的文章一發表，蕭軍等人就「動
怒了」，隨即召開座談會，然後由蕭軍執筆（羅烽、舒群、白朗、艾青、蕭
軍 5 人署名）寫出《〈文學與生活漫談〉讀後漫談集錄並商榷於周揚同志》
一文，但被《解放日報》退稿，後刊於蕭軍自己主編的、發行不到 200 份的
《文藝月報》。〔註5〕此外，丁玲、艾青、羅烽、王實味等人在《解放日報》

〔註3〕周揚：《與趙浩生笑談歷史功過》，見《眾說紛紜話延安》，第 241～242 頁，
　　　　廣州，廣東人民出版社，2001。
〔註4〕《周揚文集》第 1 卷，第 334～336 頁，北京，人民文學出版社，1984。
〔註5〕蕭軍：《延案日記》，見《人與人間──蕭軍回憶錄》第 366～367 頁，北京，
　　　　中國文聯出版社，2006。

發表文章，表示了與周揚不同意見。丁玲的文章《我們需要雜文》、《三八節有感》等，主張發揚魯迅精神，大膽批判官僚主義和封建惡習，批評那種認爲邊區「不宜於寫雜文」，只能「反映民主的生活」的觀點。〔註6〕羅烽的文章《還是雜文時代》認爲，在「光明的邊區」也有「黑白莫辯的雲霧」，也有「膿瘡」，作家應該以雜文爲武器批判腐朽的思想，「常常憶起魯迅先生。劃破黑暗……的短劍已經埋在地下了，鏽了，現在能啓用這種武器的，實在不多。然而如今還是雜文的時代。」〔註7〕

艾青發表了《瞭解作家，尊重作家》，文筆更爲犀利：「作家並不是百靈鳥，也不是專門唱歌娛樂人的歌妓。他的竭盡心血的作品，是通過他的心的搏動而完成的。他不能欺瞞他的感情去寫一篇東西，他只能根據自己的世界觀去看事物，去批判事物。他在創作的時候，就只求忠實於他的感情，因爲不這樣，他的作品就成了虛僞的，沒有生命的。希望作家能把癬疥寫成花朵，把膿包寫成蓓蕾的人，是最沒有出息的人——因爲他連看見自己的醜陋的勇氣都沒有，更何況要他改呢？愈是身上髒的人，愈喜歡人家給他搔癢。而作家並不是喜歡給人搔癢的人。……作家除了寫作自由之外，不要求其它的特權。他們用生命去擁護民主政治的理由之一，就因爲民主政治能保障他們的藝術創作的獨立的精神。只有給藝術創作以自由的精神，藝術才能對社會改革的事業起推進的作用。」〔註8〕

王實味發表了《政治家‧藝術家》和《野百合花》。王實味在文章中指出：「舊中國是一個包膿裹血的，充滿著骯髒與黑暗的社會，在這個社會裏生長的中國人，必然要沾染上它們，連我們自己——創造新中國的革命戰士，也不能例外。這是殘酷的眞理，只有勇敢地正視它，才能瞭解在改造社會制度的過程中，必須同時更嚴肅更深入地做改造靈魂的工作……魯迅先生戰鬥了一生，但稍微深刻瞭解先生的人，一定能感覺到他在戰鬥中心裏是頗爲寂寞的。……革命陣營存在於舊中國，革命戰士也是從舊中國產生出來，這已經使我們底靈魂不能免地要帶著骯髒和黑暗……藝術家改造靈魂的工作，因而也就更重要、更艱苦、更迫切。大膽地、但適當地揭破一切骯髒和黑暗，清

〔註6〕陳明編：《我在霞村的時候——丁玲延安作品集》，第251頁，西安，陝西人民教育出版社，1999。
〔註7〕見《抗日戰爭時期延安及各革命根據地文學運動資料》（上）第118～119頁，太原，山西人民出版社，1983。
〔註8〕《艾青全集》第5卷，第378～379頁，石家莊，花山文藝出版社，1991。

洗他們，這與歌頌光明同樣重要，甚至更重要。揭破清洗工作不止是消極的，因為黑暗消滅，光明自然增長。有人以為革命藝術家只應『槍口向外』，如揭露自己的弱點，便予敵人以攻擊的間隙——這是短視的見解。我們底陣營今天已經壯大得不怕揭露自己的弱點，但它還不夠堅強鞏固；正確地使用自我批評，正是使它堅強鞏固的必要手段。」「我並非平均主義者，但衣分三色，食分五等，卻實在不見它必要與合理……如果一方面害病的同志喝不到一口麵湯，青年學生一天只得到兩餐稀粥……另一方面有些頗為健康的大人物，作非常不必要不合理的享受，以致下對上感覺他們是異類，對他們不惟沒有愛……這是叫人想來不能不有些不安的。」〔註9〕

　　這些不同的文藝思想觀念，在隨後的整風和審幹中遭到清算。最後，「頌歌派」毫無疑問佔了上風。1942 年 5 月 23 日，毛澤東在延安文藝座談會上的《講話》給出了最終結論：「歌頌呢，還是暴露呢？這就是態度問題。……革命文藝工作者的任務就是在暴露他們（按，敵人）的殘暴和欺騙……至於對人民群眾、對人民的勞動和鬥爭，對人民軍隊、人民的政黨，我們當然應該讚揚。」〔註10〕20 世紀中國文學的「頌歌傳統」，在 1942 年的「延安文藝座談會」上正式確立。而魯迅開啓的「批判國民性」的啓蒙傳統無疑自然而然地中止了，關於「還是雜文時代」的呼叫，只不過變成批判的材料而已，對這些「暴露派」的批判，一直延續到「文革」前後。

　　新的文藝方針政策，實際上已經規定了要以歌頌為主，並把這一點上升到對人民、革命、政權的態度的高度。儘管沒有明文規定不能批評缺點，但批評者的遭遇（以及由此而來的恐懼）和歌頌者所得到的獎賞（以及由此而來的誘惑），實際上已經讓許多人不得不選擇「歌頌」之路。歌頌的對象主要是人民、軍隊、政黨。在陝甘寧邊區等解放區，「人民」當然主要是農民，歌頌農民積極生產、後進變先進、支持前線，一般是沒有問題的。歌頌軍隊的浴血奮戰、英勇氣概也沒有問題，但軍隊內部是有等級的，歌頌士兵還是歌頌將軍，是一件直到琢磨的時事情，事實上有很多歌頌劉志丹、朱德、彭德懷等人的詩歌，這裡不再展開討論。歌頌人民的政黨也是同樣的，有抽象的「政黨」，有具體的「政黨」。具體的「黨」就是黨的最高領袖。

　　　　　　　　　　　　　　　　　　　　　　

〔註9〕　王實味：《野百合花》，第 109～112 頁，北京，中國青年出版社，1999。
〔註10〕中共中央文獻研究室：《毛澤東論文藝》，第 50 頁，北京，中央文獻出版社，2002。

「頌歌體」最適合的體裁當然是詩歌，或者說「詩」與「歌」。詩歌既有直接的歌頌效果，就像標語一樣；又有韻律、節奏，比喻、誇張等藝術要素，可以流傳。「頌歌體」還有一個特點，就是抒情，省略冗長的敘事過程，直接將某種讚美的情緒抒發出來。我們知道，情緒、感覺乃至心理，之所以會出現偏差，就是因爲在冗長的敘事中途情況多變，省略這個敘事過程，直接抒情，情緒就會更加穩定，效果就會更加單一和明顯。這就是頌歌的最主要的特點。

2、最早歌頌毛主席的詩人

就目前可信的材料而言，最早用「民歌」的形式歌頌毛澤東的，是兩位不識字的陝北農民李有源和孫萬福。據傳，《東方紅》歌詞的主要作者之一、陝西佳縣農民李有源，早在在紅軍長征到達陝北之初，就開始編「順口溜」歌頌毛澤東了。《中國解放區文學書系‧民間文學編》中收集了大量歌頌共產黨和毛主席的「民間歌謠」，其中收入歌曲《東方紅》的「前身」《移民歌》，全詩共 36 行：「東方紅，太陽升，／中國出了個毛澤東，／他爲人民謀生存，他是人民大救星。……」，時間爲 1943 年冬天，標明作者爲李有源和他的侄子李增正等「集體創作」，後來經延安文人整理、改編，發表在《解放日報》上。〔註11〕可見，《東方紅》這首著名歌曲的專業人員加工版（增加詞作者公木）就更晚了。《中國解放區文學書系》還收入了另一位農民詩人孫萬福的即興詩《咱們的領袖毛澤東》。〔註12〕但民間口口相傳的東西，有時候會由於收集、改寫、傳播等各種技術原因，導致了版本各異、莫衷一是的結果。爲了更爲穩妥起見，我不得不捨棄李有源，而選擇孫萬福作爲例子。我並不懷疑有關李有源的資料的可靠性，因爲當事人之一、李有源的侄子李增正也有過回憶文章，但我更願意看到有第三者見證的文字。孫萬福不但有詩歌在民間流傳，還有周揚的當面見證和公開發表的文字。

孫萬福（1883～1945），陝西環縣曲子鎮劉旗村人，出生於一個貧苦農民家庭，幼年家境貧寒，未入學讀書，但其天資聰穎，博聞強記，能即景吟唱，在曲子一帶很有名氣。1936 年 6 月，中國工農紅軍解放了曲子縣，建立了曲子縣黨、政各級組織，開展打土豪、分田地活動。孫萬福家分得土地 20 餘畝，

〔註11〕賈芝主編：《中國解放區文學書系‧民間文學編》第 136～138 頁，重慶出版社，1992。

〔註12〕同上，第 139～140 頁。

牲畜 2 頭。他高興地吟唱道:「毛主席,他一來,/衙門大敞開。/誰有苦來誰有冤,/一起吐出來。/打倒土豪大惡霸,/窮人把頭抬。」孫萬福翻身後,在政府支持下,組織了全縣第一個變工隊,開荒種糧,脫貧致富。但村上還有一些懶漢二流子,好吃懶做,又染上抽鴉片的惡習。孫萬福不僅督促他們參加生產,還自編了《二流子要轉變》的詩歌來教育他們。1943 年 11 月,孫萬福被選為勞動英雄,光榮地出席了陝甘寧邊區召開的勞動英雄大會,受到毛澤東、朱德、劉少奇、周恩來等領導人的接見在這次大會上,孫萬福榮獲邊區特等勞動英雄稱號,獲得獎金 2 萬元。1943 年 12 月 9 日,孫萬福與其它 16 位勞模,在楊家嶺西北局辦公廳,受到毛澤東主席的接見。當毛澤東主席與英雄們親切談話時,孫萬福激動地用兩手緊緊地抱住主席的肩膀說:「大翻身哪!有了吃有了穿,賬也還了,地也贖了,牛羊也有了,這都是您給的。沒有您,我們這些窮漢子趴在地上一輩子也站不起來。」他越說越激動,感情破閘而出,即興朗誦道:

> 「高樓萬丈平地起,/盤龍臥虎高山頂,/邊區的太陽紅又紅,/咱們的領袖毛澤東。/天上三光日月星,/地上五穀萬物生,/來了咱們的毛主席,/挖斷了窮根翻了身。/為咱能過上好光景,/發動了生產大運動,/人人努力來生產,/豐衣足食吃飽飯。/邊區人民要一心,/枯樹開花耀眼紅,千年枯樹盤了根,/開花結籽靠山穩。」

當他一口氣朗誦完這首詩後,毛主席拍著孫萬福的肩膀問他是不是個秀才。他望著毛主席回答說:「我一字不識啊!」毛主席聽他一字不識,對這位農民詩人的天才和氣質大為驚歎。後來,他被稱之為「農民詩人」。〔註 13〕

周揚從報紙上瞭解到孫萬福的情況後,到延安大學歡迎勞動英雄的大會上去會見孫萬福,叫他即興朗誦詩。孫萬福又一連吟唱了 5 首。周揚聽後,稱讚他是一個很有詩意的人,比某些職業的朗誦詩人還高明。後來,周揚在《解放日報》上發表《一位不識字的勞動詩人──孫萬福》一文,高度評價孫萬福。周揚當場記下孫萬福當著他朗誦的即興詩:「咱們勞動英雄來開會,/看了生產展覽品,/延安的頭一景。/咱毛主席號召──/盤龍臥虎高山頂;/高樓萬丈從地起。/咱們勞模英雄回家/個個心裏喜//咱們毛主席比

〔註 13〕引自「新華網」:www.gs.xinhuanet.com/dfpd/2005-11/02/content_5493042.htm,
　　　　2008 年 7 月 16 日。

如一個太陽。／比如東海上來一盆花，／照到咱們邊區人民是一家。／比如空中過來一塊金，／邊區人民瞅到一條心。……」（案，孫萬福即興演唱，將詩分行的是周揚，文章刊於 1943 年 12 月 26 日《解放日報》）

周揚寫道：「讀者啊，請你細讀，這些是一個不識字的詩人做下的詩，真正的老百姓的詩！這裡面有對於人民領袖的歌頌……他用太陽來比喻毛主席，又拿花和金子來形容剛剛升起的太陽的可愛，你不能因為他把花和東海，金子和空中連在一起，就根據修辭學的迂腐的觀點來責備他的隱喻的混亂，這些譬喻的形象正是很好地傳達了人民對自己的領袖的親切的愛……」。〔註 14〕以上是翻身解放後的農民自編的「頌歌」。下面來看看作為「知識分子」的詩人的頌歌。先看解放區大本營延安詩人的情況。

就目前佔有的資料所及，延安時期最早寫詩歌頌毛澤東的是朱子奇。〔註 15〕1940 年朱子奇寫了《楊家嶺出太陽》一詩，以毛澤東在延安的住地「楊家嶺」為歌頌對象：「楊家嶺出太陽，／每天照我窰洞前。／亮我雙眼，暖我心房。／……楊家嶺的太陽，／給迷路的人指方向。／給絕望的人以力量，／也給失足者以新生的希望。／……」。〔註 16〕1941 年 6 月，朱子奇模仿馬雅科夫斯基的「樓梯詩」格式，寫了《我歌頌偉大的七月——為中國共產黨誕辰 20 週年而作》：「……我覺得：／千百萬普羅列塔亞的／兄弟緊緊地／站在黨的四周／圍繞著英明領袖／——毛澤東同志。／……」。〔註 17〕著名詩人艾青也是較早寫歌頌毛澤東的詩歌的人。1941 年 11 月 6 日艾青寫了《毛澤東》一詩：「毛澤東在哪兒出現，／哪兒就沸騰著鼓掌聲——／／『人民領袖』不是一句空虛的頌詞，／他對人民的愛博得人民的信仰；／／……他的臉常覆蓋著憂愁，／眼瞳裏映著人民的苦難；／／是政論家、詩人、軍事指揮者，／革命者——以行動實踐著思想；／……。」〔註 18〕歌曲《東方紅》詞作者之一的公木，1942 年 4 月寫了《再見吧，延安》一詩：「……親愛的毛澤東同志：／想起你光輝的名字，／就好像銘刻著一句堅定的誓詞。／而我並不

〔註 14〕　《周揚文集》第 1 卷，第 435～436 頁，北京，人民文學出版社，1984。
〔註 15〕　朱子奇（1920～2008），詩人，1937 年到延安。1938 年入抗大學習，曾任抗大政治部科員。1949 年後曾任中國作協書記處常務書記等職。
〔註 16〕　《中國新文藝大系 1937～1949・詩集》第 163 頁，公木主編，北京，中國文聯出版公司，1996。
〔註 17〕　《中國新文藝大系 1937～1949・詩集》第 161 頁，公木主編，北京，中國文聯出版公司，1996。
〔註 18〕　《艾青全集》第 1 卷，549～550 頁，石家莊，花山文藝出版社，1991。

曾離開你──／你不只在延安，你是在戰鬥的全中國，／你是在每一個勞動人民的心坎裏，／你是我們亞細亞的燈塔，／我永遠在你的光照下……」。〔註19〕

國統區的作家也有很多爲毛澤東寫頌歌的，時間自然比解放區晚一點。抗戰勝利後的 1945 年 8 月，毛澤東應蔣介石之邀到重慶參與國共和談，重慶左翼文學界人士激動不已。詩人徐遲〔註20〕見到毛澤東之後連夜寫下《毛澤東頌》，刊登在重慶《新華日報》上（署名史綱）。徐遲歌頌道：「毛澤東，毛澤東，／我一生的光榮，／是能夠給你頌揚／金雞樣高亢嘹亮。∥你的名聲霹靂樣，驚駭法西斯幽魂。／你的名聲江河樣，奔流南北城市鄉村。／你的名聲魔笛樣，／奏得人心溫暖和柔。／你的名聲颶風樣，掃蕩噬人的魍魎。∥你的名聲喇叭樣，／使人民貫徹解放戰爭，／你的名聲布穀樣，／呼喚農民耕得深。∥別人抗戰，美國武器，／你抗戰，步槍小米，／你的名聲神話樣，也比女媧煉石補了天。∥……我要把永遠的芳香，／噴在你的名聲上。∥你是中國人民的光明，／你是中國人民的希望，／毛澤東，毛澤東，／中國人民的大光榮。」〔註21〕

1945 年 9 月 9 日的《新華日報》，發表了臧克家的頌詩《毛主席，你是一顆大星》。臧克家晚年在回憶錄中寫道：「葉以群同志通知我：毛主席召開座談會，要我參加，地址在張治中公館。我懷著激動的心情準時到會。……與毛主席座談後，我心潮澎湃，思緒萬千，寫了一篇《毛澤東，你是一顆大星》的頌詩，用何嘉的筆名，發表在 9 月 9 日的《新華日報》上。我在詩中寫道：毛澤東，你是／全延安，全中國／最高的一個人，／你離開我們千萬里，／你又像在眼前這麼近……／爲了打倒共同的敵人，／你主張團結，抗戰勝利了，／你還是堅持團結，／因爲你知道，今天人民要求的不是內戰，／是和平，是民主，是建設，／用自己的胸膛／裝著人民的心，／你親自降臨到這戰時的都城，／做了一個偉大的象徵。／從你的聲音裏，／我們聽出了一個新中國；／從你的目光裏，／我們看到了一道大光明。」〔註22〕

〔註19〕《中國新文藝大系 1937～1949‧詩集》第 58 頁，公木主編，北京，中國文聯出版公司，1996。

〔註20〕徐遲（1914～1996）浙江人，曾就讀於東吳大學和燕京大學。抗戰爆發後輾轉於上海、香港、重慶。全國解放後任《人民中國》（英文版）編輯、《詩刊》副主編。1960 年調湖北文聯任專職作家。

〔註21〕1945 年 8 月 30 日《新華日報》（重慶）第 4 版。

〔註22〕臧克家：《臧克家回憶錄》，第 417～418 頁，北京，中國工人出版社，2004。

1945 年袁水拍寫下《毛澤東頌歌》：「……你是預言，／你是旗幟，／在你的戰旗下我們戰鬥，／東方要實現你的預言。……」〔註23〕1946 年，從解放區到重慶工作的何其芳寫下《新中國的夢想》，詩中寫到：「好久好久了／我想作一曲毛澤東之歌／但如何能找到那樣樸素的語言／來歌頌這人民的最好的勤務員？／又如何能找到那樣莊嚴的語言／來敘述他對人民的無比貢獻？／／還是老百姓和他最相通，／最先是一個民間歌人／唱起了『中國出了個毛澤東』。／……」。〔註24〕1949 年 2 月，聶紺弩創作了一首 600 多行的的長詩《一九四九年在中國》：「毛澤東／我們的旗幟／東方的列寧、史太林／讀書人的孔子／農民的及時雨／老太婆的觀世音／孤兒的慈母／絕嗣者的愛兒／罪犯的赦書／逃亡者的通行證／教徒們的釋迦牟尼、耶穌、默罕默德／地主、買辦、四大家族、洋大人們的活無常／舊世界的掘墓人和送葬人／新世界的創造者、領路人……」。〔註25〕

新中國成立之後，最早直接歌頌毛澤東的詩歌出自「七月派」詩人徐放〔註26〕之手。1949 年 10 月 1 日，《人民日報》第 7 版刊登了「七月派」詩人徐放的《新中國頌歌》，全詩共 7 節，詩的第 4 節中寫道：「……這是幾千年，／這是近百年，／這是中國人民／世界人民／鬥爭的成果；／這是馬克思、恩格斯、列寧、斯大林／和毛澤東的思想成果。／／從今天，／在中國的歷史上／要寫著毛澤東，／在世界的歷史上，／要寫著毛澤東；／……」。同一天的《人民日報》還有郭沫若的詩歌《新華頌》，但詩中沒有毛澤東的名字。1949 年 10 月 2 日《人民日報》的副刊「星期文藝」刊登了詩人王亞平〔註27〕

〔註23〕 袁水拍：《詩四十首》，第 145 頁，上海，新文藝出版社，1945。袁水拍（1915～1982），筆名「馬凡陀」，解放後歷任《人民日報》文藝部主任，《人民文學》、《詩刊》編委，中共中央宣傳部文藝處處長等職。

〔註24〕 《延安文藝作品精編·理論詩歌卷》，第 302 頁，杭州，浙江文藝出版社，1992。何其芳（1912～1977）北京大學畢業。1938 年到延安，任魯藝文學系主任。1944～1947 年兩次被派到重慶從事統戰工作，曾任《新華日報》社副社長等職。建國後曾任中國作家協會書記處書記，中國社會科學院文學研究所所長等職。

〔註25〕 聶紺弩（1903～1986），1924 年考入黃埔軍校第 2 期，1925 年考入莫斯科中山大學，1934 年入黨。1937 年在重慶等地當編輯。1948 年撤退香港。解放後任人民文學出版社副總編。1958 年被錯劃爲右派，送往北大荒勞動。「文革」中以「現行反革命罪」入獄，1979 年平反。

〔註26〕 徐放（1921～）「七月派」詩人，1943 年參加革命，1946 年後曾在陝甘寧邊區工作，1949 年任《人民日報》文藝副刊編輯，1955 年因所謂胡風反革命集團案蒙冤入獄，1980 年平反。

〔註27〕 王亞平（1905～1983），1939 年在重慶參加進步文藝運動，1946 年年任冀魯

的《迎接——中華人民共和國》，全詩包括「序曲」和「尾聲」共 5 章，詩人歌頌道：「敬禮吧！／面向掌握歷史車輪的舵手——毛主席！／馬列主義的實踐者，／苦難人民的救星，／中國無產階級革命的導師！／／我們——全國的人民／用顛不倒、撲不滅的信心，／用山樣高海樣深的熱愛，／迎接年青的中國！／迎接建設的年代！……」。徐放和王亞平這兩位詩人，之所以能夠最早在《人民日報》上發表歌頌毛澤東的詩歌，大概與他們都是《人民日報》文藝副刊的編輯有關。1949 年 10 月 25 日出版的《人民文學》創刊號，刊登了何其芳的詩歌《我們最偉大的節日》和柯仲平的詩歌《我們的快馬》，都是以歌頌毛澤東為主要內容。何其芳的詩共 7 節，第 1 至第 3 節是鋪墊，第 4 至第 7 節全是與毛澤東相關的內容。

3、早期頌歌的兩種模式

新中國早期的頌歌，繼承了自延安時期以來形成的總體「頌歌」風格，內容以歌頌工農兵革命鬥爭和生產實踐，歌頌中國共產黨的英明領導，歌頌黨的領袖為主。與解放發前夕「進步文藝界」不同之處在於，它由原來的非主流變成了主流。從風格上看，熱情更為奔放，調子更為昂揚，但詩藝卻越來越粗糙。如果說解放前寫那種頌歌還有危險的話（特別是在國統區），新中國成立之後的頌歌就會為詩人帶來榮譽和獎賞。當代詩歌開始了新的「頌歌時代」，有人在呼喊，有人歌唱，有人讚美。任何一個時代的詩歌，都會同時存在「大聲疾呼派」和「輕聲細語派」。但在當代中國詩歌的「頌歌傳統」中，「輕聲細語派」是不合時宜的；當然，「大聲疾呼」中的另類想法也是不合時宜的。從新中國初期的頌歌內部來看，那種適合於「歌頌」的「大聲疾呼派」內部也有差異。大聲疾呼的頌歌中大致有兩種基本模式，一種是「**明確讚美模式**」，強調內容的明白易懂，直接歌頌，以郭沫若為代表。還有一種是「**含混讚美模式**」，在歌頌的同時，還要不時照顧到內容的複雜性，詩歌形式本身的複雜性，以胡風為代表。

新中國成立之後，郭沫若在繁忙的領導工作之餘，創作了大量配合當時的政治形勢的即興詩歌，帶有典型的「明確讚美模式」。創作於 1949 年 9 月 20 日，刊登於 10 月 1 日《人民日報》的著名頌歌《新華頌》是第一首：「人民中國，屹立亞東。／光芒萬道，輻射寰空。／艱難締造慶成功，／五星紅

豫邊區文聯主任。1949 年後任《人民日報》文藝副刊編輯，北京市文聯黨組書記，中國曲藝研究會副主席等職。

旗遍地紅。／生者眾，物產豐。／工農長作主人翁。／／人民品質，勤勞英勇。／鞏固國防，革新傳統。／堅強領導由中共，／無產階級急先鋒。／現代化，氣如紅。／國際歌聲入九重。／／人民專政，民主集中。／光明磊落，領袖雍容。／江河湖海流新頌，／崑崙長頌最高峰。／多種族，如弟兄。／千秋萬歲頌東風。」〔註28〕四言爲主，輔之以七言、三言，似古代長短句，鏗鏘有力，明白易懂如民間歌謠，形式是古典加民間，內容是歌頌革命和領袖。

10月19日《人民日報》刊登了郭沫若的自由體新詩《魯迅先生笑了》：記述自1949年3月25日毛澤東進京以來經歷重大事件，全詩8段，每段敘述一件事，末尾都加上一句，魯迅先生「那時我看見你笑了」，最後說：「魯迅先生，你是永遠不會離開我們的，／我差不多隨時隨地都看見了你，看見你在笑。／我相信這決不是我一個人的幻想，而是千千萬萬人民大眾的實感。／我彷彿聽見你在說：『我們應該笑了，／在毛主席的領導之下，應該用全生命來／保障我們的笑，笑到大同世界的出現。』」〔註29〕不過，這首詩的思維有點亂，一會將自己的歌頌之情加諸於魯迅，一會兒又說是千萬人民的心聲。魯迅是一位不苟言笑的人，我們很難想像一位「外科大夫」一樣的人喜歡笑，只有扭秧歌的人喜歡笑。可見，郭沫若對魯迅的瞭解，遠不如魯迅對郭沫若的瞭解。

1950年1月1日，因毛澤東訪問蘇聯與斯大林相見這一事件，郭沫若寫下了《史無先例的大事》這首詩：「……一個東方又加上了一個東方，／一朵紅星又加上了一朵紅星，／雙重的太陽照臨著整個世界，／從此後會失掉了作惡的夜陰。／……毛澤東坐在約瑟夫‧斯大林的右首，／無數的大星小星在拱衛著北辰。……」〔註30〕將毛澤東和斯大林比喻爲太陽和北斗。不過這一比喻的版權應該屬於陝北農民歌手。

此後，郭沫若經常在《人民日報》發表頌歌，如1950年10月1日《突飛猛進的一年》，1951年6月30日《頂天立地的巨人》：「……普天四海，從五萬萬人民的口中發出呼聲：／愛戴我們的領導黨，我們的領袖正確英明，／新中國萬歲！中國共產黨萬歲！毛主席萬歲！／這三呼萬歲的歡聲，年年歲歲地高唱入雲！」1952年6月27日《毛澤東旗幟迎風飄揚》（後來由賀綠汀譜曲），等等。1958年1月25日，郭沫若還爲毛澤東在飛機上的工作照寫

〔註28〕《郭沫若全集‧文學編‧第3卷》，第3～4頁，北京，人民文學出版社，1983。
〔註29〕同上，第5～7頁。
〔註30〕同上，第12～14頁

了一首著名的詩《題毛主席在飛機中工作的攝影》，發表在當年的《中國青年》第 4 期上，再一次出現太陽的比喻：「一萬公尺的高空，／在安如平地的飛機之上，／難怪陽光是加倍地明亮；／機內和機外有著兩個太陽。／不倦的精神啊，崇高的思想，／凝成了交響曲的樂章；像靜穆的崇山峻嶺，／像浩渺無際的重洋。」〔註31〕

1958 年之後，在大躍進運動的影響下，郭沫若的詩歌越來越帶有民歌風，有的近於順口溜乃至打油詩，但領袖不離口的習慣依然如故：「回思往日苦，倍感今日甘。／回思往日苦，眼淚尚難乾。／感謝毛主席，感謝黨的恩。／鼓足大幹勁，十年超英倫。」〔註32〕「領袖帶頭挖土，／人民不亦樂乎！／三山五嶺齊歡呼，／苦戰何能算苦？／」〔註33〕「五光十色競繽紛，／體現民族大家庭。／萬眾齊聲呼萬歲，／高歌領袖頌昇平。」〔註34〕「親愛同志毛澤東，／你的領導好作風。／你把主義發展了，／中國革命慶成功。」〔註35〕

為了配合 1958 年「除四害」（蒼蠅、麻雀、蚊子、老鼠）運動，郭沫若寫了《四害餘生四海逃》一詩，發表在 8 月 31 日《人民日報》，全詩共四節：一、蒼蠅逃向英國，二、麻雀逃向美國，三、蚊子逃向日本，四、老鼠逃向西德。其中的第一節，是想像（或者說是希望）「除四害」之后蒼蠅逃向英國：「遠從中國逃來，／眞是十分愉快。／在此建立王國，／傳之子孫萬代。／中文雖叫蒼蠅，／英文是叫『福來』。／可見英國紳士，／表示忠誠擁戴。／英國害過中國，／欠下鴉片舊債。／蒼蠅幫助霍亂，／也曾爲過大害。／中國人民憎恨，／那是理所應該。／英國紳士歡迎，／這是同類相愛。」〔註36〕這是一首調侃加詛咒的打油詩。從青年時代的「鳳凰意象」和「天狗意象」到晚年的「麻雀意象」和「蒼蠅意象」，基本上能夠看出詩人郭沫若的心路歷程。

與郭沫若「明確讚美模式」頌歌的直截了當、毫不含糊的相比，胡風「含混讚美模式」頌歌顯得拐彎抹角、猶豫不決，最終導致了文化界「權威人士」

〔註31〕《郭沫若全集・文學編・第 3 卷》，第 228 頁，北京，人民文學出版社，1983。
〔註32〕同上，第 277 頁。
〔註33〕同上，第 297 頁。
〔註34〕同上，第 357 頁。
〔註35〕《郭沫若全集・文學編・第 3 卷》，第 361 頁，北京，人民文學出版社，1983。
〔註36〕同上，第 309 頁。

的猜疑乃至批判。我們以胡風著名的長詩《時間開始了》的創作、風格、遭遇為例來分析胡風的頌歌。

《時間開始了》是胡風創作於 1949 年 11 月到 1950 年 1 月的大型交響樂式的長詩，或稱「英雄史詩五部曲」，全詩由五個部分組成：第一部《歡樂頌》，以 1949 年 9 月中國人民政治協商會議開幕為由頭，以極其誇張的激情描寫大會的熱烈氣氛、歌頌毛澤東的偉大形象，刊登在 1949 年 11 月 20 日的《人民日報》上，全詩一共 383 行，這應該是當時公開發表的最長的（儘管不是「最早」的）頌歌。第二部《光榮頌》，具體描寫了中國勞動婦女的苦難歷史，以及她們在時代感召下奮起反抗，1950 年 1 月 6 日刊登在《天津日報》上。第三部《青春曲》，詩人將主觀抒情轉換成一組感性的形象，對小草、晨光、雪花、土地、陽光等新生事物的青春充滿了真純的感激；其中第一曲《小草對陽光這樣說》刊登在梅志等人自編的刊物《起點》1950 年第 1 期上；第二曲、第三曲補寫於 20 世紀 80 年代初。第四部《英雄譜》又名《安魂曲》，1950 年 3 月由北京天下圖書公司出版，由天安門廣場上舉行人民英雄紀念碑的奠基禮起始，以誇張的想像力，描寫幾位與詩人相知的先烈英魂的對話。第五部《勝利頌》或《又一個歡樂頌》，刊登在 1950 年 1 月 27 日的《天津日報》，該詩再一次回到開國大典的場面。《時間開始了》按照胡風自己的說法有 4600 多行，氣勢磅礴，具有史詩格調，是新中國最長的頌歌。但這部長詩的創作過程、發表的命運，充滿了波折。而經胡風推薦的梅志的長篇童話詩《小紅帽脫險記》，卻很順利地在 1949 年 9 月 29 日至 10 月 12 日的《人民日報》分 11 次連載完畢，十分罕見。第一次發表時編者還加了按語：「目前適合於兒童閱讀的東西太少，富有思想教育意義的東西更少。像這種形式既適合於兒童閱讀，內容又與現實結合得密切有力，我們特別向小朋友們推薦。」〔註37〕鋼筆手寫題名，馮真（馮乃超之女）插圖。

1949 年 9 月，胡風從上海到北京參加政協會議。11 月 6 日開始創作長詩《時間開始了》，這首 400 多行的長詩只花了 6 天時間：「……海 / 沸騰著 / 它湧著一個最高峰 / 毛澤東 / 他屹然地站在那最高峰上 / 好像他微微俯著身軀 / 好像他右手緊握著拳頭 / 放在前面 / 好像他雙腳踩著一個 / 巨大無形的舵盤 / 好像他在凝視著流到了這裡的 / 各種各樣的大小河流」。〔註38〕「……

<hr>

〔註37〕1949 年 9 月 29 日《人民日報》。
〔註38〕《胡風全集》第 1 卷，第 103 頁，武漢，湖北人民出版社，1999。

／毛澤東！毛澤東！／由於你／我們的祖國／我們的人民／感到了大宇宙的
永生的呼吸／受到了全地球的戰鬥的召喚……」。〔註39〕「……毛澤東！毛澤
東！／中國大地上最無畏的戰士／中國人民最親愛的兒子／你微微俯著身軀
／你堅定地望著前方／隨著你抬起的巨人的手勢／大自然的交響湧出了最強
音／全人類的希望發出了最強光／你鎮定地邁開了第一步／你沉著的聲音像
一聲驚雷」。〔註40〕儘管全詩的主題明確，頌歌風格也極其鮮明，其實它的節
奏不甚流暢，比喻也不明朗淺顯，而是過於曲折，「雙腳踩著一個巨大的舵盤」
給人搖晃的感覺；「微微俯著身軀」無疑不如「昂首挺胸」好；分行方式也過
於奇特怪誕。與郭沫若的頌歌相比，胡風的頌歌缺少朗朗上口的優勢。儘管
如此，《歡樂頌》勉強被《人民日報》接受，因為它基本上是屬於正統「頌歌」
風格。《時間開始了》的第二部就沒有那麼幸運了，編輯部接到上峰的指令，
不予發表。

　　1949 年 11 月 16 日開始寫第二部《光榮贊》，胡風就感到「不順遂似的
……痔瘡發了，很不舒服……痔瘡劇痛」。〔註41〕24 日繼續寫《光榮贊》，26
日寫畢，交給《人民日報》文藝副刊的編輯徐放。12 月 4 日接到袁水拍（馬
凡陀）的電話通知，《光榮贊》太長，不准備刊用。12 月 15 日，電話中得知
胡喬木的意見：「他不贊成《光榮頌》裏面的『理論』見解，當然不能在《人
民日報》上發表了。」〔註42〕儘管年輕的編輯們徐放、王亞平、李亞群一直
在爭取，但最終不了了之。但胡風並沒有停止他的頌歌的創作，12 月 2 日開
始寫《安魂曲》（後改名《英雄譜》），整個創作過程伴隨著咳嗽和偏頭疼，
以至於不得不將鴉片粉末放在紙煙中吸，以緩釋咳嗽之苦。詩中歌頌了幾位
革命烈士兼老友，其中寫到新四軍戰士、作家、《第七連》作者丘東平。整
首詩並不是純粹的頌歌風格，而是頌歌加悲歌風格，時而高昂悲壯，時而婉
轉低吟，明朗和晦澀交織，有西洋交響樂的氣派，但沒有「清新明朗」的民
歌風格，也沒有中國古詩的簡潔韻律。

　　總之，《時間開始了》一詩儘管也是頌歌風格，但與郭沫若的相比，它的
抒情（創作時的激情）過於猛烈以至於有梗阻的跡象，敘事過於複雜（細節
沖淡了直接歌頌的效果），意象也過於奇異（意和象之間不能立刻接榫）。這

〔註39〕　《胡風全集》第 1 卷，第 115 頁，武漢，湖北人民出版社，1999。
〔註40〕　《胡風全集》第 1 卷，第 120 頁，武漢，湖北人民出版社，1999。
〔註41〕　《胡風全集》第 10 卷，第 124 頁，武漢，湖北人民出版社，1999。
〔註42〕　同上，第 131 頁。

種頌歌無疑不能有較好的、更爲直接的接受效果。也就是說，胡風的頌歌有意識拒絕當時通行的那種淺顯移動的句式，而且個人體驗和主觀情緒過於濃烈，與當時標準的頌歌規範有一種疏離的感覺。

後來胡風在《三十萬言書》中描述了自己這首長詩的遭遇：「政協會議之後，我在感激的心情下寫了歌頌黨歌頌祖國的詩《時間開始了》。到第二篇就不能發表，投到地方報紙才發表出來。在周揚同志宣佈所謂胡風『小集團』等於社會民主黨的前後，就受到了一系列的猛烈的批評。在《文藝報》（12 期）發表的關於詩的『筆談』裏，蕭三同志一點也不接觸內容，只隨便地說我的詩裏有『牢騷』；沙鷗同志只抽出幾句，把那感情內容看成相反的東西，說成是『色情』。隔了四期（16 期），何其芳同志又批評了，把我對於舊意識的批判說成是罵革命內部的人；我說毛主席是海（他看不出我說毛主席就是說黨的），他說我歪曲了毛主席，因爲毛主席自比『小學生』。黃藥眠同志在《大眾詩歌》上寫了長篇批評，這更是完全不從內容出發，對於內容隨便加上歪曲的解釋。比如第一篇寫的是政協開幕式，但他當是寫的天安門開國典禮，雖然他也參加了政協，一眼就能看明白的。《大眾詩歌》是有由黨員詩人主持的編委會的。我知道的，當時文化部編審處的同志們開過討論會（也許是黨內的），後來在《光明日報》發表了一篇集體批評。這批評也是不從內容出發，割斷前後的聯繫對片斷下歪曲的解釋，而且還故意地拉到政治問題和人事問題上去，完全出乎我的意外。由於這些批評，印成的書新華書店限制發行，後來出版社當成廢紙賣掉。」〔註43〕

通過比較我們可以發現，在抒情文本「規範化」的過程之中，「**明確讚美模式**」頌歌壓倒了或者說淘汰了「**含混讚美模式**」頌歌。這與「歌頌」壓倒或者淘汰「暴露」，「大聲疾呼」的歌頌壓倒或者淘汰「輕聲細雨」的訴說，道理是一樣的。更何況已經是新中國而不是當年了，不缺頌歌，更不卻直接歌頌的頌歌。

4、大躍進時代的頌歌

讓我們先來感受一下 1958 年民歌大躍進時期的詩歌風格。

> 「天上沒有玉皇，／地上沒有龍王，／我就是玉皇，／我就是龍王，／喝令三山五嶽開道：／我來了。」（陝西安康）

> 「如今唱歌用籮裝，／千籮萬籮堆滿倉，／別看都是口頭語，

〔註43〕《胡風全集》第 6 卷，第 143～144 頁，武漢，湖北人民出版社，1999。

／搬到田裏變米糧。／／種田要用好鋤頭，／唱歌要用好歌手，／如今歌手人人是，／唱得長江水倒流。」〔註44〕（安徽民歌）

「高唱山歌天地闊，山南海北紅火火，／工業農業大躍進，／共產黨來掌船舵，／六億人民一聲喊：／趕過英國趕美國！」

「圪梁瞭見大後套，／毛主席領導有韻調。／／前院裏開花後院裏紅，／知冷知熱的毛澤東。／／上了大青山陽婆爺爺紅，／千忘萬忘忘不了毛澤東的恩。／／山長水長路也長，／毛主席的恩情比天長。（內蒙韓燕如）」

「條江河歸大海，／萬朵葵花朝太陽，／鳥兒愛林魚愛水，／人民熱愛共產黨。／／共產黨，像太陽，／照得人民暖洋洋，／毛主席，像爹娘，／他為人民做主張，／領咱實現了合作化，／辦社喜訊平頻傳揚：／農業綱要公佈了，／黨的光輝照四方。／……（吉林謝友仁）」〔註45〕

「夢中想起毛主席，／半夜三更太陽起。／／種地想起毛主席，／周身上下有力氣。／／走路想起毛主席，／千斤擔子不知累。／／吃飯想起毛主席，蒸饃拌湯添香味。／／牆上掛著毛主席，／一片紅光照屋裏。／／開會歡呼毛主席，／千萬拳頭齊舉起。／／中國有了毛主席，／山南海北飄紅旗。／／中國有了毛主席，／老牛要換拖拉機。（陝西王老九）」〔註46〕

　　1958 年 3 月，毛澤東在中共中央醞釀「大躍進」運動的成都會議的講話中，涉及到諸多的意識形態問題和文學藝術問題。在涉及借鑒蘇聯經驗問題時毛澤東說：「從蘇聯搬來了一大批……搬，要有分析，不要硬搬，硬搬就不是獨立思考，忘記了歷史上教條主義的教訓」，「學習蘇聯及其它國家的長處，這是一個原則。但是學習有兩種方法：一種是專門模仿，一種是創新精神。學習應該與獨創精神相結合。」〔註47〕他反覆強調要獨創、創新。在談到大會上印發的古典詩詞時，毛澤東說：「印了一些詩，盡是老古董，搞點民歌好不好？」他要求「各地負責同志回去收集一點民歌，搞幾個試點，每人發三

〔註44〕轉引自周揚：《新民歌開拓了詩歌的新道路》，《紅旗》雜誌創刊號（1958 年 6 月）第 33～34 頁。

〔註45〕《大躍進歌謠選》，第 1～10 頁，上海文化出版社，1958。

〔註46〕《中國新文藝大系詩集 1949～1966》，北京，中國文聯出版公司，1990。

〔註47〕《建國以來毛澤東文稿》第七卷，120～122 頁，北京，中央文獻出版社，1992。

五張紙，寫寫民歌，不能寫的找人代寫，限期十天收集，下一次會議印一批出來。」〔註48〕他在談到中國新詩的出路時說：「我看中國詩的出路恐怕是兩條：一條是民歌，一條是古典，這兩面都要提倡學習，結果要產生一個新詩。現在的新詩不成型，不引人注意，誰去讀那個新詩。將來我看是古典同民歌這兩個東西的結婚，產生第三個東西。形式是民族的，內容應該是現實主義與浪漫主義的對立統一。」〔註49〕就是在這次會議上，毛澤東正式發出了搜集和創作新民歌的號召，搜集和寫作民歌便成了一項急迫的政治任務。

1958 年 4 月 14 日，《人民日報》發表了《大規模地收集全國民歌》的社論，號召全國人民收集民歌，這就是著名的「新民歌運動」。人民日報的社論指出：「從已經搜集發表在報刊的民謠看，這些群眾智慧和熱情的產物，生動地反映了我國人民生產建設的波瀾壯闊的氣勢，表現了勞動群眾社會主義的高尚志向和豪邁的氣魄。」該社論認為，河南民歌「要使九百一十三個山頭，一個個向人民低頭」；四川民歌：「不怕冷，不怕餓，羅鍋山得向我認錯」等，都是「現實主義和浪漫主義相結合的好詩。」〔註50〕

為這次民歌大躍進煽風點火的，還有當時任上海市委書記的柯慶施。〔註51〕他在八屆二中全會上作了一個關於文化大躍進的發言。這篇講話後來以《勞動人民一定要做文化的主人》為題，刊發在《紅旗》雜誌創刊號上，他認為 15 年一定能夠超英趕美：「那時候，人們將過著更為文明的生活。蒼蠅、蚊子、老鼠、臭蟲、老鼠等等已經消滅……人人服裝整潔，飯前便後洗手……那時候，新的文化藝術生活，將成為工人、農民的家常便飯……每個廠礦、農村都有自己的屈原、魯迅和聶耳……整個文藝園地處處百花齊放，時時推陳出新。」〔註52〕緊跟著的一篇文章是周揚的《新民歌開拓了詩歌的新道路》，表達了同樣的意思，認為新民歌既是「政治鼓動詩」和「生產鬥爭的武器」，「又是勞動群眾自我創作、自我欣賞的藝術品」，「民間歌手和知識分子詩人之間的界線將會逐漸消泯，到那時，人人都是詩人，詩為人人所共

〔註48〕　中共中央文獻研究室：《毛澤東傳 1949～1976》（上），第 795 頁，編輯，中共中央文獻出版社，2003。
〔註49〕　《建國以來毛澤東文稿》第七卷，124 頁，北京，中央文獻出版社，1992。
〔註50〕　轉引自《文藝政策學習資料》（內部發行），543～544 頁，長春，吉林人民出版社，1961。
〔註51〕　柯慶施（1902～1965），1922 年加入中國共產黨，1949 年後任南京市市長，上海市委書記，國務院副總理。
〔註52〕　《紅旗》雜誌創刊號（1958 年 6 月）第 28～29 頁。

賞」。〔註53〕

　　在民歌大躍進中，這種重新確立文學創作主體的企圖，與重新在經濟和文化上確立民族國家主體的實踐在邏輯上是同一的。由於激進思維和主觀判斷上的失誤，這次「新民歌運動」跟工農業生產上的浮誇風是一致的。當時幾乎每一個省、市、自治區、縣、鄉、工廠、學校，都開展了創作和編選新民歌的「大生產」運動，像誇張地彙報糧食產量一樣逐級向上彙報。據統計，當時出現了 8 萬多種民歌選本，發行量幾千萬冊。〔註54〕在此基礎上，郭沫若和周揚共同編選了著名的《紅旗歌謠》於 1959 年由紅旗出版社出版。周揚在人民文學出版社 1979 年版（只印了 1000 本）後記中說它收入各類民歌 300首，模仿《詩經》（三百篇）（新版「略有增刪」，共 256 首，「黨的頌歌」59首，「農業大躍進之歌」133 首，「工業大躍進之歌」40 首，「保衛祖國之歌」24 首，按黨、農、工、兵順序排列）。但與《詩經》不同的是，1、《詩經》將「頌」排在後面，《紅旗歌謠》將「頌」排在最前面；2、沒有《詩經》中的「風」「雅」之分，只有「風」，實際上根本不是「風」（風土之音，土話），可以勉強算作「共產主義」的「雅」（雅樂，官話）。《紅旗歌謠》的體例竟然是模仿《詩三百》，從中可以看出急於生產共產主義文藝經典的心情。

　　毛澤東在這裡提出的「兩結合」，後來被郭沫若、周揚等人表述為「革命浪漫主義和革命現實主義相結合」，稱之為一種「全新的創作方法」、「最好的創作方法」。邵荃麟、賀敬之等人在《文藝報》上紛紛撰文，談學習「兩結合」的體會，認為大躍進民歌和毛澤東詩詞，都是「兩結合」的典範。周揚在《新民歌開拓了詩歌的新道路》中，對此進行了詳細的解釋，認為，沒有革命浪漫主義的「現實主義」，會流於庸俗的自然主義；沒有革命現實主義的「浪漫主義」，會變成「虛張聲勢的空喊或知識分子的想入非非」，只有「兩結合」，才能充分反映人民群眾的革命熱情、建設熱情，和共產主義風格。〔註55〕

　　1958 年新民歌運動的頌歌作者主要包括以下幾類。一類是農民和工人出身的民間歌手（業餘作者）。他們的代表是農民王老九，工人黃聲孝等〔註56〕。

〔註53〕見《詩刊》編輯部編：《新詩歌的發展問題》第一集，第 1～13 頁，北京，作家出版社，1959。

〔註54〕潘旭瀾：《新中國文學詞典》，1183 頁，南京，江蘇文藝出版社，1993。

〔註55〕參見邵荃麟：《門外談詩》，賀敬之：《漫談詩的革命浪漫主義》，周揚：《新民歌開拓了詩歌的新道路》等文章，見《詩刊》編輯部編：《新詩歌的發展問題》第一集，北京，作家出版社，1959。

〔註56〕王老九（1894～1969），陝西臨潼人，農民詩人，中國作家協會會員。黃聲孝

他們是 50 年代的「民間百靈鳥」，經常亮開歌頌的喉嚨婉轉啼鳴。王老九在 50 年代初期就已經成名，北京的通俗讀物出版社 1954 年出版過《王老九詩選》。碼頭工人黃聲孝，於 1958 年 12 月出版了《黃聲孝詩選——新國風第一集》，後又出版詩集《歌聲壓住長江浪》等。他的《我是一個裝卸工》是大躍進時期新民歌的代表作之一：「我是一個裝卸工，／威震三峽顯本領，／左手抓來上海市，／右手送走重慶城。／／我是一個裝卸工，／勞動幹勁衝破天，／太陽裝了千千萬，／月亮裝了萬萬千。／……」。還有一類，原本就是民間著名的歌手，後來才轉變爲「紅色頌歌手」的（就像陝北時期的孫萬福，李有源一樣）。這一類的代表是陝西民間盲人歌手（說書藝人）韓起祥。〔註57〕他早在 1947 年，就說過評書《劉巧巧團圓》，解放後任中國曲藝家協會副主席。

　　1958 年的民歌運動，從總體上來說是違背文藝創作和民間文藝生產的客觀規律的。有論者指出：「民歌之所以是民歌，不僅由於它出自人民群眾之口，和採用人民熟悉的喜聞樂見的形式，更重要的還必須眞實地反映人民的生活，眞實地表達人民的愛憎，而且這種情感的抒發，又必須是自覺自願地自由創作。可是五八年的民歌運動，從它的興起、發展和它所反映的內容來看，與這些都是背道而馳的。……1958 年的民歌創作運動是自上而下地號召、組織甚至是在強制下人爲地發動起來的。它不是人民群眾的自由創作，而是一次違反文藝創作規律的運動，是經濟工作中浮誇風在文藝中的反映。」〔註58〕也就是說，這種帶有「民歌」風格的當代頌歌，實際上不是民間自發歌唱，再經文人採集的結果，而是一種強制性（或者誘導性）的新文化生產運動，一種帶有現代工業生產性質的文化再生產活動。在這裡，「民間」無疑是被利用的對象。

　　1958 年新民歌運動中出現的「歌謠」，對不但對 20 世紀五六十年代的中國新詩構成巨大的衝擊，而且也對當時的「文人頌歌」構成了巨大的衝擊，或者說，知識分子詩人在編順口溜、快板書方面，一點優勢也沒有。那些新民歌，讓人覺得回彷彿又回到了「延安時期」初期農民民歌和秧歌時代。大

　　（1918～1994），工人詩人，湖北宜昌碼頭工人。

〔註57〕韓起祥（1915～1989），陝北盲藝人，1944 年結束流浪生活開始成爲「紅色歌手」，1955 年入黨。代表作爲《劉巧巧團圓》、《翻身記》、《我給毛主席去說書》等。

〔註58〕轉引自劉錫誠：《20 世紀中國民間文學學術史》，第 689 頁，鄭州，河南大學出版社，2006。

躍進新民歌有兩大主題，一是歌頌共產黨和毛澤東，其風格與延安時期的所謂「歌謠」十分相似，從韓燕如和王老九的頌歌中可以看出。二是歌頌總路線、大躍進和當時的政策。後面這一類頌歌有兩種形式，一種是直接歌頌，一種是利用所謂「賦比興」手法的歌頌，有一定的想像力和形式感。毫無疑問，其中部分「民歌」的「民間性」是有疑問的，大部分搜集來的民歌，缺少搜集地點、演唱者、記錄者、旁證者等原始材料。估計有很大一部分是各地群眾藝術館的工作人員和幹部自己編出來的。例如，上面引述的那首民歌中有「別看都是口頭語」這樣的句子，這種對歌唱語言本身具有自覺意識的觀念，不大可能出現在民間歌謠作者身上。也有一些是在各級群眾藝術館幹部通過培訓班的方式引導編寫的。因此，對 1958 年大躍進新民歌運動中搜集來的民歌進行整理和甄別，是一件極其繁重的工作，當然也是一件有意義的工作。

二、政治頌歌體：抒情的軸心

1、政治頌歌體的精緻化

早期的「頌歌」（比如延安時期和建國初期），關注的是宏大的、具有「崇高美」的自然物象，比如太陽、月亮、星星、江河、高山、大海。這些巨大的自然物象對應的是最崇高的現實主題、政治事件和政治人物，如「風暴－革命－戰爭」，「太陽－領袖－黨」，「大海－人民」，「土地－母親－民族」，「高山－青松－英雄」等等。新的頌歌就是重構一個「事物－詞語－象徵物－意義」之間的新的鏈條，將某一事物和某一詞語（意義）之間的關係固定下來，構成一種新的、固定的象徵關係。

因此，這種「象徵」與「象徵主義」詩歌所主張的「象徵」恰恰相反。象徵主義強調的是詞語與事物之間的多樣性的關係，而不是固定的關係。象徵主義主張對詞語進行特殊的、出人意外的安排和組合，使之發生新的關聯、產生新的含義。它所追求的效果，不是要讓讀者的理解局限在一種過於明晰的對等關係層面，而是要使讀者對詞語、事物、意義的理解更加朦朧和含混，從而引導對意義多樣性的感悟。中國當代文學初期的「象徵」體系的構成，其基本前提恰恰是明晰化、固定化。一切含混合晦澀，都會被視為「資產階級」審美觀念。

這種明晰化和固定化，要求事物與意義之間的關係固定為一種「A 等於

B」、「B 等於 A」的模式，讚美 A 就是讚美 B，A 是 B 的形象化表達；敘述 B 就會聯想到 A，B 與 A 的屬性合一，並通過勿容置疑的抒情和敘述語調，使之在新的「語義層面」合法化，決不允許含糊其詞。比如，「大地」或者「大河」就是「母親」的代名詞，「太陽」就是「領袖」的代名詞，等等。於是，我們可以在新的詩歌中發現兩個詞語系列，一個是表達自然界宏大物象系列的詞語，一個是表達社會宏大政治事件系列的詞彙，經過聯想、比喻的修辭中介，它們合而為一。

從 50 年代中期開始，當代詩歌發生了一些變化。與建國初期的頌歌體詩歌相比，它的形式從粗糙開始走向精緻；意象也由單一轉而複雜化。這種變化，首先表現在「事物－詞語－象徵物－意義」的不同轉換形式之中。精緻化的過程，實際上是將與政治相關的總體性意象，分解到更多、更具體、更豐富的事物上去。也就是說，將原來簡單的「物象－詞語」序列變得更多樣，然後將這種多樣性，歸結在一個「詞語等級體系」之中。這個「詞語等級體系」對應於「社會等級體系」，從而構成兩個相互對應的詞語「星雲圖」。

從自然物象的詞語序列看，「太陽」這個宏大的詞語之下，可以產生在陽光照耀和滋潤下的許多次級意象：小草、果園、果實、金色的田野、歡快的小溪、嫋嫋的炊煙，等等。太陽從祖國的中心升起，照耀著四面八方的山山水水、每一寸土的，每一個角落，每一件事物，構成一種全新的、詞語的「地球中心說」。小草的茁壯成長，是因為陽光照耀的結果、雨露滋潤的結果。小草對陽光雨露的依賴，象徵著人民對領導者的依賴。小草對陽光雨露的讚美，就是人民對領導者的讚美。如果有人試圖標新立異，去寫陽光照耀不到的某一個角落（比如，被一塊小石頭壓住，被一朵烏雲遮住）的小草或者樹木花卉的孤獨（像流沙河的《草木篇》那樣），那是要犯大錯誤的。何其芳後期的詩歌就沒有問題，他把自己比作祖國肥沃的土地上的一棵樹，和所有的樹一樣在陽光的照耀下，如果沒有結出果實，那是自己的問題：「一個人勞動的時間並沒有多少，／鬢間的白髮警告著我四十歲的來到。／我身邊落下了樹葉一樣多的日子，／為什麼我結出的果實這樣稀少？／難道我是一棵不結果實的樹？／難道生長在祖國的肥沃的土地上，／我不也是除了風霜的吹打，還接受過許多雨露，許多陽光？」（《回答》）

從意義系統的詞語序列看，偉大的社會主義建設這個宏大的一級詞彙之下，可以產生一系列次級詞彙：勞動的熱情（特別是進入敘事詩中的工人農

民勞動的動作,而不是個人性的沉思默想)、歡歌笑語(如馮至 1956 年寫煤礦區的詩,與採煤電鑽聲相幫隨:「溪水兩岸是一片歡騰的市聲,/到處是婦女的笑聲,兒童的歌唱」)、人與人之間的階級友愛,甚至愛情(如聞捷那些看上去寫愛情實際上是寫幸福新生活的詩歌)等。沒有具體的個人,個人只能是這個詞語等級序列鏈條中的一環,不可能獨立出來,因為「人是社會關係的總和」。否則,也是要犯錯誤的。這種將兩個宏大的詞彙序列,按照等級產生和排列出來的一系列次級詞彙的組合,構成了一種更加精緻化的、涵蓋面更廣泛的頌歌模式。

以上是就詞語與物象和語義體系之間所構成的「星雲狀」象徵體系而言。還可以從對這一新的詞語象徵體系提供支持的詩歌美學要素來討論。比如抒情詩的語調,敘事主體或者抒情主體的人稱。新的政治頌歌體詩歌的腔調,由早期的大聲喊叫、放聲歌唱,漸漸轉變為輕聲訴說式的感恩,夾敘夾議式的敘述和抒情。這種腔調,是一種適合於會場的、用「意大利美聲」朗誦的腔調,也就是對神聖的對象和事業讚美的腔調。其中常常夾雜著拉長數拍的「啊」、「哦」、「呃」等虛詞,再加上自由體的分段排列這一外在形式,構成一種氣勢磅礴的效果。再加上民間歌謠那種反覆的句式和分段方式,構成一唱三歎的審美效果,以支持新的詞語象徵體系的語義合法性。

另一個特點就是抒情詩最重要的內核(作為抒情主體的自我)的消失,取而代之的是一種借個人之口說出來的集體之聲。因此,新政治頌歌體中的「我」就是「我們」,或者是包含了無數的小我的「大我」。「資產階級美學家」黑格爾認為,抒情詩就是要表現自我。心靈是抒情詩唯一的容器。「抒情詩的內容不能是一種擴展到和整個世界各方面都有聯繫的客觀動作情節的展現,而是個別主體及其涉及的特殊情境和對象,以及主體在面臨這種內容時如何把所引起的他這一主體方面的情感和判斷,喜悅,驚羨和苦痛之類內心活動認識清楚和表現出來的方式……它的內容可以是多種多樣的,可以涉及民族生活的各個方面」「抒情詩是個別主體的自我表現……它所特有的內容就是心靈本身」。〔註 59〕

這種「資產階級美學觀」在當時是不合時宜的。心靈作為抒情詩的內容,也只能在上述那個詞語的星雲中的一個分子。因此,詩的美學規律必須與革

〔註59〕 〔德〕黑格爾:《美學》第三卷(下),190 頁,朱光潛譯,北京,商務印書館 1991。

命的、人民的和社會的利益相一致，詩人的身份必須與工農兵的身份相一致，詞語的創造必須與工農兵的勞動創造相一致，最終的結果就是「詩學」和「政治學」相一致。詩人也就是無產階級的革命者和戰鬥者，最後變成社會主義的生產者和勞動者，甚至領導者。

這裡還需澄清一個問題，那就是當時的詩歌界一直在借鑒馬雅科夫斯基的樓梯詩，以及欣賞馬雅科夫斯基的詩學觀念（本來還有一位拉美詩人聶魯達可以借鑒，由於聶魯達詩歌意象和觀念的自由和大膽而把他們嚇著了）。但我認為，那種借鑒是一種皮毛式的借鑒，也就是把詩行排列成樓梯狀（樓梯在馬雅科夫斯基的詩歌中不過是一件隨穿隨脫的外套而已）。那種對馬雅科夫斯基詩學觀念的激賞，也是一種斷章取義式的誤解。當代中國政治抒情詩連馬雅科夫斯基的皮毛都沒有學到。有人甚至說馬雅科夫斯基解決了詩歌（思想）與行動之間的矛盾。我以為，馬雅科夫斯基從來也不解決矛盾，只有在矛盾面前，他才熱血沸騰，詩意噴湧。他就是一個矛盾的人。他甚至根本就不「行動」。如果說他有什麼行動的話，那就是朗誦，張開嘴巴到處朗誦，在工廠、學校、街道、電臺。他惟一的敵人就是不讓他朗誦詩歌的人。

馬雅科夫斯基曾宣稱：「我們今天口懸若河的查拉圖斯特拉。」（《穿褲子的雲》）他是那個時代最有激情的人。他像孩子一樣對一切新的東西都好奇；又像孩子一樣地愛惡作劇，到處與人爭吵，甚至大打出手。他像孩子一樣在街頭玩賭博的遊戲；他到處登臺亮相，在詩歌沙龍裏激情澎湃地朗誦，在工人和水兵的聚會上大聲呼叫，在電臺、在自己的詩歌的形式中……他在各種公共場合都表現出一種巨大的、過剩的激情，以致這種激情掩蓋了他自身。帕斯捷爾納克說，他不知羞怯，可是不知羞怯的動力正是來自他的強烈的羞怯心，「在他裝模作樣的意志堅強下面，掩蓋著的是他罕見的、多疑而易於無端陷入憂悒的優柔寡斷。」〔註 60〕這個世界在他那裡，一會兒被緊緊抱著，一會兒被拒之千里；他完全憑自己的心血來潮。因此，他常常被那些難以把握的激情弄得言不由衷。在正式公開的場合，他所讚美的，有可能是他所厭惡的。蕭斯塔科維奇在回憶說，他在詩歌中卻大肆鼓吹宣傳蘇聯的產品。他大罵資產階級，自己卻從頭到腳都是最好的進口貨——德國的套裝，美國的領帶，法國的襯衫和皮鞋。〔註 61〕所有這一切，都包裹在他那常人少有的激

〔註 60〕 帕斯捷爾納克：《人與事》第 135 頁，烏蘭汗、桴鳴譯，北京，三聯書店，1992。
〔註 61〕 蕭斯塔科維奇：《見證》第 314～315 頁，葉瓊芳譯，廣州，花城出版社，1998。

情之中，而且他常常表現出一種假激情。但由於他的生命結構中有著那種眞正的「酒神」精神，因而，他的假激情在後期作品中常常表現出一種混亂不堪、言不由衷、難以理解的形式。列寧認爲他的長詩《一億五千萬》是「愚蠢的裝腔作勢的破爛貨。」〔註 62〕托洛茨基說他那些最像共產主義的作品，藝術上最差，他未能與革命融爲一體。〔註 63〕嚴屬的批評絲毫也沒有影響他繼續寫長詩《列寧》。可見他完全把寫詩和行動分開。斯大林把他變成了官方作家，讓所有的大中學校的學生都讀他的詩歌。在 30～50 年代官方的宣傳中，馬雅科夫斯基詩歌中眞正的激情是被過慮了的。馬雅科夫斯基是激情和「自我」的化身。這種激情無論是對革命還是對他自己的命運，都是致命的。但是對於詩歌而言，恰恰是這眞正的骨子裏的激情拯救了他，使得他沒有與那短暫的歷史運動一起消失。因此，最好不要將中國當代詩歌與馬雅科夫斯基扯到一起。我們在研究那些詩作的時候，甚至可以不考慮「樓梯」那種外在形式。

2、賀敬之的政治抒情詩

賀敬之（1924～）山東棗莊人，1942 年畢業於延安魯藝文學系。歷任魯藝文工團創作組成員，華北聯大文學院教師，1949 年爲中國戲劇家協會理事和中國文學工作者協會理事。後到中央戲劇學院創作室工作，任中國作家協會和戲劇家協會理事，《劇本》、《詩刊》編委，劇協書記處書記等職。著有詩集《放歌集》、《賀敬之詩選》等。參與創作的歌劇劇本《白毛女》（馬可作曲）獲 1951 年斯大林文學獎金。

賀敬之具有代表性的政治抒情詩是《放聲歌唱》、《東風萬里》、《十年頌歌》、《雷鋒之歌》。《放聲歌唱》寫於 1956 年 6 月至 8 月，1956 年 7 月 1 日、7 月 22 日、9 月 2 日分三次在《北京日報》發表，全詩 1600 多行。

　　　　無邊的大海波濤洶湧⋯⋯

　　　呵，無邊的

　　　　　大海

　　　　　　波濤

〔註62〕斯洛寧：《蘇維埃俄羅斯文學史》第 28 頁，劉鋒譯，上海，上海譯文出版社，
　　　　1983。
〔註63〕托洛茨基：《文學與革命》第 133～134 頁，劉文飛等譯，北京，外國文學出
　　　　版社，1992。

　　　　　　　　　淘湧——
生活的浪花在滾滾沸騰……
呵，生活的
　　　　　浪花
　　　　　　　在滾滾
　　　　　　　　　沸騰！
……　　　　　　……
爲什麼
　　　放牛的孩子，
　　　此刻
　　　　　會坐在研究室裏
　　　寫著
　　　　　他的科學論文？
爲什麼
　　　那被出賣了的童養媳，
　　　今天
　　　　　會神采飛揚地
　　　駕駛著
　　　　　她的拖拉機？
怎麼會
　　　在村頭的樹蔭下，
　　　　　那少年漂泊者
　　　　　　　和省委書記
　　　　　　　　　一起
　　　　　　　討論著
　　　　　　　　關於詩的問題？
　　　　　　　研究著
　　　　　　　　關於五年計劃的
　　　　　　　　　決議？
甘薯呵，
　　　爲什麼這樣大？

蘋果呵，
　　爲什麼這樣甜？
愛人呵，
　　爲什麼這樣歡欣？
孩子呵，
　　爲什麼這樣美麗？……
……　　　　　……
但是，
爲什麼？
　　爲什麼？
　　　　爲什麼？
爲什麼會這樣？
　　回答吧，
　　　　這個問題。
當然，
　　這並不是
　　　　什麼難題，
　　答案，
　　　　就在這裡——
就是
　　他！
　　　　我！
　　　　　和你！
「人民」——
　　我們壯麗的
　　　英雄的
　　　　　名字！
在中國的
　　神話般的
　　　　國度裏，
創造一切的

　　　　神明
　　　　　　正是
　　　　　　　　我們自己！
　　但是，
　　　　在我們心臟的
　　　　　　火爐中，
　　　　在我們血管的
　　　　　　激流裏
　　　　燃燒著、
　　　　　　沸騰著的，
　　　　卻有一個共同的
　　　　　　最珍貴的
　　　　　　　　元素，
　　　　我們生命的
　　　　　　永恒的
　　　　　　　　活力──
　　　　這就是：
　　　黨！
　　　　我們的黨！
　　黨的
　　　　血液，
　　　　　　黨的
　　　　　　　　脈搏，
　　黨的
　　　　旗幟，
　　黨的
　　　　火炬！──〔註64〕

　　這種氣勢磅礴的詩歌，「放聲歌唱」的詩歌，試圖全面描寫新中國生活的「變化」，以及闡釋這種「變化」的原因。作者認爲，這種變化是人民創造的神話，但人民創造的根本動力還是來自黨，只有黨才是人民創造的活力

〔註64〕賀敬之：《放歌集》第35～49頁，北京，人民文學出版社，1961。

的源泉。這樣的道理表達得很清楚。但作者採用了一種所謂的「樓梯式的」排列,試圖給人一種「陌生化」的效果,從而引起人們的注意。但我覺得,這種樓梯式的排列,會讓閱讀它的人的眼睛疲勞,還不如整齊地排列更便於閱讀,更能讓人盡快地知道詩歌的主旨。

《雷鋒之歌》寫於 1963 年 3 月,發表在 1963 年 4 月 11 日的《中國青年報》,全詩共 1200 多行。與《放聲歌唱》相比,這是一首歌頌一個人,一位英雄的詩歌,同樣寫得「氣勢磅礴」,寫得「驚天地,泣鬼神」:

　　……驚蟄的春雷呵,
　　浩蕩的春風!──
　　　　　正在大地上鳴響:
　　　　　正在天空中飛行!
　　一陣陣,
　　一聲聲──
　　　　　「雷鋒!……」
　　　　　「雷鋒!……」
　　　　　「雷鋒!……」(引按,讓春雷而不是人喊出雷鋒的名字,
威力很大)

　　那紅領巾的春苗呵
　　面對你
　　頓時長高:
　　　　　那白髮的積雪呵
　　　　　在默想中
　　　　　頃刻消融……(引按,老人的白髮都沒了,誇張修辭)

　　你的名字
　　怎麼會
　　飛遍了
　　祖國的千山萬水,
　　　　　激蕩起
　　　　　億萬人心──
　　　　　那海洋深處的

浪花層層……〔註65〕（引按，獲得大海的支持，擬人修辭）

你哨位上的
每一面的響動——
　　都使你燃起
　　階級仇恨的
　　不滅的火種：
　　都緊盯著
　　你階級戰士
　　警覺的眼睛！……
雷鋒呵，
你雖然不是
　　在炮火連天的戰場上
　　戰鬥衝鋒，
在平凡的
工作崗位上，
你卻是真正的
勇士呵——
　　你永遠在
　　高舉紅旗，
　　向前進攻！
在我們革命的
萬能機床上，
雷鋒——
　　你是一個
　　平凡的，但卻
　　偉大的——
　　永不生銹的
　　螺絲釘！（引按，這是60年代最流行的名句）

哪裏需要？

〔註65〕賀敬之：《放歌集》第162～163頁，北京，人民文學出版社，1961。

看雷鋒的
飛快的
腳步！
　　哪裏缺少？
　　看雷鋒的
　　忙碌的
　　　身影！……
……　　　　　　……
呵，雷鋒！
你白天的
每一個思念，
你夜晚的
每一個夢境，
都是：
　　人民……
　　人民……
　　人民……
你的每一聲腳步，
你的每一次呼吸，
都是：
　　革命……
　　革命……
　　革命……
……　　　　　　……
　　「小雷」呵──
　　　　你只有
　　　　一百五十四釐米
　　　　身高，
　　　　二十二歲的
　　　　年齡……
　　　但是，在你軍衣的

　　　　　五個鈕扣後面

　　　　卻有：

　　　　　　七大洲的風雨

　　　　　　億萬人的鬥爭

　　　　　　　——在胸中包含！……〔註66〕

　　賀敬之的《雷鋒之歌》的修辭效果在當時是十分明顯的。除了上面按語中提到的之外，我們可以發現他的詩歌有一種誘人的魔力，類似神話般的魔力。他總是善於利用自然物來強化效果，比如，大山在回響，大海在歡騰，浪花都跳躍起來了，樹木都歌唱起來了，何況人呢？這種修辭效果，類似於民間傳說和神話的修辭。賀敬之的詩歌熱情奔放有餘，理性思考不足，常常出現「用情過猛」的現象，也就是誇張過頭。這種過頭的熱情，使得詩歌的思想性過於單一，用作政治鼓動詩倒是合適的。特別值得提及的是，他的詩歌中詞語和意象之間的對應關係過於僵硬，有一種簡單強硬的邏輯建構，貫穿在看似多樣實則貧乏的詞語系統之中。這種狹隘的詞語建構，完全是建立在一種僵化的象徵體系之中的。

　　賀敬之的詩歌，整體上呈現出一種「浪漫主義」風格。表面上看，詩歌的抒情主體是「大我」，是集體主義的，沒有個人的「小我」，實際上，從對詩歌詞語的任意支配的角度看，其中隱藏著一種極端的「個人主義」的專橫。這種「詞語個人主義」，將意義系統與自然物象任意搭配，將意義等級體系與自然等級體系扭結為一體，並讓自然等級支持意識形態等級，藉此滿足一種新的意識形態建構，也滿足一種對進步和幸福的個人想像。在詩人「詞語擴張」的過程之中，我們發現了一種隱藏著的「單獨個體」，它隱藏在「集體個體」（國家、民族、黨派、階級、群體等）之中而威力無窮。從他的詩歌的總體審美效果上看，帶有一種「審美神秘主義」色彩，山川大海、太陽月亮等宏大的自然物，都隨著詩人的主觀意願起舞、歌唱、歡呼、愛憎。正是這種效果，成為支配閱讀的強大誘惑和力量。

3、郭小川的政治抒情詩

　　郭小川（1919～1976），原名郭恩大，出生在河北省豐寧縣鳳山鎮（原屬熱河省）一個知識分子家庭。1933年日寇侵佔熱河，他隨全家逃難北平。

〔註66〕賀敬之：《放歌集》第185～189頁，北京，人民文學出版社，1961。

「一二‧九」運動後，他投身抗日救亡的學生運動，是中國共產黨領導下的文藝青年聯合會成員，並開始寫詩。1936 年抗日戰爭爆發，郭小川在赴延安的途中參加了八路軍，在 120 師 359 旅先後擔任宣傳、教育和機要工作。1941 年至 1946 年，在延安馬列學院等單位學習和工作，主要從事馬列主義政治理論和文藝理論研究工作。抗戰勝利後，他回家鄉任縣長，參加並領導了清匪反霸和土改運動。1948 年夏轉到新聞領域，先後任冀察熱遼《群眾日報》副總編兼《大眾日報》負責人、《天津日報》編委兼編輯部主任。1949 年 5 月隨軍南下。武漢解放後，他在中南地區從事黨的理論和宣傳工作，與陳笑雨、張鐵夫合作，以「馬鐵丁」為筆名寫了大量的思想雜談。1953 年春調中共中央宣傳部工作。1955 年秋調任中國作家協會黨組副書記、書記處書記兼秘書長、《詩刊》編委。轉到文藝戰線以後開始寫詩，第一首政治抒情詩《投入火熱的鬥爭》的副標題是「致青年公民，並獻給全國青年社會主義建設積極分子大會」。1955 至 1956 兩年，陸續寫下《向困難進軍》、《在社會主義高潮中》、《閃耀吧，青春的火光》等以《致青年公民》為總題的組詩。

1957 年至 1959 年，他開始了新的「詩藝探索」階段，這一階段的主要詩作有，1957 年的 3 首敘事詩《白雪的讚歌》、《深深的山谷》、《一個和八個》，和 1959 年的長篇敘事詩《將軍三部曲》、敘事詩《嚴厲的愛》以及抒情詩《望星空》。1959 年，《白雪的讚歌》、《深深的山谷》和《望星空》以及當時尚未出版的《一個和八個》、《嚴厲的愛》，都被批評為「思想感情不健康」「極端陳腐、極端虛無的情感」「不能容忍的政治錯誤」等等。1960 至 1962 年，寫有《廈門風姿》、《鄉村大道》、《甘蔗林──青紗帳》和《秋歌》等詩。1962 年 10 月調任《人民日報》特約記者，直到「文化大革命」開始，他的足跡遍及全國各地，詩人根據自己對戰鬥在各個不同崗位上的我國人民的火熱鬥爭生活的觀察體驗，以深切的感受，寫下了《林區三唱》、《西出陽關》、《崑崙行》和《春歌》等詩。在文化大革命期間，郭小川被迫中止寫作，遭受了各種磨難；1976 年底逝世。

郭小川的政治抒情詩的代表作，是寫於 1956 年的一組副標題為「致青年公民」的詩歌，如《投入火熱的鬥爭》、《向困難進軍》、《把家鄉建成天堂》、《閃耀吧，青春的火光》。這一組詩也是按樓梯的樣子排列的，基本上是政治鼓動詩，風格與賀敬之的接近，稍有差別的是，郭小川在鼓動的時候，也經常會考慮到客觀實際中的一些困難，並且明確地告訴青年人。《向困難進

軍》這首詩的意思是：飛奔的駿馬在遇到湍急的河流時也有害怕的時候；歌聲豪邁的大雁遇到嚴寒時，聲音中也含著哀愁。年輕人你們準備好了嗎？在困難面前會不會低頭呢？我相信你們不會的！我年輕的時候是如何克服困難、戰勝黑暗的！道路是曲折的，前途是光明的。《把家鄉建成天堂》這首詩的意思是：你們現在很幸福，你們將要進入真正的生活，迎接你的不只是小鳥悅耳的歌聲，也有淒厲的風雨和雷的轟鳴。祖國遼闊的海面上還有帝國主義的飛機掠過；豐收而喜悅的合作社田野旁，那樹林子裏也有富農仇視的目光；社會主義的中心（城市）汽笛在歡快地鳴響，但資產階級也在窺視著你們。意思就是這樣，排列成樓梯形。

　　1955 至 1956 年前後，郭小川還寫了一批配合政治任務的即興詩，都帶有諷刺色彩。比如諷刺官僚主義的《代行檢討的故事》；配合合作化運動的《三戶貧農的決心》，《迎春曲》（組詩），《一個合作社社員這樣說》等；配合批判「胡風反黨集團」的《「自我擴張」頌》，《某機關有這樣一位青年》（諷刺一位新上鈎的青年「胡風分子」），《某作家的一段真是經歷》等。1957 年下半年的詩歌配合反右鬥爭，如《射出我的第一槍》，《發言集》（組詩）等——

　　　　我這不是

　　　　　　　在寫詩

　　　而是在鬥爭大會上

　　　　　　　　　發言。

　　詩，一般說——

　　太文雅了，

　　而我這裡

　　卻要發射

　　一排語言的子彈，

　　思想製造的語言

　　同金屬製造的子彈

　　一樣貴重，

　　每一顆

　　都應當命中

　　反黨分子的心肝，

　　我

　　當然不是

　　熟練的射手，

　　但是，它

　　帶走了

　　我全身的熱量

　　和滿腔的憤懣。……（郭小川：《語言的子彈》）〔註67〕

　　然而讓我感到驚奇的是，1959 年的郭小川，竟然寫出了《望星空》這樣的詩（刊於 1959 年第 11 期《人民文學》）。這完全是一次哲學意義上的覺醒（當然是「古典哲學」而不是「近代哲學」）。對於觀念蒙昧的人的哲學啟蒙，最好的方式，就是讓他黑夜獨自一人站在空曠的星空下，一人獨自面對真正的自然、星空、曠野。如果他有所悟，那麼他就開竅了。當然也有不開竅的，認為黑夜和星空沒有什麼了不起的，他甚至可以想像自己將星星一顆一顆用彈弓射下來。郭小川卻是真正的頓悟了。

　　……　　　……

　　呵，星空，

　　只有你，

　　稱得起萬壽無疆！

　　你看過多少次：

　　冰河解凍，

　　火山噴漿！

　　你賞過多少回：

　　白楊吐綠，

　　柳絮飛霜！

　　在那遙遠的高處，

　　在那不可思議的地方，

　　你觀盡人間美景，

　　飽看世界滄桑。

　　時間對於你，

　　跟空間一樣──

〔註67〕原刊《詩刊》1957 年第 9 期，參見《郭小川全集》第 1 卷，第 262～263 頁，桂林，廣西師範大學出版社，2000。

無窮無盡，
浩浩蕩蕩。
　　　　　二
呵，
望星空，
我不免感到惆悵。
說什麼：
身寬氣盛，
年富力強！
怎比得：
你那根深蒂固，
源遠流長！
說什麼：
情豪志大，
心高膽壯！
怎比得：
你那闊大胸襟，
無限容量！

我愛人間，
我在人間生長，
但比起你來，
人間還遠不輝煌。
走千山，
涉萬水，
登不上你的殿堂。
過大海，
越重洋，
飲不到你的酒漿。
千堆火，
萬盞燈，

> 不如一顆小小星光亮。
> 千條路，
> 萬座橋，
> 不如銀河一節長。
> ……　　　　……

　　這在當時的詩歌界簡直是不可思議的。面對寂寥的星空，詩人突然震驚了！震驚之後的沉思，讓詩人產生了對個體「存在」本身的疑問，其中隱含著一種具有反思意識的個體生命隱約覺醒的徵兆。他再也不可能裝作勿容置疑了，再也不可能虛張聲勢了，再也不會隨意採用極度誇張的比喻了，再也不會隨便拉上高山、大海、太陽、月亮、星星作為自己意識形態的陪襯了，再也不會隨時隨地以權威代言人的身份教育讀者了。它他開始感到表達上的困難，個體意義上的疑惑。《望星空》不是郭小川在詩藝上的成熟之作，在今天看來甚至也算不上什麼好的詩歌，但卻是當代詩歌史上的一個標識，是他個人思想開始成熟的一個界牌。因此，這首詩在當時遭到了激烈的批判。此後的詩歌，比如收入《甘蔗林─青紗帳》的一組詩歌，儘管也有激越的感情和熱烈的語調，但字裏行間總是帶有一種憂鬱的氣息。它的句子變長了，節奏緩慢了，而不是早期的「樓梯詩」的句子那麼短、節奏那麼急促。儘管也是照例要以來自然景物（特別是植物），但沒有了那種急於通過氣勢和力量與人較勁兒的感覺，比如《鄉村大道》、《甘蔗林─青紗帳》、《刻在北大荒的土地上》等。

三、個人抒情體：詞語的偏移

1、所謂的「資產階級詩學」

　　詩，作為一種集體的聲音，作為一種具有殺傷性的語言武器，作為一種進攻的宣傳工具，作為一種對某些固定的意義歌頌的話語，作為一種自身沒有獨立價值的次級功能物，不過是 20 世紀 50 年代的一種政治時髦而已。此外，還有另外一種個人主義的詩學，或者被稱之為「資產階級詩學」的詩學，一種遭到嚴酷打壓的詩學。黑格爾是這種詩學的理論集大成者，並且特別強調了它與時間上更為古老的、集體性質的「史詩」之區別。

　　關於這種抒情詩的內容。黑格爾認為，抒情詩就是要表現自我。心靈是抒情詩唯一的容器。「抒情詩的內容不能是一種擴展到和整個世界各方面都

有聯繫的客觀動作情節的展現，而是個別主體及其涉及的特殊情境和對象，以及主體在面臨這種內容時如何把所引起的他這一主體方面的情感和判斷，喜悅，驚羨和苦痛之類內心活動認識清楚和表現出來的方式……它的內容可以是多種多樣的，可以涉及民族生活的各個方面，但它和史詩卻有本質的區別。史詩把民族精神的整體……納入同一部作品中，抒情詩卻只涉及這一整體的某一特殊方面……史詩只能出現於原始時代，而抒情詩卻在民族發展的任何階段中都可以出現。」「抒情詩是個別主體的自我表現……它所特有的內容就是心靈本身」。〔註68〕

關於這種抒情詩的形式。黑格爾認為，抒情詩可以部分地採用史詩的形式，同樣，史詩之中也會出現抒情的成分，「抒情性」侵入了史詩的範圍。使抒情的內容呈現出來的形式十分複雜，其外在形式變化無窮，但宗旨在於如何更有效地表現自我的主體意識。「所以，個別主體本身就要具有詩的意味，富於想像和情感，或是具有宏偉而深刻的見解和思想，本身就是一個獨立自足的完滿的世界，擺脫了散文生活的依存性和任意性。因此，抒情詩獲得了一種不同於史詩所應有的那種整一性：抒情詩的整一性來自心情和感想的內心世界」。〔註69〕

綜上所述，第一，抒情的內容是個別主體心靈的自我表現，客觀世界不過是心靈的材料。第二，抒情主體要具有豐富的想像和情感、宏偉而深刻的思想，是一個獨立自足的完滿的世界，而不是外部世界的附件，也不是某個集體中可有可無的分子。第三，情感的整體性就是詩人內心世界完整的整體性。第四，抒情詩將客觀世界納入到內心世界，經過濃縮，將外部事物變成心靈的回聲。這個抒情主體的心靈形式就是抒情詩的形式。

我們要特別注意「整體性」這個術語。抒情特別強調抒情主體「整體性」。它要求抒情主體本身就是一個「自足完滿的世界」。作為抒情的主體，詩人通過完美的抒情語言來展示完美的心靈（黑格爾列舉了歌德和席勒為例）。按照古典詩學理論，抒情主體與客體之間的關係可以分為以下幾種情況：一是抒情主體和客體都是整體的，完滿的、融為一體的，這種抒情可以稱為「素樸的」抒情，它「總是以不可分割的統一的精神來行動，在任何時候都是一

〔註68〕〔德〕黑格爾：《美學》第三卷（下），190～191頁，朱光潛譯，北京，商務印書館1991。

〔註69〕同上，192～193頁。

個獨立的和完全的整體」。〔註 70〕但素樸的抒情的缺點是：容易接近卑俗的自然，並鼓勵大量低劣的模範者一試身手。二是客體整體性的碎裂和主體整體性的強行維護，這種抒情可以稱之爲「感傷的」抒情。自然在感傷的抒情詩人身上「激起這樣一種強烈的願望：從他內心深處恢復抽象在他身上所破壞了的統一，在他自己的裏面使人性益臻完善」。〔註 71〕感傷的抒情的缺點是，誇大其詞，脫離世界，隨意超越可能事物的界限，僅僅對自己的智力處理客觀材料的能力感興趣。

我們就可以發現三種詩歌模式，第一種是個體尚未從集體中分離出來的「史詩」模式，在這裡沒有自我的內容，近現代抒情詩是對這種「史詩」的偏離。第二種是「素樸的抒情詩」模式，它容易產生卑俗的自然，沒有思想深度。第三種是「感傷的抒情詩」模式，隨意想像和編排詞語與事物之間的關係。50 年代的中國詩歌，將這三種詩歌的毛病都帶上了。

現代詩歌的抒情性，是根植於現代文化背景中的孤獨者情緒，是一種孤獨的心聲，自我的交談，它放棄了拯救他人的工作，它在挽救自我的心靈。在五六十年代，這種觀念無疑是不被接受的，甚至連五四時期所接受的啓蒙文學中的是個觀念都要加以排斥。

詩言志，詩緣情，詩歌需要古典主義，詩歌需要李白杜甫，詩歌需要精神，詩歌需要浪漫主義，詩歌需要現實主義……詩歌的債權人紛紛包圍上來了。其實，詩歌的這些債權人全部是僞裝的！他們並不需要眞正的詩歌。滿懷仇恨地攻擊技巧、形式的人，有必要提醒他們一個最古老、最基本的常識：文學，就是表達的技巧。不好好鑽研技巧，這是缺乏最基本的職業道德。技藝是所有行業的良知，形式是所有創造物的最高自尊心。詩歌是認識世界、探索存在奧秘的加速器。詩人同時參與了夢境和現實、記憶和預言，是一種無法歸類的異類事物。他像孩童那樣沉緬於事物的多樣性。他可以求解出現象的九次冪。他察覺躍動在事物深處的細微的生命活力。他的使命是解放被遺忘的經驗、細節，庇護那些被忽略、被貶低、從未被言語觸動過的事物。要做到這一點，他比任何人都更需要依賴語言的力量。

其實，詩歌就是一種嚴肅的詞語「遊戲」。詩人的工作就是認眞地在詞語與外部世界的事物和假想的意義之間尋找關聯的可能性。對於詩，詩人是應

〔註 70〕 席勒：《論素樸的詩和感傷的詩》，《西方文藝理論名著選編》（上），478 頁，
　　　　　曹葆華譯，北京大學出版社，1985。
〔註 71〕 同上，478～479 頁。

該具備道德感。對於詩歌而言，只有一種權力：語言的權力，詞的權力。世俗的權力依賴的是歷史，它像看護重病人那樣看護著歷史。而語言，它所依賴的永遠是現實，是像肉體力量那樣可怕的、無邊無際的現實。它還試圖發掘出通往未來所有世紀的通道。詩歌的最大奇跡，就是消除了陳詞濫調。

我們在今天說話，不應該脫離當時的語境。五六十年代的詩歌創作，假如偏離陳詞濫調的話，那是一件非常危險的事情。面對各種陳詞濫調（對時事而言它是新鮮的，對於詩歌的發現而言，它是陳詞濫調），倘若還要繼續寫詩而不想沉默到底的話，那麼只有兩種方式，一種是悄悄地、趁亂的時候，在詩歌中夾雜個人的抒情。還有一種就是寫一些所謂的語義指向不明的詩，或者說讓詞語的最流行的語義發生偏離，偏向一種或者相反的意思、或者全新的意思，或者意義不明以攪亂那種確定無疑的詞語象徵模式「。不過，即使這樣，也不能保證絕對安全。因為到處都是眼睛，到處都可能出現「讀者來信」，到處都可能飛來批判的利劍，就像郭小川一度把詩歌當作「語言的子彈」那樣，一不小心就會被射中。

2、穆旦五十年代的詩歌

穆旦（1918～1977），詩人、翻譯家。原名查良錚，浙江海寧人。1918年出生於天津，在南開中學讀書時便對文學產生了濃厚興趣，並開始寫詩。1935 年考入北平清華大學外文系，抗日戰爭爆發後，隨學校輾轉於長沙、昆明等地，並在香港和昆明等地的報刊上發表大量詩作，成為著名的青年詩人。1940 年在西南聯大畢業後留校任教。1949 年赴美國留學，入芝加哥大學英國文學系學習。1952 年獲文學碩士學位。1953 年回國後，任南開大學外文系副教授。1955 年被打成「反黨小集團」。1958 年被法院正式宣佈為「歷史反革命」，被逐出課堂，在圖書館監督勞動。此後十多年受到管制、批判、勞改等不公正待遇；詩歌創作無疑不能進行，但他業餘堅持從事文學翻譯。1975 年恢復詩歌創作。1977 年春節因病去世。1979 年平反。20 世紀 40 年，青年代穆旦出版了《探險者》、《穆旦詩集》、《旗》等詩集，成為「九葉派」的代表性詩人。20 世紀 50 年代中期開始從事詩歌翻譯，主要譯作有俄國詩人普希金的《青銅騎士》、《普希金抒情詩集》、《普希金抒情詩二集》、《歐根·奧涅金》、《高加索的俘虜》、《加甫利頌》等；英國詩人雪萊的《雲雀》、《雪萊抒情詩選》，拜倫的《唐璜》、《拜倫抒情詩選》、《拜倫詩選》，布萊克的《布萊克詩選》、濟慈的《濟慈詩選》。所譯文藝理論著作有蘇聯季摩菲耶夫的《文

學概論》、《文學原理》、《文學發展過程》和《別林斯基論文學》等。

　　1956 年至 1957 年上半年的「百花時期」，在袁水拍、臧克家、徐遲等人的「關照」下，穆旦的名字突然出現在官方權威報刊《人民日報》、《人民文學》和《詩刊》上。首先是發表在 1957 年 5 月 7 日《人民日報》上的《九十九家爭鳴記》；然後是發表在 5 月號《詩刊》上的《葬歌》（而不是《讚歌》）。還有 1957 年 7 月與沈從文、周作人、汪靜之、康白情等名家一起出現在《人民文學》的「革新特大號」上，穆旦發表了《詩七首》，排在詩歌欄目的頭條。這 7 首詩是：《問》、《我的叔父死了》、《去學習會》、《三門峽水利工程有感》、《「也許」和「一定」》、《美國怎樣教育下一代》、《感恩節——可恥的債》。這些詩絕大多數都寫於 1957 年。只有最後兩首批評美國的詩歌寫於 1951 年，當時他還在美國留學。這兩首詩帶有一定的「左派」情緒，主要是批判資本主義社會的弊端，很有一點龐德《詩章》的風格：「感謝上帝——貪婪的美國商人；／感謝上帝——腐臭的資產階級！／感謝呵，把火雞擺上餐桌，／十一月尾梢是美洲的大節期。／……呸！這一筆債怎麼還？／肥頭肥腦的傢夥在家吃火雞；／有多少人餓瘦，／在你們的椅子下死亡？／快感謝你們腐臭的玩具——上帝！」。

　　給他帶來麻煩的詩歌《九十九家爭鳴記》，描述了一個 101 人開會的場景，其中 1 人不想參與爭鳴，1 人是會議主席，剩下的 99 人參與了「爭鳴」：「毫無見識」的小趙，「條理分明，但半真半假」的老趙和小孫，「火氣旺盛，對領導不滿」的老李，「迎合領導，一貫正確」的周同志，還有展開了激烈舌戰的「應聲蟲」和「假前進」。最後，會議主席要求不想參加爭鳴的「我」發言，「我」說：「很興奮」，「會議相當成功」，「希望今後多開」。這首詩帶有諷刺意味，同時也看出了詩人對日常生活中的詞彙、屬於、概念的敏感，特別是對一種流行的詞彙的敏感。為什麼要「百家」而不能「九十九家」呢？為什麼所有的人都要表態而不能允許某一個人不表態呢？那些正在說話的人都在說些什麼呢？等等。詩的後面還有一個附記，說儘管這首詩沒有什麼意思，但「在九十九家爭鳴之外，也該登一家不鳴的小卒。」穆旦的意思很明確，試圖超身「爭鳴」之外，但只有會議主席、領導能夠不參與爭鳴，而是對別人的發言進行點評。於是，當不得不發言的時候，這位「我」突然就像領導一樣說起話來。1957 年 12 月 25 日，《人民日報》刊登了戴伯健的文章：《一首歪曲「百家爭鳴」的詩——對〈九十九家爭鳴記〉的批評》，對穆旦進行了

毀滅性的打擊。穆旦於 1958 年 1 月 4 日在《人民日報》上寫了一篇 1000 字的檢討《我上了一課》，檢討中說：「我的思想水平不高，在鳴放初期，對鳴放政策體會有錯誤，橫糊了立場，這是促成那篇壞詩的主要原因。因此，詩中對很多反面細節只有輕鬆的詼諧而無批判，這構成那篇詩的致命傷。就這點說，我該好好檢查自己的思想。」

刊登在《人民文學》上的 7 首詩，除批評美國的兩首外，其它 5 首也都被指責為「晦澀」「不知所云」「故弄玄虛」。《問》比較短，流露出一種恍惚、無可適從的情緒：「生活呵，你握緊我這支筆 / 一直傾瀉著你的悲哀，/ 可是如今，那婉轉的夜鶯 / 已經飛離了你的胸懷。//在晨曦下，你打開門窗，/ 室中流動著原野的風，/ 唉，叫我這支尖細的筆，/ 怎樣聚斂起空中的笑聲？」《我的叔父死了》意象曲折，意義指向不明：叔父死了卻不敢笑，原因是「害怕封建主義復辟」。心裏想笑又不敢，是因為內心有「毒劑」。因「孩子溫暖的小手」而想起了過去的「荒涼」。正要落淚又「碰到希望」。整首詩充滿一種詞義的兩歧性，不確定性，從而表現了更為複雜的心境。《去學習會》描寫了「一路默默走向會議室」中的見聞和所思：春天、暖風、迷醉、藍天、小鳥、愛情，會議室的爭辯、焦急、煙霧。然而疑惑依然強烈：陽光下的這一切是不是都屬於那些在春天中行走的人呢？會議室的煙霧為什麼那麼濃烈？筆記本記些什麼？天空在說些什麼？把一種程序化的生活和一種多彩的春色並置在一起，造成意義的含混甚至對峙。《三門峽水利工程》一詩的標題很像頌歌體的標題，實際上裏面同樣是帶著濃鬱的個人抒情色彩：「雖然也給勇者生長食糧，/ 死亡和毒草卻暗藏在裏面；/ 誰走過它，不為它的險惡驚懼？/ 泥沙滾滾，以不見昔日的歡顏！//呵，我歡呼你，科學加上仁愛！/ 如今，這長遠的濁流由你引導，/ 將化為晴朗的笑，而它那心窩 / 還要迸出多少熱電向生活祝禱！」。

刊於《詩刊》上的《葬歌》比較長，也更具有穆旦原有的詩風：

　　　　1

　　　你可是永別了，我的朋友？
　　　　　我的陰影，我過去的自己？
　　　天空這樣藍，日光這樣溫暖，
　　　　　在鳥的歌聲中我想到了你。

我記得，也是同樣的一天，
　　我欣然走出自己，踏青回來，
我正想把印象對你講說，
　　你卻冷漠地只和我避開。

自從那天，你就病在家中，
　　你的任性曾使我多麼難過；
唉，多少午夜我躺在床上，
　　輾轉不眠，只要對你講和。

我到新華書店去買些書，
　　打開書，冒出了熊熊火焰，
這熱火反使你感到寒栗，
　　說是它摧毀了你的骨幹。

有多少情誼，關懷和現實
　　都由眼睛和耳朵收到心裏；
好友來信說：「過過新生活！」
　　你從此失去了新鮮空氣。

歷史打開了巨大的一頁，
　　多少人在天安門寫下誓語，
我在那兒也舉起手來；
　　洪水淹沒了孤寂的島嶼。

你還向哪裏呻吟和微笑？
　　連你的微笑都那麼寒傖，
你的千言萬語雖然曲折，
　　但是陰影怎能碰得陽光？

我看過先進生產者會議，
　　紅燈，綠彩，真輝煌無比，
他們都凱歌地走進前廳，
　　後門凍僵了小資產階級。

我走過我常走的街道，
　　那裡的破舊房正在拆落，
呵，多少年的斷瓦和殘椽，
　　那裡還縈回著你的魂魄。

你可是永別了，我的朋友？
　　我的陰影，我過去的自己？
天空這樣藍，日光這樣溫暖，
　　安息吧！讓我以歡樂為祭！

2

「哦，埋葬，埋葬，埋葬！」
「希望」在對我呼喊：
「你看過去只是骷髏，
還有什麼值得留戀？
他的七竅流著毒血，
沾一沾，我就會癱瘓。」

但「回憶」拉住我的手，
她是「希望」底仇敵：
她有數不清的女兒，
其中「驕矜」最為美麗；
「驕矜」本是我的眼睛，
我真能把她捨棄？

「哦，埋葬，埋葬，埋葬！」
「希望」又對我呼號：
「你看她那冷酷的心，
怎能再被她顛倒？
她會領你進入迷霧，
在霧中把我縮小。」

幸好「愛情」跑來援助，
「愛情」融化了「驕矜」：
一座古老的牢獄，
呵，轉瞬間片瓦無存：
但我心上還有「恐懼」，
這是我慎重的母親。

「哦，埋葬，埋葬，埋葬！」
「希望」又對我規勸：
「別看她的滿面皺紋，
她對我最爲陰險：
她緊保著你的私心，
又在你頭上布滿

使你自幸的陰雲。」
但這回，我卻害怕：
「希望」是不是騙我？
我怎能把一切拋下？
要是把「我」也失掉了，
哪兒去找溫暖的家？

「信念」在大海的彼岸，
這時泛來一隻小船，
我遙見對面的世界

毫不似我的從前；
為什麼我不能渡去？
「因為你還留戀這邊！」

「哦，埋葬，埋葬，埋葬！」
我不禁對自己呼喊：
在這死亡底一角，
我過久地漂泊，茫然；
讓我以眼淚洗身，
先感到懺悔的喜歡。

3

就這樣，像隻鳥飛出長長的陰暗甬道，
我飛出會見陽光和你們，親愛的讀者；
這時代不知寫出了多少篇英雄史詩，
而我呢，這貧窮的心！只有自己的葬歌。
沒有太多值得歌唱的：這總歸不過是
一箇舊的知識分子，他所經歷的曲折；
他的包袱很重，你們都已看到：他決心
和你們並肩前進，這兒表出他的歡樂。
就詩論詩，恐怕有人會嫌它不夠熱情：
對新事物嚮往不深，對舊的憎惡不多。
也就因此……我的葬歌只算唱了一半，
那後一半，同志們，請幫助我變為生活。

全詩一共三章，整整100行。第一章10段40行，每段4行，寫「我」（現在、希望）與自己的朋友「你」（過去或者「舊我」）的告別，以及告別過程中的猶豫、痛苦、掙扎的心理。這個「你」「舊我」曾經是自己朝夕相處的朋友，是自己的影子，與他分手使「我」輾轉反側，難以入眠。在分手之後的大街上、斷垣殘壁間，到處都可以看到「你」的魂魄。這樣一種魂縈夢繞的語調和心緒，給人一種強烈的不確定，於是詩人反覆採用疑問句：你可是永

別了，我的朋友？我的陰影，我過去的自己？彷彿被迫與一位心愛的姑娘分手一樣。最後，「我」只能咬牙為那個離去的「你」「我的過去」獻上了一首歡快的「祭歌」，以「歡樂」為祭。

第二章彷彿一首「葬歌」，8 段 48 行，每段 6 行，寫「我」在獻上「葬歌」時遇到的心理障礙。這一障礙最主要是朝向未來的「希望」和朝向過去的「回憶」的爭鬥。失去了「過去」「影子」的「我」，一邊沉浸在哀悼之中，一邊對將來的去處感到迷茫。這時候「希望」來了，對「我」說，「回憶」和「過去」都是「僵屍」、「骷髏」、「毒素」，不值得留戀。而「希望」的仇敵「回憶」還在那裡，一手牽著「慎重的母親」──**恐懼**。一手牽著「美麗的女兒」──**驕矜**。詩人，也就是「我」說，驕矜，「她本是我的眼睛，我真能把她捨棄？」，「希望」說，她很冷酷，將把你引入迷途。這個所謂的「希望」是不是在騙我？要是連「自我」都沒有了，一個人那裡還有歸宿（溫暖的家）？突然像幻覺一樣出現了一個與從前不一樣的世界，向「我」招魂，於是「我」以淚洗身告別了過去。整個過程也是極端悲劇性的。

第三章的 12 行連續排列，長句子。對舊事物仇恨不深，對新事物熱情不夠的「我」說，自己貧窮的心裏沒有讚歌，只有自己的葬歌。而且這首「葬歌」並沒有唱完，還只唱了一半，另一半將要讓自己在今後的實際改造中完成。這首詩真實地表達出一位「小資產階級知識分子」在「思想改造運動」中的痛苦蛻變過程。批評者說他不是「舊我」的葬歌，而是小資產階級的讚歌。批評者的目光是非常敏銳的。這在當時就是罪名，因為文藝要為「工農兵」服務。

在《「也許」和「一定」》中這樣的詩句：「也許，這兒的春天有一陣風沙，／不全像詩人所歌唱的那樣美麗；／也許，熱流的邊緣伸入偏差／會凝為寒露：有些花瓣落在湖裏；／數字的列車開得太快，把『優良』／和制度的守衛丟在路邊歎息；／也許官僚主義還受到人們景仰，／因為它微笑，戴有『正確』底面幕；／也許還有多少愛情的錯誤／對女人和孩子發過暫時的威風，──／這些，豈非報紙天天都有記述？」語義含混，指向不明，且在修辭上不通俗。這樣的詩歌是寫給工農兵讀的嗎？因此被斥之為資產階級知識分子的「沙龍語言」。

3、卞之琳等人五十年代的詩歌

卞之琳（1910 年～2000 年）江蘇海門人，曾用筆名季陵，祖籍江蘇溧

水，著名詩人、翻譯家、學者。1910 年生於江蘇海門。1929 年畢業於上海浦東中學並考入北京大學英文系。1931 年開始發表作品。1933 年畢業於北平北京大學英文系，出版詩集《三秋草》。1936 年與李廣田、何其芳出版三人合集《漢園集》，被稱爲爲「漢園三詩人」。抗日戰爭初期與沙汀、何其芳訪問延安並從事臨時性教學工作，後又隨軍訪問太行山區根據地。1940 年回西南大後方，在昆明西南聯大任講師、副教授、教授，1946 年任教於天津南開大學。1947 年往英國牛津大學從事研究工作，1949 年歸國，歷任北京大學西語系教授（1949～1952），中國社科院文學所研究員（1953～2000），中國莎士比亞研究會副會長等職。

卞之琳在 50 年代的詩歌數量也不多，收入自編詩集《雕蟲記歷》〔註72〕中共 14 首：《謠言教訓了「神經病」》、《金麗娟三獻寶》、《夜行》、《從冬天到春天》、《採菱》、《採桂花》》、《疊稻羅》、《挫稻繩》、《收稻》、《向水庫工程獻禮》、《動土問答》、《大水》、《防風鏡和望遠鏡》、《十三陵遠景》。這些詩主要有兩類，一類是常見的諷刺詩，還有一類是屬於卞之琳特有的一種「無意義詩」，你說它「不知所云」也可以，你說它「單純質樸」也行，甚至說它「頗含深意」也行，總之與當時的詩風大相徑庭。不管寫什麼題材，卞之琳都能夠保持詩歌的底線：對詞語本身的關注，讓詞語活起來，而不是死去。

其實穆旦在 50 年代的少數詩歌也是兩類，一類諷刺詩，一類抒情詩。諷刺詩在當時也比較風行，大多都師法《馬凡陀山歌》。不過，《馬凡陀山歌》的諷刺對象是確定的。而五十年代的諷刺對象變幻莫測，因此寫諷刺詩也比較危險。一般都是在「鳴放」期間諷刺官僚主義、教條主義、宗派主義，認爲這不會有什麼錯。事實上並非如此，批評這給你進行一種當時特有的「文學社會學」解讀，你就完了。

穆旦在自己的檢討書中針對諷刺詩的寫法有一些解釋：「寫諷刺詩，就我通常看到的，似乎有兩種方法。一是直敘，即作者把所批評的實際現象用正確而夾有譏諷的口吻敘述出來；這比較直截，目的性明確，不易被『誤解』。另一種方法是採用一個虛構而誇張的故事，作者把他所要批評的幾點溶化在虛構的故事中。這比較曲折，但生動；也有可能被『誤解』。爲什麼呢？因爲，如果寫得不好，寫得失敗了，（一）首先是那故事吸引了人的注意，作者要批評的是什麼，反而不清楚，甚至居於後景了。（二）故事是有概括性

〔註72〕卞之琳：《雕蟲記歷》，北京，人民文學出版社，1984。

的，作者可能指個別，讀者可能認爲是一般。（三）誇張而虛構的喜劇可能
被認爲是『如實地描寫現實』，歪曲了現實。我現在感到，要寫後一種諷刺
詩，作者必須要使故事能鮮明地表現出他所要批評的東西，不可僅爲了故事
『有趣』而庸俗地『有趣』下去；如果他批評的是個別現象，必須使這一點
在詩中鮮明地呈現出來，不要讓人誤以爲是一般；誇張地描寫缺點，在諷刺
作品中原是可以的，甚至是必不可少的，但同時，必須使人明白這是藝術誇
張而非現實描繪。」這都是「經驗」之談啊！

　　卞之琳的諷刺詩恰恰採用了後面那一種方式，但比穆旦的更巧妙，有時
候甚至就是「不知所云」，像小說敘事一樣，筆觸跟著「情節」跑了，跑得不
著邊際。也就是說，卞之琳的諷刺詩，將諷刺和講故事結合在一起，而且諷
刺也不明顯，故事也不明顯，但過程卻很有趣味，很有「文學性」。我們來看
看他配合「抗美援朝」寫的詩歌《謠言教訓了「神經病」》：

> 我們跨前去一步
> 謠言家說是走回頭路。
> 阿貓去告訴阿狗，
> 阿狗也不看看左右，
> 告訴老李說，「不得了，
> 大家趕快往後跑！」
> 老李跑出去拉老林，
> 抓破了他的背心。
> 老林翻過一個身，
> 一個人向車站直奔，
> 一心想逃上西安，
> 就胡亂鑽進了東車站，
> 看別人到得還要早，
> 就胡亂搶了一張票，
> 只見月臺人眞擠，
> 有的喊，有的搖旗，
> 車廂裏人臉都通紅
> 一個個都非常激動，
> 大家說，「趕快，趕快！」

　　老林也直叫「快開！」
　　火車開出去一枝箭，
　　老林還急得要上天，
　　一日夜眼皮才闔上
　　睜開眼就見了「瀋陽」！
　　滿車跳下來志願隊，
　　搶上朝鮮去抗老美！
　　老林想起了老婆
　　丟在家裏怎麼過活？
　　老婆就出現在眼前，
　　她就在志願隊裏邊！
　　她對老林只笑笑，
　　用手遠遠地招招。
　　誰也不曾走回頭路，
　　我們又跨前去一步！

　　這竟然是爲抗美援朝寫的詩！但也沒什麼大問題。前面諷刺「謠言家」，後面歌頌「大傻瓜」，最後還有「光明的尾巴」。更重要的是它全是口語，沒有一句工農兵不懂的！一句一句地讀，句句都明白，其實合在一起也不一定能懂。全詩押韻也押得很死，轉韻不多，轉一下又趕緊回來。但它確實與眾不同。它的意義的確是曖昧的、多義的。還是一首與抗美援朝相關的詩歌《金麗娟三獻寶》，不僅僅讓詞語保持多義性，而且讓它顯得「活潑可愛」：

　　白金圈想白皮松枝，
　　紅燈籠需要紅寶石，
　　喜事靠乾淨的山河，
　　金麗娟獻訂婚戒指。

　　人像樣靠祖國像樣，
　　樹上要開花根要長，
　　房門與國門統一，
　　金麗娟送愛人上前方。

> 前後方一個大家庭，
> 傷號的枕頭要鋪平，
> 女子也用得著上前線：
> 金麗娟自己再報名。

金麗娟把結婚戒指、丈夫和自己都獻出去了，所謂「獻三寶」。這種詩歌按照現在的小說敘事學的觀念，可以稱之為「零度敘事」，作者隱蔽起來了，陳述語調很客觀，敘事視角屬於「後視角」。但一些比喻非常巧妙，一些句子，如「乾淨的山河」，「國門與房門統一」，「傷號的枕頭要鋪平」，可以做多種解釋。

卞之琳先生在 1979 年為詩集《雕蟲記歷》寫序的時候，對自己進行了批評，認為寫於 50 年代初期的詩歌「激越而失之粗鄙，通俗而失之庸俗，易懂而不耐人尋味，時過境遷，它們也算完成了任務，煙消雲散。」〔註73〕但是，這些詩歌首先是「歷史遺存」，今後將要在歷史之中反覆接受後人的觀摩，不會煙消雲散的。另外，撇開個人對自己的不滿，將它放進當時的歷史語境中去看，還真的會給人驚喜：當時還竟然有敢於這樣寫詩的人！

我之所以在「漢園三詩人」中選取卞之琳，而不是李廣田和何其芳，是因為卞之琳的詩實在是很獨特，而前面兩位與眾人沒有太大的區別。李廣田的《一棵樹》：「我忽然感到自己是一棵樹，／是一棵枝葉扶疏的大樹。／／我受大地和太陽的哺育，／我在風雨中鍛鍊自己的身體。／／……」了無新意。何其芳就更不用說了，他放棄了「漢園期」的詩風，完全變成一位官方詩人。與此相同的是馮至，他的《韓波砍柴》、《煤礦區》、《登大雁塔》《中流砥柱》等 50 年代的詩作，儘管語言本身流暢可讀，與早期的「十四行」還略有關聯，但太意識形態化，與當時的詩風重合。其它刻意迎合主流意識形態的詩歌就更不用提了。

此外，還有一些當時的青年詩人值得注意，如聞捷、蔡其矯、昌耀等。

聞捷（1923～1971），原名趙文節，江蘇丹徒人。1938 年在漢口參加抗日救亡演劇工作。1940 年赴延安參加陝北文工團，後入陝北公學。1945 年任《群眾日報》記者。1949 年隨軍到新疆後任新華社西北分社採訪部主任、新華社新疆分社社長。1955 年發表了《吐魯番情歌》等詩作，結集為《天山牧歌》出版。1957 年調中國作協從事專業創作。1958 年任作協蘭州分會副

〔註73〕卞之琳：《雕蟲記歷・自序》第 9 頁，北京，人民文學出版社，1984。

主席。1965 年調上海作協工作。「文化大革命」中受迫害含冤去世。聞捷是一位以寫邊疆少數民族愛情而聞名的詩人。1956 年出版的詩集《天山牧歌》是他當時的代表作，分爲幾輯：「吐魯番情歌」，「菓子溝山謠」，「天山牧歌」等。聞捷的愛情詩寫得甜膩、流暢。他主要是寫愛情的某一個方面，也就是成功的、大團圓的那一面，而幾乎沒有涉及愛情更爲複雜的另一面。這種「陽光愛情詩」所歌頌的，與其說是「愛情」，不如說是在歌頌新生活本身。也就是說，對極其私人化的情感抒發，與對一種集體化生活的抒發，構成了明顯的對應關係。比如：「當我有一天回到你的身旁，／立即向你伸出兩條臂膀，／你所失去的一切一切，／在那一霎那間得到補償。∥告訴你，我的姑娘！／我過去怎樣現在還是怎樣，／我永遠地忠實於你，／像永遠忠實於祖國一樣。」〔註74〕儘管如此，聞捷的詩歌還是爲詩歌包容個人情感內容找到了一條特殊的渠道。

　　昌耀（1934～2000），原名王昌耀，湖南桃源人。1950 年參加中國人民解放軍文工團。1953 年在朝鮮戰場上負傷後轉入河北某軍校讀書。1954 年開始發表詩作。1955 年調青海省文聯。1957 年因詩獲罪，1958 年被劃成右派，顛沛流離於青海墾區 22 年。1979 年平反後任中國作協青海分會專業作家。2000 年因患癌症在醫院跳樓自殺。20 世紀 80 年代開始出版詩集《昌耀抒情詩集》、《命運之書》、《一個挑戰的旅行者步行在上帝的沙盤》等。昌耀五六十年代的詩歌，顯示出與當時的詩風不同的格調。如：「鷹，鼓著鉛色的風／從冰山的峰頂起飛，／寒冷／自翼鼓上抖落。∥在灰白的霧靄／飛鷹消失，／大草原上裸臂的牧人／橫身探出馬刀，／品嘗了初雪的滋味。」（《鷹・雪・牧人》，1956 年 11 月 23 日寫於興海縣阿曲呼草原）。〔註75〕

　　又如寫於 1961 年的《凶年逸稿（在飢饉的年代）》

　　　……　　　　　……

　　　　這是一個被稱作絕少孕婦的年代。
　　　　我們的綠色希望以語言形式盛在餐盤
　　　　任人下箸。我們習慣了精神會餐。
　　　　一次我們隱身草原暮色將一束青草誤投給了

〔註74〕聞捷：《天山牧歌》第 37 頁，北京，作家出版社，1956。
〔註75〕昌耀：《一個挑戰的旅行者步行在上帝的沙盤》，蘭州，敦煌文藝出版社，1996。
　　　　下引昌耀詩歌亦出於此書。

夜遊的種公牛，當我們蹲在牛胯才絕望地醒悟

已不可能得到原所期望吮喺鮮奶汁。

我們在大草原上迷失，跑啊跑啊……

直到深夜才跑到一處陌生村落，

我們到頭便在廊階沉沉睡去，

一晚夕只覺著門廳裏笙歌弦舞不輟，

身邊時而馳過送客的馬車。

我們再也醒不來。

既然這裡曾也沃若我們青春的花葉，

我們早已與這土地融爲一體。

我們不想蘇醒。但是雞已啼明。

新燃的腐殖土堆遠在對河被墾荒者巡護，

熒熒如同萬家燈火，如黎明中的城。

而我們才發覺自己是露宿在一片荒墳。

……　　　……

我以極好的興致觀察一撮春天的泥土。

看春天的泥土如何跟陽光角力。

看它們如何僵持不下，看它們喘息。

看它們摩擦，痛苦地分泌出黃體脂。

看陽光晶體如何刺入泥土潤濕的毛孔。

看泥土如何附著松針般銳利的陽光攣縮抽搐。

看它們相互吞噬又相互吐出。

看它們又如何擠眉弄眼緊緊地擁抱。

……　　　……

　　這首《凶年逸稿》標明「1961～1962 寫於祁連山」，是大饑荒年代的產物。全詩共 9 節 100 多行，是昌耀五六十年代詩歌的代表作。但和昌耀大部分詩歌一樣，都發表於 20 世紀 80 年代之後。有些詩歌在 20 多年後發表的時候還經過了修訂或改寫，因此，不完全是五六十年代的創作。這裡列舉出來，只是想提示詩人昌耀在五六十年代詩歌界的重要性。

　　蔡其矯（1918～2007），福建省晉江人，印尼華僑。1929 年回國泉州教會學校初中畢業，1934 在上海暨南大學附中讀書。1938 年到延安魯藝文學

系學習，1940 年至 1942 年任華北聯合大學文學系教員。1945 年任晉察冀軍區司令部作戰處軍事報導參謀。1949 年至 1952 年任中央人民政府情報總署東南亞科長。1953 年至 1957 年中國作家協會文學講習所教員，五十年代出版《回聲集》、《回聲續集》、《濤聲集》等。1958 年任漢口長江流域規劃辦公室政治部宣傳部長。1959 年福建作家協會專業作家。寫於 1958 年的《川江號子》可以代表他五十年代的另類聲音：

> 你碎裂人心的呼號，
> 來自萬丈斷崖下，
> 來自飛箭般的船上。
> 你悲歌的回聲在震蕩，
> 從懸岩到懸岩，
> 從漩渦到漩渦。
> 你一陣吆喝，一聲長嘯，
> 有如生命最兇猛的浪潮
> 向我流來，流來。
> 我看見巨大的木船上有四支槳，
> 一支槳，四個人；
> 我看見眼中的閃電，額上的雨點，
> 我看見川江舟子千年的血淚，
> 我看見終身搏鬥在急流上的英雄，
> 寧做瀝血歌唱的鳥，
> 不做沉默無聲的魚：
> 但是幾千年來
> 有誰來傾聽你的呼聲
> 除了那懸掛在絕壁上的
> 一片雲，一棵樹，一座野廟？
> ……歌聲遠去了，
> 我從沉痛中蘇醒，
> 那新時代誕生的巨鳥
> 我心愛的鑽探機，正在山上和江上
> 用深沉的歌聲
> 回答你的呼籲。

第十一章　敘事文體的模式

一、趙樹理與農民題材

　　在討論當代長篇小說的主流敘事問題的時候，我不準備將「革命題材」單獨列出。革命作為中國 20 世紀上半葉的一個主導性主題，幾乎貫穿了所有的文藝作品，它甚至就變成了一個基本「母題」。如《紅旗譜》、《紅岩》、《紅日》、《林海雪原》，還有《青春之歌》和《三家巷》等。這個「革命主題」在整個前 17 年文學上的表現形態，也是本書各個章節的焦點問題，只是分析角度的不同而已。因此，在接下來的論述之中，我們得從這些小說敘事之中尋找另外一種分類方法。

　　農民題材在前 17 年文學中是一種佔據絕對優勢的題材。當代中國的農民儘管是作為領導階級的工人階級的同盟軍，實際上它一直是中國現代革命的主力軍。農民革命的題材當然是最主要的題材。但是，革命主題不僅僅是屬於農民的，而是屬於整個中國當代文化的。因此，在討論農民題材及其相關的敘事學問題的時候，選擇趙樹理的《三里灣》（表現新中國初期農民自身的改造及內在矛盾），比選擇梁斌的《紅旗譜》（農民暴力革命的主題）更具有代表性。此外，《青春之歌》和《三家巷》兩部作品都表現了革命主題，但不是農民革命，而是青年革命。這些青年之中，既有知識分子，也有一般的市民，既有男性，也有女性。相比之下，楊沫的《青春之歌》「女性題材」特點更為明顯，歐陽山的《三家巷》「市民題材」特點更為明顯。

1、家族體系和行政體系

　　趙樹理是當代文學中描寫農民的高手。早在延安時期，趙樹理就以《小

二黑結婚》、《李有才板話》、《李家莊的變遷》等小說聞名於世。在那些小說中，他塑造了一批相對於舊社會而言的新人形象。新中國成立之後，趙樹理面臨一個新的問題：如何描寫狹義革命之外的「廣義革命」，也就是社會主義革命建設中的農民形象。趙樹理的長篇小說《三里灣》就是一次嘗試。

小說《三里灣》寫了一個一百多戶人家的村莊、一群農民，圍繞著是否要加入農業合作社這一問題而引發的諸多故事和事故。這個故事發生在 1952年，這是農業合作社的試點時期。故事從 9 月 1 日開始，到 9 月 30 日結束，故事時間整整 30 天。在這 30 天時間之內，雖然說不上「翻天覆地」，但也是極端的不平靜。可以說，趙樹理幾乎將當時全國的主要矛盾，都集中到了三里灣這個小小的時空結構之中，集中在這個敘事結構之中，最後在想像中一舉解決掉了。小說的篇幅並不算長，約 15 萬字，一個小長篇，表現了如此重大的題材和主題，顯示出作者高超的思維水平、敘述能力和文字工夫。但是，現在讀起來並不輕鬆，因為今天的讀者對它的故事還是感到隔膜。問題在於，仔細閱讀和評價這部「經典作品」，已經成了一件中國當代文學史研究必須要認真對待的工作，因為在這個「符號體系」中，隱藏著那個時代諸多的「精神秘密」或者「話語程序」。不過，我們先不要忙著對這個小說進行總體評價，而是先來看看趙樹理在如何講故事，然後再來分析他的敘事指向與意義預設之間的對應關係。我們先把《三里灣》中的人物關系列舉如下：

（1）家族體系中的主要人物（括號中的黑體是綽號）：

王家（先進）	馬家（最落後）
王寶全（**萬寶全**）	馬多壽（**糊塗塗**）
寶全老婆	多壽老婆（**常有理**）
長子王金生	長子馬有餘（**鐵算盤**）
金生老婆	有餘老婆（**惹不起**）
二子王玉生（**小萬寶全**）	二子馬有福（在外縣當幹部）
女王玉梅	三子馬有喜（現役軍人，妻陳菊英）
	四子馬有翼（與范靈芝都是村裏的「知識分子」，後娶王玉梅）
袁家（有問題）	**范家（落後）**
袁天成（**兩大份**）	范登高（**翻得高**）
天成老婆（**能不夠**）	登高老婆（**冬夏常青**）
女袁小俊	女范靈芝（嫁王玉生）

（2）其它家族（散戶）人物：

袁小旦（圓蛋蛋）	袁丁末（小反倒）
黃大年（黃大牛）	馬東方（老方）
王興（秦小鳳的公公）	王小聚（驢販子，范登高雇工）
王滿喜（一陣風，娶了與王玉生離婚後的袁小俊）	王申（使不得，王滿喜之父）
牛旺子	馬如龍……

（3）行政體系中的主要人物：

劉書記（縣委副書記，合作社試點領導）	何科長（專署農業科）
張信（副區長，縣與社之間的行政區）	老梁（體驗生活的畫家）
王金生（黨支書兼副社長）	范登高（村長，自然村）
張樂意（社長，合作社）	張永清（副村長）
魏占奎（團支書，生產委員）	秦小鳳（副社長，婦女主任）
李世傑（會計）	

（4）對上面人物名單的說明：

我們從上面的名單中發現，《三里灣》的人物可以按照「家族體系」和「行政體系」兩種標準分類（按年齡有中老年和青年，按現代道德標準還可以分為先進的和落後的等等，但前者家族色彩更濃，後者行政色彩更濃）。這部小說的所有矛盾都是在這兩個體系之間展開的，一個要保護這一體系拒絕另一體系，另一個則相反。三里灣「家族體系」中的主要人物和「行政體系」中的主要人物有複雜的交叉關係，如王金生、范登高。通過「擴社」和「開渠」這兩件當年三里灣的重大事件之後，許多人都由原來的「家族體系」轉化為「行政體系」的人了，通過擔任「官職」這種「榮譽性」的新準則，衝擊了傳統家族生產體系種的經濟準則和親情關係，從而瓦解家族結構。比如，1952 年上半年已經入社的 50 戶人家，分為四個小組（每個小組都有綽號，趙樹理說，三里灣人喜歡取綽號，其實是趙樹理喜歡取綽號）：菜園組（綽號「技術組」，組長是種菜的老把式王寶全）；果樹組（綽號「山地組」，實際上是種經濟作物的小組）；種地一組（外號「政治組」，組長喜歡講大道理）；種地二組（外號「武裝組」，主要是青年民兵）。1952 年底決定的「開渠大會戰」，也任命了一大批小官。四個小組在擴社之前就任命了十幾個正副組長，擴社之後將變成 121 戶，幹部還會增加。看《三里灣》中的敘述：

北房外間的會議，正由金生解釋他擬定的新社章草案。他談到下年度的社，大小幹部就得六十多個，大家覺著這數目有點驚人，有的說「比一個排還大」，有的說「每兩戶就得出一個幹部」，有的說「恐怕有點鋪張」。金生說：「我也覺著人數太多，不過有那麼多的事，就得有那麼多的人來管。根據從專署拿來的別的大社的組織章程，再根據咱村的實際情況：社大了，要組織個社務委員會來決定大計，要 9 個社務委員。爲了防止私弊，還得組織個監察委員會，要 5 個監察委員。要 1 個正社長，3 個副社長，全體社員要組成一個生產大隊，就要有正副大隊長。把全體社員按各戶住的地方分成 3 個中隊，每中隊要有正副中隊長。每中隊下分 3 個小組，要有正副小組長。生產大隊以外，咱們社裏還有副業、有水利、有山林、有菜園、有牲口、有羊群，每部門都得有正副負責人。這些部門各有各的收入或開支，就都得有個會計。在社務方面，除了正副社長，還得有個秘書；社裏開支的頭緒多了，就又得有個管財務的負責人。財務部門得有個總會計、有個出納、有個保管。要提高生產技術，也得有個技術負責人和幾個技術員。要進行文化教育，也得有個文教的負責人和幾個文化組長。60 多個人還沒有算兼職，要沒有兼職的話，60 多個也不夠。我覺著這樣也好：一個社員大小負一點特殊責任，一來容易對社務關心，二來也容易鍛鍊自己的做事能力。」社長張樂意問他說：「究竟得 60 幾個呢？」他說：「這個馬上還不能確定，因爲這些人有的應該由社員大會選出，有的應該由他的小單位選出，有的要由社務委員會聘請，不到選舉完了、聘請完了，還不知道一共有多少兼職的。」他解釋過人數多的理由，便又接著解釋章程上別的情節；解釋完了，便讓大家討論、修正。

討論完了章程，便討論候選人名單。這個名單很長，不必一一介紹，其中原位不動的，有社長張樂意、副社長秦小鳳、王金生、耕畜主任老方（馬老方）、山林主任牛旺子、會計李世傑──張樂意又兼大隊長、李世傑稱爲總會計；原來是幹部而調動了位置的是魏占奎當財務主任、王寶全當技術主任；新社員當主要幹部的是范靈芝當社長的秘書兼管一部分總會計的事，王申當副業主任、王滿喜當一個監察委員、馬有翼當文教副主任；其它幹部也有老社員也有

　　新社員，各小組幹部和應該聘請的幹部沒有列在名單之內。大家討
論了一陣，稍稍加了些修改，也就確定下來。

　　一個 121 戶人家的合作社，任命 60 多位幹部（還不算兼職的），在黨支
部、黨小組、團支部、團小組、社委會、小組長的控制下，形成一個嚴密的
行政體系。擅長為農民算賬的趙樹理，在小說中一直在算賬，彷彿算得很細
緻。但他沒有算一算行政管理成本越來越高的賬，一個村子 60 多個幹部怎麼
支付勞動成本？當然，他試圖依靠的是革命的自覺性，假設他們都在利用自
己的休息時間去幹集體的活兒。這樣能不能長久？新的家庭矛盾怎麼解決？
難道可以強行取消家庭嗎？公共育嬰室（托兒所）、公共食堂、道德話語中的
「禁欲主義」色彩等都帶有試圖取消家庭的念頭。傳統家族體系與現代行政
體系在價值觀念上的矛盾，在《三里灣》中也很明顯。

　　傳統的「家族體系」及其相應的價值觀念和行為準則，與現代的「行政
體系」及其相應的價值觀念和行為準則之間的矛盾，是一對古老的矛盾。這
一矛盾在土地改革時期就非常突出。相對於中國南方農村而言，北方農民的
這一矛盾要小一些。因為北方農村是各地移民雜居在一起，因不同的祖先和
血緣關係而導致宗族勢力分散。他們儘管有著共同的地域、口音、趣味，但
沒有共同的祠堂和祭祀儀式。三里灣就有王、范、馬、袁等十幾個姓氏，單
一的家族勢力難以控制一個村落，一旦外來力量（比如某種行政力量）介入，
原本不夠嚴密的家族力量就分崩離析。南方農村的情況沒有這麼簡單。因為
南方鄉村基本上是一村一姓、一個宗族一個血緣、也就是同組同宗，外來的
行政力量不容易介入。即使介入了，也是處於一種曖昧的膠著狀態，彼此或
扯皮、或爭鬥、或讓步。土地改革時期，南方工作開展要困難得多。西南土
改工作團在南方土改時就發現，工作很難展開，不像周立波《暴風驟雨》中
描寫的那樣暴烈。其深層的價值根源在於，責任體系不同。現代行政體系的
責任關係，是在同一個物理時空中自下而上的關係：鄉裏向區裏負責（區裏
給社裏獎勵），區裏向縣裏負責（縣裏給區裏獎勵），縣裏向省裏負責（省裏
再獎勵縣裏），省裏向中央負責。「宗族血緣體系」的責任關係則不同，它是
在不同的「虛擬時空」中，同時指向「過去」和「未來」的：價值觀念和行
為準則要對逝去的祖先負責，而這種責任的表現形式除了現在的興旺之外，
更重要的是還要保證家族成員「未來」興旺發達。當現代型行政體系與還同
家族體系發生衝突的時候，後者的力量更加頑強。這種矛盾一直延續到今天。

關於這一點不再詳論，可以參見拙著《土地的黃昏》相關章節。〔註1〕

趙樹理在這裡並沒有關注這種「家族系列」和「行政系列」兩者之間的深層矛盾，而是給現實矛盾預設了一個現代化的價值觀念的前提，也就是現代西方是線形時間觀念：進步和落後。進步的要改造後退的，先進的要戰勝落後的。

趙樹理在《三里灣》中一開始就涉及了這些問題，但他的處理方式是簡單的，那就是以加入合作社為最高奮鬥目標。為了讓三里灣村所有的人都加入合作社，首先表現出來的就是用現代行政體系取代傳統家族體系，全村的人都被「行政化」了，都變成了「組織裏的人」了。而且在他們沒有答應加入合作社之前，每個人都有一個不光彩的、點名缺陷的綽號（王家的兩個表揚性質的綽號除外）。最落後的馬家最多：糊塗塗、常有理、鐵算盤、惹不起，還有翻得高、兩大份、小反倒、圓蛋蛋等等。直到他們同意加入合作社，才主張不要再叫他們的綽號了：

> 玉梅說：「入社是一回事，家裏又是一回事！我鬥不了常有理和惹不起！」金生說：「以後再不要叫人家這些外號了！人是會變的，只要走對了路，就會越變越好！」玉梅說：「可是在她們還沒有變好以前，我怎麼對付她們呢？他們家的規矩是一個人每年發五斤棉花不管穿衣服，我又不會織布，穿衣服先成問題。我吃的飯又多，吃稀的又不能勞動，飯又只能由他們決定，很難保不餓肚。我是個全勞力，犯得著把我生產的東西全繳給他們，再去受他們的老封建管制嗎？」金生說：「你知道人家還要照那樣老規矩辦事嗎？」玉梅說：「可是誰能保他們馬上會變呢？我還沒有到他們家，難道能先去和他們搞這些條件嗎？到了他們家他們要不變，不是還得和他們吵架嗎？」金生說：「他們要不變，正需要你們這些青年團員們爭取、說服他們！難道你們只會吵架嗎？」金生說：「咱們還是從各方面想一想：他們家裏現在的情況和菊英分家那幾天有個大不相同的地方──那時候，他們不止不願走社會主義道路，反而還想盡辦法來阻礙別人走社會主義道路；現在他們報名入了社，總算是進了一大步。有翼在這時候還要堅持分家，不是對這種進步表示不信任嗎？對馬

〔註1〕 張檸：《土地的黃昏──中國鄉村經驗的微觀權利分析》第 8、9、10 章，北京，中國人民大學出版社，2013。

多壽不是個打擊嗎？」玉梅說：「又不是怕他退社才跟他分家，怎麼能算不信任？分開了對他們沒有一點害處，怎麼能算打擊？咱們社裏人們不是誰勞動得多誰享受得多嗎？要不分開，我到他們家裏，把勞動的果實全給了他們，用一針一線也得請他們批准，那樣勞動得還有什麼趣味？分開了，各家都在社裏勞動，自然都走的是社會主義道路；要不分開，給他們留下個封建老窩，讓年輕人到了社裏走社會主義道路，回到家裏受封建管制，難道是合理的嗎？」金生說：「照你那樣說，這一年來，小俊在咱們家裏鬧著要分家，反而也成了合理的了——人家也說是犯不上伺候咱們一大家，也是嫌吃飯穿衣都不能隨便。」玉梅說：「那怎麼能比？咱家都是一樣吃、一樣穿，沒有那些老封建規矩；小俊在咱家又不願意勞動，又想吃好的穿好的，自然是她的不對了。就是那樣，後來還不是你同意她和我二哥分出去了嗎？我覺著弟兄們、妯娌們在一塊過日子也跟互助組一樣，應該是自願的——有人不自願了就該分開。」金生對玉梅的回答很滿意。

2、敘事結構和意義建構

　　在我們這裡，「敘事結構」是指一個小說中，人物（小說中的角色）和事件（人物的行動）的安排，包括這種安排在小說敘述中的時空分佈狀況（布局結構）。我們可以根據這種隊敘事結構設置的分析，以及它在時間上所佔據的長度（事件發展的進展），或者這種敘事進展所形成的情節分佈的特點，推導出敘事和意義建構之間的關係。這樣表述比較抽象，讓我們進入具體的分析。

　　小說《三里灣》約 15 萬字，共 34 章外加一個「引子」。故事中發生的時間為 30 天。在 30 天之內，既要展開故事發生的社會背景，還要講述事件的來龍去脈，更要讓人物的行動合乎情理（也就是通過塑造人物形象來實現），最後實現敘事的目的——把大家全部趕進農業合作社。行政手續是將「土改」時期分到的土地重新交給合作社。一些剛從大家庭分家出來的年輕人，也必須帶著分家合約先到縣政府拿到土地所有證書，然後再帶土地證書入社。這是這部小說的根本目的。小說一開始就出現了一個「奇怪的筆記本」，支部書記王金生的筆記本上寫著 5 個字：高、大、好、剝、拆。什麼意思呢——

村裏的農業生產合作社有個大缺點是人多、地少、地不好。金生和幾個幹部研究這缺點的原因時候記了這麼五個字——「高、大、好、剝、拆」。上邊四個字代表四種戶——「高」是土改時候得利過高的戶，「大」是好幾股頭的大家庭，「好」是土地質量特別好的戶，「剝」是還有點輕微剝削的戶。這些戶……有個共同的特點就是對農業生產合作社不熱心……雖說還不願入社，可是大部分都參加在常年的互助組裏，有些還是組長、副組長。他們爲了怕擔落後之名，有些人除自己不願入社不算，還勸他們組裏的組員們也不要入社。爲著改變這種情況，村幹部們有兩個極不同的意見：一種意見，主張盡量動員各互助組的進步社員入社，讓給那四種戶捧場的人少一點，才容易叫他們的心裏有點活動；四種戶中的「大」戶，要因爲入社問題鬧分家，最好是打打氣讓他們分，不要讓落後的拖住進步的不得進步。另一種意見，主張好好領導互助組，每一個組進步到一定的時候，要入社集體入，個別不願入的退出去再組新組或者單幹；要是把積極分子一齊集中到社裏，社外的生產便沒人領導；至於「大」戶因入社有了分家問題，最好是勸他們不分，不要讓村裏人說合作社把人家的家攪散了。這兩種意見完全相反——前一種主張拆散組、拆散戶，後一種主張什麼也不要拆散。金生自己的想法，原來和第一種意見差不多，可是聽了第二種意見，覺著也有道理，一時也判斷不清究竟拆好還是不拆好，所以只記了個「拆」字，準備以後再研究……。

整篇小說，就是圍繞著「高」（范家），「大」（馬家），「好」（袁家），「剝」（范家），「拆」（馬家）5 個字展開敘述的，目的就是把高的變成低的，把好的變成差的，把大的拆成小的，通過這樣的平均化，最後讓合作社一鍋煮了。明確了這樣一個敘事目的之後，我們就可以更爲清晰地瞭解敘事分佈的奧秘。

故事從 1952 年 9 月 1 日開始，到 9 月 30 號大家都同意入社、開渠結束，一共 34 章，外加一個「引子」。可是，從第 1 章到第 20 章，時間基本停止，只敘述了 2 天的事情，卻佔據了整個小說的一半篇幅。爲什麼會形成這樣一種頭重腳輕的「勺狀結構」呢？首先當然是技術問題，也就是小說開始必須交代一些應該交代的事情，比如村子的基本情況，人物出場，新建成的合作

社現有的條件，爲什麼不願意入社，等等。更重要的是，它必須爲人物行動和故事發展提供邏輯上的必然性。從敍事上看，就是在 2 天時間裏把所有能夠想到的矛盾和壞事都集中起來，造成非入社不可的效果：王玉生和袁小俊離婚了，馬多壽家因家庭矛盾分家了，范登高的「資本主義道路」行不通了，新社四個小組的形勢一片大好了（通過副區長張信和專署何科長瀏覽整個三里灣的全貌，通過體驗生活的畫家老梁的三副圖畫的誘惑），原來的互助組眼看就要垮了⋯⋯

從第 21 章開始，後面十幾章的敍事節奏明顯加快，只用了 14 章就把那些棘手的問題全部解決掉了。除開前 20 章交代背景、呈現矛盾之外，後面 14 章可以分爲以下幾個階段，從 9 月 3 日開始的第一**階段**，是政治宣傳階段，利用每家每戶參加了團組織的年輕人做父母的工作，開展團員青年說服動員父母的競賽。從 9 月 4 日開始的第二**階段**，是整風階段，在黨支部內部開展整風，主要是要把不肯入社的黨員范登高的問題解決，碰到困難的時候（比如范登高以「入社自願」的理由爲自己雇工、不入社辯護），縣委劉副書記會拿黨性原則來要求他。黨支部的幫助會開了三四次，讓范登高檢討。最屬害的是第三**階段**，即 9 月 10 日的群眾大會，實際上是公開批判范登高。劉書記認爲范登高的檢討不深刻，於是在群眾大會上說：

> 范登高同志認識了自己的錯誤，表示了改正的決心，這是值得大家歡迎的；可是在態度上不對頭──還是站在群眾的頭上當老爺──這種態度是要不得的！自己早已落在大家的後面，還口口聲聲要『帶頭』，還說『要帶著大家走社會主義道路』。農民入了農業生產合作社就是走了社會主義道路。在三里灣，這條道路有好多人已經走了二年了你還沒有走！你帶什麼頭？不是什麼『帶頭』，應該說是『學步』！學步能不能學好，還要看自己的表現，還要靠群眾監督！第一步先要求能趕上大家！趕上了以後，大家要是公認你還能帶頭的話，到那時候你自然還能帶頭！現在不行！現在得先放下那個虛僞的架子！黨內給你的處分你爲什麼不願意告訴大家呢？你不願意放下架子我替你放下！范登高同志的思想、行動已經變得不像個黨員了，這次認識了自己的錯誤之後，黨給他的處分是留黨察看。請黨內黨外的同志們大家監督著他，看他以後還能不能做個黨員！不止對范登高，對其它黨員也一樣──不論黨內黨外，只要有人發現哪一個黨員不像個黨員了，都請幫忙告訴支部一聲！

最終制服了范登高，同時達到了殺雞敬猴的效果。接著便開始進入**第四階段**，也就是「家庭攻勢」階段，讓家庭矛盾激化，最終瓦解頑固的「封建堡壘」。「有翼革命」（拒絕母親讓他娶袁小俊這件事，最後向父親馬多壽鬧分家）和「天成革命」（跟老婆「能不夠」鬧離婚，逼她放棄多餘的自留地，提出入社的要求）兩個事件是重大轉折，導致「群眾頑固戶」馬多壽和袁天成放棄攻守同盟，都報名加入合作社。最後的效果是，一些觀望的群眾都紛紛入社。整個小說的敘事結構，正好符合一句名言：「調查研究就像十月懷胎，解決問題就像一朝分娩」。最後的堡壘馬多壽是 9 月 20 號（在第 30 章）宣佈加入合作社的。至此，主要矛盾基本上解決了。小說最後 4 章，是處理一些善後工作，主要是給那些鬧離婚、鬧分家的人一個歸屬：離婚的又找到新的對象，分家的加入了合作社這個新的家社會主義大家庭。

3、革新了的愛情和親情

《三里灣》中的「愛情」故事寫得比較朦朧，就像農民的「愛情」一樣朦朧。趙樹理原本就不擅長寫愛情，而是擅長寫婚姻，並且是農民的婚姻（《小二黑結婚》就是一個新式農民婚姻故事的範例）。《三里灣》中有幾對帶有朦朧戀情的青年。但這幾對之間的關係變化比較大。開始是馬有翼和范靈芝，後來變成王玉生和范靈芝。而袁小俊和王玉生的婚姻關係結束之後，又與王滿喜成了一對。王玉梅與馬有翼成了一對。在處理這些年情人的情感關係變化的時候，個人的愛情因素很少，充滿了集體利益、家庭利益和面子上的計算。

王玉生與袁小俊的離婚原因，就是小兩口拌嘴。直接起因是袁小俊要買一件新衣服，王玉生不給錢。農民最不喜歡從口袋裏往外掏錢，而袁小俊又沒有獨立的經濟來源和支付能力，於是發生口角。間接原因是袁小俊的母親「能不夠」的挑唆（教袁小俊在一個大家庭如何維權，並主張小兩口分家）。王玉生卻採取了一種極端的做法：離婚，跟「落後」的袁小俊分手。9 月 1日晚上向村調解委員會（也就是婦女主任秦小鳳）提出離婚，9 月 2 日上午，村裏就向區政府開出了「調解無效，同意離婚」的證明。這種近乎兒戲的離婚把戲，短期效果其實是在於懲罰袁小俊的母親落後分子「能不夠」，長期效果是給袁小俊帶來傷害。

范靈芝和馬有翼是初中的同學，都是村裏的「知識分子」，同在夜校擔任教員，也有一定的感情基礎。但是，范靈芝一夜之間就決定不跟馬有翼相好

了。原因是，馬有翼在一些原則問題上立場不堅定。比如，在母親和三嫂陳菊英鬧分家的時候，不批評母親「常有理」的錯誤；比如，不積極勸說父親馬多壽入社，在這一點上甚至不如村裏沒有文化的青年。拋開同學馬有翼，范靈芝9月18日突然決定跟剛剛離婚才十幾天的王玉生相好。做出這一決定的時候，范靈芝還經過了一陣內心的思想鬥爭：

> 她撇開了有翼，在三里灣再也找不到個可以考慮的人。她的腦子裏輕輕地想到了玉生，不過一下子就又否定了——「這小夥子：真誠、踏實、不自私、聰明、能幹、漂亮！只可惜沒有文化！」她考慮過玉生，又遠處近處考慮別的人，只是想著想著就又落回到玉生名下來，接著有好幾次都是這樣。……她想：「這是不是已經愛上玉生了呢？」在感情上她不能否認。她覺著「這也太快了！為什麼和有翼交往那麼長時間，還不如這幾個鐘頭呢？」想到這裡，她又把有翼和玉生比較了一下。這一比，玉生把有翼徹底比垮了——她從兩個人的思想行動上看，覺著玉生時時刻刻注意的是建設社會主義社會，有翼時時刻刻注意的是服從封建主義的媽媽。她想：「就打一打玉生的主意吧！」才要打主意，又想到沒有文化這一點，接著又由「文化」想到了有翼，最後又想到自己，發現自己對「文化」這一點的看法一向就不正確。她想：「一個有文化的人應該比沒文化的人做出更多的事來，可是玉生創造了好多別人作不出來的成績，有翼這個有文化的又作了點什麼呢？不用提有翼，自己又作了些什麼呢？況且自己又只上了幾年初中，……沒有把文化用到正事上，也應該說還比人家玉生差得多！」這麼一想，才丟掉了自己過去那點虛驕之氣，著實考慮起丟開有翼轉向玉生的問題來。……
>
> 主意已決，她便睡下。為了證明她自己的決定正確，她睡到被子裏又把玉生和有翼的家庭也比了一下：玉生家裏是能幹的爹、慈祥的媽、共產黨員的哥哥、任勞任怨的嫂嫂；有翼家裏是糊塗塗爹、常有理媽、鐵算盤哥哥、惹不起嫂嫂。玉生住的南窯四面八方都是材料、模型、工具，特別是墊過她一下子的板凳、碰過她頭的小鋸；有翼東南小房是黑古隆冬的窗戶、倉、缸、箱、筐。玉生家的院子裏，常來往的人是黨、團、行政、群眾團體的幹部、同事，常作的事是談村社大計、開會、試驗；有翼家的院子裏，常來往的人是他的能不夠姨姨、老牙行舅舅，作的事是關大門、圈黃狗、弔紅布、

抵抗進步、鬥小心眼、虐待媳婦、禁閉孩子……她想：「夠了夠了！就憑這些附帶條件，也應該選定玉生、丟開有翼！」

馬有翼見范靈芝與王玉生（王玉生 9 月 2 日離婚，范靈芝 9 月 18 日決定跟王玉生好，他們 9 月 19 日就打了結婚證，也是結婚大躍進）好上了，立刻去找王玉梅，並要求她即刻回答，是不是同意跟他訂婚。王玉梅認為，在范靈芝沒有決定跟王玉生相好之前你幹什麼去了？這是「丟了西瓜才來撿芝麻」，心裏不舒服。但王玉梅還是願意跟馬有翼的，最後的條件是，如果馬有翼跟父親分了家就跟他結婚，理由是讓他的封建媽媽沒有壓迫的對象。用不著先讓她的封建壓迫了再去反封建，而是一開始就讓「封建主義」撲空。

整個小說中，愛情是被「綁架」了的，被入社事件、開渠事件「綁架」了的，被一種作者本人設置的「意義體系」綁架了的。愛情在這裡充滿了一種新的「盤算」，不是「封建主義」的盤算，而是「社會主義」的盤算：誰「先進」就嫁給誰，就像誰「革命」就嫁給誰一樣。如果暫時不先進，就要定期整改，改正了就是好同志，婚姻不過是一種過渡狀態，入社才是敘事的最終指向。

不單是年輕人的愛情被社會政治事件所「綁架」，家庭的親情也是如此。夫妻之間的感情（比如袁天成與能不夠）、父子之間、母子之間（馬有翼在遭到范靈芝的否定之後的作為）的親情，都被重大的社會政治事件所裏挾。更重要的是敘事邏輯簡單粗暴。最絕的是袁天成利用離婚的要挾正老婆「常有理」，不入社就離婚。「常有理」的屈服並不是思想上的，而是捨不得放棄老伴袁天成。這種被迫「革命」其實也很殘酷。還有馬多壽和「常有理」對兒子馬有翼的屈服，與其說是什麼意識形態爭鬥的勝負，不如說是父母對兒子的情感屈服。問題在於，在當時的歷史背景之中，趙樹理的敘事風格已經是少有的吻溫和了！

趙樹理《三里灣》敘事的總體指向是：單幹的互助了，互助的入社了。「舊家族」分裂了（年輕人要分家），「新家族」建成了（全部入社）。私人的驢賣到市場上了，市場上的驢又回到社裏了。結婚的離婚了，離婚的結婚了。和睦的鬧崩了，鬧崩的和好了。壞事變成好事了，後進的變為先進了。入社的樣樣都好，不入社的寸步難行。他們還要通過辦公共食堂、辦托兒所而讓婦女解放出來，參加合作社的生產。其中已經現出了人民公社的雛形。即使這樣，趙樹理還遭到了責難，認為他在小說中沒有描寫階級鬥爭，沒有現實思

想鬥爭的殘酷性和激烈性。比如把馬多壽、袁天成、范登高的性格發展為破壞入社開渠，最後破案，這樣就好了。

二、楊沫與女性題材

1、《青春之歌》出版前後

　　楊沫的長篇小說《青春之歌》，描寫了 1931 年「九一八」事變至 1935 年「一二九」運動這一時段內發生的故事。小說塑造了小資產階級知識女性林道靜的成長歷程。《青春之歌》是紅色經典中的一個典型文本，是一個可以從多角度進行破解的「密碼箱」。它將愛情想像和革命想像糾纏在一起，並建構了一個中國 20 世紀 50 年代青年一代的夢幻。

　　這部小說創作和出版前後的一些材料已經眾所周知，為了方便讀者瞭解一些基本情況，還是做一個簡單綜述。

　　1951 年 9 月下旬，年近 40、疾病纏身的楊沫開始擬定寫作長篇小說《青春之歌》的計劃，花了十幾天的時間寫出了提綱，初名《千錘百鍊》，後又改名《燒不盡的野火》，最後定名《青春之歌》。到 1951 年底寫了近 8 萬字，期間長期往協和醫院治病，到 1952 年 6 月寫畢第一部的 15 章。1953 年調電影局劇本室工作，只能忙裏偷閒寫小說，直到 1954 年底，《燒不盡的野火》才完成初稿，歷時 3 年 7 個月，約 35 萬字。1955 年 5 月，出版社約請專家開始審稿。1956 年 1 月，專家審稿意見出來了，對小說的藝術形式給予了肯定（特別肯定了盧嘉川的形象），但認為思想上問題很多，如對林道靜的小資產階級思想批判不夠，對左傾機會主義錯誤揭露不夠等，中國青年出版社因此擱置出版事宜。1956 年 5 月，事情起了轉機，作家出版社接受了書稿。楊沫花了 20 天時間修改書稿，於 1956 年 6 月 20 交稿，改名《青春之歌》，1958 年 1 月正式出版（1 月 3 日在《北京日報》選登了部分章節）。〔註 2〕初版文字 37 萬 2 千字，初印 4 萬冊，到 5 月份已經印了 4 次，發行近 20 萬冊，6 個月後發行 39 萬冊。1961 年 3 月 2 版（修改版），發行 84 萬冊，字數 43 萬 9 千字（北京十月文藝出版社 1992 年版本為 43 萬 7 千字）。在中國文壇幾乎全是清一色的工農兵唱主角的文學藝術作品。在這種背景下，《青春之歌》猶如一石激起千層浪，很快便吸引了許多讀者。

〔註 2〕老鬼：《母親楊沫》第 7、8 章，武漢，長江文藝出版社，2005。老鬼，本名馬波，楊沫之子，作家，著有小說《血色黃昏》等。

　　1958 年 4 月 17 日，《人民日報》發表王世德的文章《知識分子的革命道路──評長篇小說〈青春之歌〉》，對這部小說給予了高度評價，認爲《青春之歌》「熱情地歌頌了爲民族爲革命奮不顧身的革命知識分子，有力地鞭撻了怯弱庸俗的渣滓和卑劣可恥的叛徒；同時還細緻地表現了一些正直善良、然而糊塗的好人的覺醒過程。讀了這本小說，能給我們教育和鼓舞，使我們知道應該學習什麼，拋棄什麼，怎樣選擇自己的道路。對於今天正在熱烈探求又紅又專道路的廣大知識分子，這本小說有更爲強烈的現實意義。……《青春之歌》能深入本質地反映了大動盪時代中各種知識分子的面貌和變化，不單給歷史刻下了生動具體的面影，對後代能有重要的認識意義，而且對今天我們要求改造的廣大知識分子，也有現實的教育意義。」

　　直到 1959 年初，《青春之歌》已經風靡全國，好評如潮，並拍成電影（崔嵬導演，謝芳、于是之、秦怡、于洋、王人美等主演，電影對小說進行了極端粗暴的處理！或者，也可以說，電影將小說隱蔽的邏輯清晰化了。）。1959 年第 2 期的《中國青年》雜誌，發表了北京電子管廠工人郭開的文章《略談對林道靜的描寫中的缺點》，首次對《青春之歌》進行公開、嚴厲的批評。郭開在文章中嚴厲地指出：小說《青春之歌》中「充滿了小資產階級情調，作者是站在小資產階級立場上，把自己的作品當作小資產階級的自我表現來進行創作的。」「沒有很好地描寫工農群眾，沒有描寫知識分子和工農的結合，書中所描寫的知識分子，特別是林道靜自始至終沒有認眞地實行與工農大眾相結合。」「沒有認眞地實際地描寫知識分子改造的過程，沒有揭示人物靈魂深處的變化。尤其是林道靜，從未進行過深刻的思想鬥爭，她的思想感情沒有經歷從一個階級到另一個階級的轉變，至書的最末，她也只是一個較進步的小資產階級知識分子，可是作者給她冠以共產黨員稱號，結果嚴重地歪曲了共產黨員的形象。」

　　郭開的批評文章在社會上中引起了地震式的效應，導致了一場全國範圍內關於《青春之歌》的大討論，《中國青年》和《文藝報》開闢了相關的專欄。茅盾在《中國青年》1959 年第 4 期上發表題爲《怎樣評價〈青春之歌〉一文》的文章，指出：「作者既然要描寫一個小資產階級知識分子的思想改造，就不能不著力地描寫小資產階級思想意識在人的行動中的表現及其頑強性；著力描寫這些，正是爲了要著力批判這些。」茅盾還明確指出這部作品是「一部有一定教育意義的優秀作品」，林道靜這個人物是眞實的，「因而，這個人物

是有典型性的」。何其芳在《中國青年》1959 年第 5 期上發表《〈青春之歌〉不可否定》一文，說自己在重讀這部小說之後，「更多地感到了它的優點，因而也就好像更明確地瞭解它廣泛流行的原因了」，「作者並不是『站在小資產階級立場』上去描寫她的，並不是『連他們的缺點也給以同情甚至鼓吹』。」《文藝報》1959 年第 9 期發表了馬鐵丁（陳笑雨）的文章《論〈青春之歌〉及其論證》，對《青春之歌》給予了全面的肯定。

　　幾位權威人士的結論性的文章，使得《青春之歌》這部小說僥倖躲過一劫，它還在繼續大量發行。楊沫將討論中的意見歸納為：一、林道靜的小資產階級感情問題；二、林道靜和工農結合問題；三、林道靜入黨後的作用問題——也就是「一二九」學生運動展示得不夠宏闊有力。針對這三類問題，楊沫用三個月對原書進行了修改，為了突出知識分子與工農相結合的主題，增加了林道靜在農村的七章和學生運動的三章（新增 10 章字數約 7 萬）。

　　楊沫在 1957 年的「初版後記」中說：「我的整個幼年和青年的一段時間，曾經生活在國民黨統治下的黑暗社會中，受盡了壓榨、迫害和失學失業的痛苦，那生活深深烙印在我的心中，使我時常有要控訴的願望；而在那暗無天日的日子中，正當我走投無路的時候，幸而遇見了黨。是黨拯救了我，使我在絕望中看見了光明，看見了人類的美麗的遠景；是黨給了我一個真正的生命，使我有勇氣和力量度過了長期的殘酷的戰爭歲月，而終於成為革命隊伍中的一員……這刻骨的感念，就成為這部小說的原始的基礎。」

　　在 1959 年的「再版後記」中她說：「作者和作品的關係可以比作母親和孩子的關係。母親不但要孕育、生養自己的孩子，而且還要把他教育成人，讓他能夠為人民為祖國有所貢獻，做一個有用之材。假如發現自己的孩子有了毛病、缺點，做母親的首先要嚴格地糾正他，要幫他走上正確的道路。即使孩子已經是社會上的人了，已經起過一些作用了，做母親的也還應該關心他、幫助他克服缺點，盡自己的一切力量使得他變成一個更加完美的人。就在這種心情支使下，我就盡我微薄的力量又把《青春之歌》修改了一遍。」

　　到了 1991 年，她在「新版後記」中說：《青春之歌》「是我投身革命的印痕，是我生命中最燦爛時刻的閃光。它如果泯滅，便是我理想的泯滅，生命的泯滅。它的命運就是我的命運……《青春之歌》是我血淚凝聚的晶石」。〔註3〕

〔註 3〕楊沫：《青春之歌》第 615～619 頁，北京，十月文藝出版社，1992。

　　根據楊沫的「自白」，並結合這部小說20多年中的遭遇，我們可以發現，楊沫與作品《青春之歌》的比喻關係經歷了三個階段的變化：**第一階段**，將作品理解為對青年時代革命理想和情感的現實主義表達關係，生活是真實可靠的，生活（個人在其中由小資產階級變成革命者）本身就是作品的「母親」，而作者和作品不過是生活「母親」的產品，因此具有「權威性」。這種想法的確很天真，有一點點「社會性」，但還是帶有年輕人式的「自由」色彩，缺乏更強烈的社會責任感，所以遭到批判。**第二階段**，遭到批判之後，前面的比喻發生了變化，作品本身變成了「孩子」，而作者搖身一變成了「母親」。母親的責任不只是孕育和生養，還要承擔教育責任，根據社會的要求糾正他的缺點，使之成為有用之材。這種母親和孩子的比喻，已經完全進入了社會角色了，是一種應對社會矛盾的緊急措施。**第三階段**，到了作家的晚年，楊沫才披露心聲：「它就是我的命運」「是我血淚凝聚的晶石」，不管來自哪個方面的聲音，都姑且聽之，但決不改變，也無法改變。但此時，作品這個「孩子」已經變成一位「歷史的老人」了。

　　我願意將第二階段視為一個小小的插曲，而把第一階段和第三階段結合在一起來理解《青春之歌》這部小說。只有將這兩個階段結合在一起，才能發現作品主題學的意義和潛在精神密碼之間的關聯性。因此，我們在這裡不討論版本修改及其相關的意識形態問題，下面的分析只以原始版本，也就是1958年1月作家出版社出版的初版為對象。

2、林道靜複雜的血緣和身份

　　小說《青春之歌》之所以至今仍有重新闡釋的意義，首先在於它塑造了一個身份極其複雜的人物林道靜。儘管「身份複雜」並不代表一般美學意義上的「人物性格複雜」和「精神結構」複雜，但是，當我們從傳統的「寫什麼」和「如何寫」這種問題中抽身而出，轉而關注作家「為什麼這樣寫」的問題時，這部轟動一時、引起爭議、至今依然是「紅色經典」的作品就有了進一步闡釋的空間。也就是說，我們閱讀的焦點，已經不是人物性格的複雜多變性帶來的審美愉悅，也不是人物精神結構的深度帶來的沉思，而是因外力支配下人物身份轉變的強度而導致的不安。這些問題主要集中在林道靜身上。首先要提出的問題是：林道靜是誰？

　　（1）家庭血緣。

　　林道靜既是知識分子出身（教育家、大學校長、前清舉人）的大地主林

伯唐的女兒，又是農民出身的鄉下人（童養媳、傭人、佃農之女、偏房）李秀妮的女兒。用林道靜自己的話說：「我是地主的女兒，也是佃農的女兒，所以我身上有白骨頭也有黑骨頭。」（第243頁）白骨頭代表剝削階級，黑骨頭代表被壓迫階級。這裡似乎沒有明確的「身份原罪」，關鍵在於她後來的改造結果如何，如果改造得好，這種「身份原罪」就消除了，沒有改造好的話，它就成了一種明顯的「身份原罪」。林道靜出場的時候，實際上是帶有這種原罪身份的。這也是小說敘事展開的基本前提，否則就不是《青春之歌》和林道靜，而是《紅岩》和江姐了。這種血緣原罪身份在小說中變成了家庭矛盾。（見圖A）要擺脫這個原罪，首先要擺脫這個家庭。

　　一位血管裏同時具有林伯唐和李秀妮血統的青年女性，如何擺脫這種雙重糾葛呢？楊沫在這裡設置了一系列為林道靜擺脫封建家庭的預備性情節。首先是通過老女傭之口，敘述出作為林伯唐姨太太的母親李秀妮的悲慘遭遇（自殺），在生母和生父之間、自己和生父之間設置了敵對和仇恨關係。也就是說，林道靜的家庭是一個「偶闔家庭」，是一個「病態」家庭，必須施行切割手術。其次是讓林道靜處於一種曖昧狀態，即處於一種成既在家庭之中，又在家庭之外的特殊處境。這種處境的出現，是因為有代表封建惡勢力的後母徐鳳英。由此，林道靜就變成了「灰姑娘」。從三歲時弟弟出生開始，她就「不斷挨打，夜晚和傭人睡在一起，沒有事，徐鳳英不叫她進屋，她就成天在街上和撿煤渣的小孩一起玩……弟弟仗著母親的嬌慣，常常欺侮她、打她……母親打她不用板子，不用棍子，卻喜歡用手擰、用牙齒咬。」〔註4〕灰姑娘要變成「白雪公主」（林道靜一出場就是全身白色打扮，白旗袍，白襪白鞋，與滿身煤灰的小道靜，形成鮮明的對比），必須遇見白馬王子。這種相遇的前提是，必須衝出家庭、逃避後母的束縛，到一個盛大的公共舞場上去才有可能。也就是說，她必須首先由家庭的附庸變成一個獨立的「個體」才有可能。這種個體與家庭，構成了一種新的矛盾（見圖B）。

　　這是一個「五四」新文化運動的主題，一個魯迅筆下「涓生與子君」的主題，一個「娜拉出走」的主題，也是巴金的《家》和路翎的《財主的兒女們》的主題。只不過路翎筆下的主人公蔣純祖是男性。男性才可以開啟「流浪」、「漫遊」、「漂泊」的主題。女性在流浪的途中，會遇見無數的「手」（權力之手，金錢之手，性之手等），要將她拉進「房間」。根據女性不同的遭遇

〔註4〕楊沫：《青春之歌》第9～10頁，北京，作家出版社，1958。

或者不同的價值取向,「房間主題」會生發出一系列衍生物,比如蕭紅的「旅館主題」,冰心的「育嬰室主題」,丁玲的「辦公室主題」等。在《青春之歌》中,除了「革命」主題之外,還有一個非常明顯的特點,就是「臥室主題」或者「臥室變更主題」。從敘事學的角度看,「臥室主題」和「辦公室主題」一樣,都是女性革命的墳墓,不同之處在於,一個是傳統社會的「祖墳」,一個是現代社會的「公墓」。

父親 林道靜 母親　　　　　家庭 林道靜 個體　　　　　自我 林道靜 集體
　　　（A）　　　　　　　　　　（B）　　　　　　　　　　（C）

（2）個人成份

這裡的「成份」是一個中國當代特殊的行政管理術語。林道靜如果要填履歷表格的話,在「個人成份」一欄中只能填「學生」。與她佃農出身的母親李秀妮完全不同,而與父親林伯唐相似,她受過教育,北京南山女子高中畢業,並考入了北平女子師範大學。在成為「職業革命者」之前,一直是小學教師。如果她活到了 1949 年之後,她的「成份」一欄中可以填上「革命幹部」。即使這樣,她的知識分子身份並沒有改變。這種知識分子身份也是具有原罪色彩的,關鍵在於是否改造好了。毛澤東對資產階級和小資產階級知識分子一直持不信任的態度。毛澤東批評那些沒有改造好的知識分子時說:「拿未曾改造的知識分子和工人農民比較,就覺得知識分子不乾淨了,最乾淨的還是工人農民,儘管他們手是黑的,腳上有牛屎,還是比資產階級和小資產階級知識分子都乾淨。」〔註 5〕毛澤東很早就指出,在農民面前,「一切革命的黨派、革命的同志,都將在他們面前受他們的檢驗而決定棄取。」〔註 6〕還說:「群眾是真正的英雄,而我們自己則往往是幼稚可笑的。」〔註 7〕「高貴者最

〔註 5〕 毛澤東《在延安文藝座談會上的講話》,《毛澤東選集》第 3 卷,第 851 頁,北京,人民出版社,1991。
〔註 6〕 毛澤東:《湖南農民運動考察報告》,《毛澤東選集》第 1 卷,第 13 頁,北京,人民出版社,1991。
〔註 7〕 毛澤東:《「農村調查」的序言和跋》,《毛澤東選集》第 3 卷,第 790 頁,北京,人民出版社,1991。

愚蠢，卑賤者最聰明。」〔註8〕洗刷知識分子「原罪」的方法是與工農相結合，最終成爲一個「革命者」，也就是取得了「革命幹部」身份。這種改造和結合的衝動（或許可以稱之爲「身份洗錢」），正是《青春之歌》敘事的原動力。

　　但是，就當時的處境而言，林道靜試圖直接走與工農相結合的道路，是極其困難的。一個小資產階級知識分子，首先要變成革命者，才有可能具備去與工農相結合的條件。單槍匹馬的一個人，如何「結合」？有什麼條件去「結合」？誰爲她的「結合」提供各種必須的支持？特別是一位出生在城市的青年女性。而《青春之歌》的重點，正是寫這位出身於單槍匹馬的小資產階級知識分子女性，痛苦而艱難的變化過程（從封建家庭的附庸轉變爲獨立的個體，從個體轉變爲新的集體中的一員），而不是轉變之後的「結合」道路。就此而言，修改版所增加的章節缺乏結構上的合理性，第二部彷彿是另一部小說一樣。

　　在具體的轉變過程之中，林道靜的女性身份是一個值得注意的重要因素。因爲女性解放要克服的障礙比男性多得多，比如封建主義對女性的限制遠遠超過男性；比如，女性比男性有更強的性別意識，甚至可以說，女性氣質本質上就是一種「小資產階級」的氣質，除非她「男性化」非常徹底。而小說的複雜性也正在這裡。

　　（3）性別政治。

　　性別政治關注的焦點，是各種權力機制（政治、社會、家庭、兩性等，最終體現在「話語」上）對「性別」的改寫和建構。特別強調「性別」的往往是佔據權力（社會、家庭）中心的「男性」。比如，男人就喜歡林道靜的形象：多愁善感、裝扮得渾身潔白、臉色也是蒼白的、喜歡流淚，高興的時候還能吹拉彈唱等。《青春之歌》中對林道靜的身體形象塑造，其實充滿了「男性話語」色彩。

　　在《青春之歌》中，女性身體一開始就成爲「資產階級」和「無產階級」爭奪的對象。從7歲開始，後母徐鳳英突然對她好起來：「我這兩天看出來，這丫頭長的怪不錯呢。叫她念書吧，等她長大了，我們總不至於賠本的。……乖乖，好好念書呀！媽會想法子弄錢供給你上中學、上大學，要是留洋回來，那就比中了女狀元還享不清的榮華富貴哩！」父親林伯唐也笑吟吟地對坐著

〔註8〕《建國以來毛澤東文稿》第七卷，第236頁，北京，中央文獻出版社，1992。

洋車準備上學的林道靜說：「上了中學，等於中了秀才」〔註9〕。12 歲的林
道靜階級覺悟很高，因此十分反感父母的這種說法。林道靜高中畢業前夕，
林伯唐突然破產，徐鳳英只好讓她中止學業提前嫁人（選擇有了錢有勢的胡
夢安）。這就是小說一開始林道靜離家出走的直接起因。

　　女性革命的第一步應該是反抗「家族」或「家庭」。對「家族」而言，可以
離家出走（林道靜的第一個念頭就是去北戴河投奔「表哥」，而不是「表姐」）。
對「家庭」而言可以離婚（與余永澤分手）。但是，反抗「男權社會」就非常困
難，因為它是一張無處不在的網，權力之網，話語之網。留給女性「解放」的
最後一條路，就是拋棄社會（自殺或發瘋）。林道靜和她的母親採用了上面的所
有方式，但依然在「網」中。也就是說，在但是特殊的歷史環境之中，女性通
過擺脫家族（封建）和小家庭（資產階級或小資產階級）的束縛，並不是一件
辦不到的事情，但要堅持自我意識和個體尊嚴，卻是一件十分困難的事情。

　　其實女性還有一條「解脫」之路，那就是「女性的男性化」，變成男性
的同類。林道靜之所以被視為「覺醒」青年，一個隱秘的原因，就是她選擇
了「男性化」之路。這條新的道路就是「革命」：首先是通過離家出走擺脫
身體的依附狀態；再通過性愛自由（拋棄傳統女性的保守觀念）爭取個性解
放而獲得獨立的身體支配權；最後，通過選擇革命鬥爭道路，擺脫情慾對身
體的支配，使身體成為革命集體中的一份子，身體解放最終與社會解放同
一。「革命話語」本身就是一種「男權話語」。因此，女性的社會化，就是革
命化或者男性化的代名詞。在這裡，社會化了的女性開始將自己的身體交給
一個革命的新集體，等於是從理性上放棄了「自我」（見圖 C）。不過，在感
性層面，它經常以性愛的方式出現，將被壓抑到潛意識中的性別觀念，喬裝
打扮起來，在革命的假面舞會上舞蹈。

　　林道靜漸漸學會借助社會的力量和階級的力量，來尋求女性解放，獲得
性別上的平等和社會對女性地位的認同。但是，「社會」是一個有權利話語建
構起來的「社會」，「階級鬥爭」的暴力屬性也與「男性」權力有著密切的關
聯。女性革命這一命題的邏輯前提，彷彿早就無可奈何地打上了「男性」的
烙印。在林道靜的革命或者成長歷程中，男性幾乎是惟一的中介。林道靜對
自身的社會身份的選擇，伴隨著對性愛對象的選擇；或者說，林道靜選擇什
麼樣的性愛對象，自己就會呈現出什麼樣的社會身份。在以女性為主題的革

─────────────

〔註9〕楊沫：《青春之歌》第 10～12 頁，北京，作家出版社，1958。

命文藝作品中，於是，革命成了一種特殊的言情故事——革命的、不革命的、反革命的男性對女性的爭奪，不同的政治派別的較量在情場上的表現，也是這些政治勢力的「精神生殖力」〔註10〕的較量。性別的魅力與政治的魅力呈現爲一種互爲轉喻的關係。一方面是以性愛的方式對政治觀念的演繹，另一方面，則是通過政治話語對性愛話語的改寫。革命文藝中的女性都在不同程度上表現出對男性身體的關注。男性不同的身體特徵成爲不同政治身份的標誌。革命文藝有一種特殊的關於人體體徵的「符號化」程序。從這一角度看，革命乃是一種「身體的政治」。

3、革命和情慾的雙重變奏

　　林道靜的身份再複雜（知識分子、反叛者、教師、革命者等），再多變，但有一種無法改變的屬性就是她的性別。由此，在整個成長歷程之中，她經歷了數次情感的變化，先後與四五個男性之間產生了情感糾葛（主要是余永澤、盧嘉川、江華，外加情感曖昧的趙毓青和許寧）。這種糾葛及其變化，也正是她成長的歷程，或者是小說敘事潛在的基本線索（明線是社會歷史事件）。下面圖中所示，表明了林道靜個性轉變的基本線索。圖 D1 表示林道靜對自由戀愛和個性解放的追求，她此時基本上是一位「情人」，帶有一定的自然性別色彩，這種選擇與其說是「意識形態」的，不如說是一位受過現代教育的女孩子的天性。D2 中的林道靜，其性愛選擇已經有明顯的意識形態色彩了。她拋棄的與此說是余永澤，不如說拋棄了小資產階級性格，應該屬於「情人加革命者」的曖昧形象，且主要局限在精神戀階段。D3 中的林道靜，已經成爲一位真正的「革命者」了。在處理這一結局的時候，小說是將盧嘉川「處死」了的。個人色彩的愛情、一點點小資產階級性都完全捨棄了，只剩下兩個身體在革命事業中的結合，革命的身體和自然的身體、革命的慾望和自然的慾望，在一種人爲的敘述之中合而爲一。

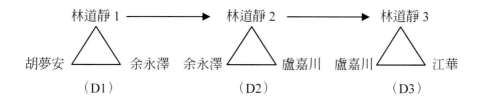

〔註10〕張閎：《革命中的灰姑娘》，《上海文學》2001 年第 2 期。

　　我們再來做一些更細緻的分析。首先是林道靜的離家出走。這一出走具有多重「革命」的效果：第一是徹底否定了封建主義家庭及其代言人繼母徐鳳英（讓她爲自己「苦難的童年」付出代價）；第二是審判了具有資產階級知識分子身份的大學校長父親林伯唐（爲自己的生身母親復了仇）；第三是否定了以胡夢安爲代表的官僚資本主義代言人。林道靜以這樣的魄力和代價，換取了自由之身。這種自由是一種小資產階級的自由，與之相配套的話語是「戀愛」。《青春之歌》中的愛情描寫，只發生在林道靜與余永澤之間。下面一段或許是《青春之歌》中最動情的文字：

　　　　上弦的月亮已經彎在天邊，除了海浪拍打著岩石的聲音，海邊早已悄無人聲，可是這兩個年輕人還一同在海邊的沙灘上徘徊著、談說著。林道靜的心裏漸漸充滿了一種青春的喜悅，一種絕處逢生的欣幸。對余永澤除了有著感恩、知己的激情，還加上了志同道合的欽佩。短短的一天時間，她簡直把他看作理想中的英雄人物了。〔註11〕

　　　　……　　　……

　　　　溫和的海風輕輕吹拂著，片片烏雲在天際浮游著。林道靜和余永澤走累了，兩個人就一同坐在岩石上。余永澤又說起許多有關文學藝術方面的話。但是，說著說著，忽然間他竟忘情地對林道靜凝視起來，好像他根本不是在談話。林道靜正聽得入神，看他忽然不說了，而且看他那凝視自己的神情，也就不好意思地低下頭來……

　　　　「林，你記得海涅的詩麼？」余永澤發覺自己走了板，就趕快找個題目來掩飾他的窘態，「這位德國的偉大詩人，我在中學時候就特別喜歡他的詩，而且背過不少他的詩——特別是他寫海的詩。」「你現在還能背麼？」道靜好像做夢一樣聽見了自己恍惚的聲音。余永澤點點頭，用熱情的聲音開始了低低的朗誦：

　　　　……　　　……

　　　　余永澤背不下去了，彷彿他不是在念別人的詩，而是在低低地傾訴著自己的愛情。道靜聽到這裡，又看見余永澤那雙燃燒似的熱情的眼睛，她不好意思地扭過頭去。隱隱的幸福和歡樂，使道靜暫

<hr/>

〔註11〕楊沫：《青春之歌》第 43 頁，北京，作家出版社，1958。

時忘掉了一切危難和痛苦，沉醉在一種神妙的想像中……〔註12〕

值得注意的是，上面的引文只有第 1 段文字是初版的，後面的文字是修改版的。也就是說，在修改小說的時候，楊沫並沒有完全像「再版後記」中所說的那樣消除林道靜的小資產階級請調，反而是更加強化了林道靜和余永澤戀愛時的情感描寫。在林道靜眼裏，余永澤曾經是「多情的騎士，有才學的青年」形象〔註13〕。余永澤就是「灰姑娘」的「白馬王子」，他就是林道靜個性解放的歸宿。余永澤身上具有的那些現代知識分子的特質：受過現代教育，具有浪漫主義的激情，正是「五四」時代的啓蒙主義文化精神之一部分。正好吻合了林道靜最初的奮鬥目標：對封建家族文化的反抗。五四啓蒙精神就是封建文化的剋星。余永澤身上恰好具備了這些特徵。

林道靜在半年之後爲什麼下決定要離開余永澤呢？（眞正徹底分手是兩年後的事）有兩個原因。**第一是因爲盧嘉川的出現**。就在他們熱戀不到一個月的時候，盧嘉川出現了，並且讓余永澤頓時貶值：「這青年身上帶著一股魅力，他可以毫不費力地把人吸在他身邊。果然，道靜立刻被他那爽朗的談吐和瀟灑不羈的風姿吸引得一改平日的矜持和沉默，她彷彿問熱朋友似的問他：『您從哪兒來？您知道日本佔了東三省，中國倒是打不打呀？』……道靜目不轉睛地望著盧嘉川。在她被煽動起來的憤懣情緒中還隱隱含著一種驚異的成分。從來沒有見過這樣的大學生，他和余永澤可大不相同。余永澤常談的只是些美麗的藝術和動人的纏綿的故事；可是這位大學生卻熟悉國家的事情，侃侃談出的都是一些道靜從來沒有聽到過的話。」〔註 14〕**第二個原因是余永澤的個人主義價值觀**。這種愛情至上，強調自我價值實現的個人主義價值觀，與那些關注國家大事的革命青年（比如盧嘉川、羅大方、李孟瑜等）相比，就顯得「平庸」。特別是設置了余永澤對底層民眾（他家的佃農老孫）不熱情，只熱衷於自己的事業和前程，注重小家庭的溫馨，夫妻間的溫情脈脈的情調。在林道靜眼裏，這些都是小資產階級的自私和平庸。於是林道靜「凝視著余永澤那個瘦瘦的黑臉，那對小小的發亮的黑眼睛。他忽然發現他原來是個並不漂亮也並不英俊的男子。」〔註 15〕「而尤其使她痛苦的是：余永澤並不像她原來所想的那麼美好，他那騎士兼詩人的超然的風度在時間面

〔註12〕 楊沫：《青春之歌》第43～44頁，北京，十月文藝出版社，1992。
〔註13〕 楊沫：《青春之歌》第45頁，北京，作家出版社，1958。
〔註14〕 楊沫：《青春之歌》第50～51頁，北京，作家出版社，1958。
〔註15〕 楊沫：《青春之歌》第76頁，北京，作家出版社，1958。

前已漸漸全部消失。他原來是個自私的、平庸的、只注重瑣碎生活的男子。呵，命運！命運又把她推到怎樣一個絕路呵！」〔註16〕

林道靜的重新選擇和余永澤的情感遭遇，代表了一個時代的文化精神變化風向。它意味著「五四」文化精神中的那些與「個人主義」價值觀相關的部分的貶值。林道靜的選擇代表了一部分左翼知識分子的精神傾向：對「五四」精神的偏離和批判。同時，它也表明了作者楊沫在 50 年代寫作這部小說的時候，對新中國成立之後一連串知識分子思想改造運動和政治批判運動的響應。

從情感邏輯的角度看，林道靜迅速離開余永澤，還是缺乏說服力，或者說還是人爲色彩太重。難道盧嘉川高談闊論幾句就足以讓一對戀人分手？難道余永澤不願意送錢給佃農就可以導致一場婚姻的破裂？或許可以吧。事實上還有一個更深層的原因，就是作者的敘事邏輯本身就設定了這一結局。假定他們不分手，那麼余永澤最終就會成爲林伯唐，林道靜就有可能成爲徐鳳英而不是李秀妮。那麼，小說敘事如何解決林伯唐與李秀妮的仇恨？如何解決林道靜與徐鳳英之間的恩怨？換句話說，這種結局就是日常生活中的個人情感和欲望取代了「革命理想」。而小說的總體構想，就是要支持革命的，而不是支持個人情感的。再假定余永澤發生了改變，參加革命，那麼余永澤也沒有意義，因爲有盧嘉川和江華在那裡。所以，主人公之一的余永澤，「出生」之初就命定了他的下場。他只能成爲這部小說敘事的犧牲品。

接下來就是林道靜與盧嘉川和江華的關係。林道靜面前出現了兩位引導者，引導她走山革命道路，引導她的身體和情感融入革命集體，但是，革命的結局畢竟不是消滅身體，而是修改身體的程序。因此革命的歸宿和身體的歸宿產生了矛盾，林道靜必須要在盧嘉川和江華之間做出選擇。小說敘事採取了一個常見的套路，那就是讓其中一位死去。結果是林道靜的人格分裂：身體交給一個人，情感交給另一個人。盧嘉川是惟一進入林道靜夢境的人。盧嘉川身兼情人和革命家的雙重性格，既有大膽追求個性的勇氣（敢於當著余永澤的面追求林道靜），又有不怕犧牲的革命家的膽量。正好符合林道靜「革命加戀愛」的夢想。但盧嘉川在小說還沒有敘述到一半的時候就進了監獄。這一事件，爲林道靜由「革命加戀愛」這種中國 30 年代青年特有的性格類型，成長爲單純的「革命者」創造了條件。於是，戀愛悄悄退場，變成

〔註16〕 楊沫：《青春之歌》第 94 頁，北京，作家出版社，1958。

了一個遙遠的夢想。我們可以看到一個清晰的「身體退場」的軌跡，也就是「自然身體」被「革命身體」取代的過程。入黨之後，林道靜就已經消失了，「死亡了」，一個「舊我」消失了，一個「新我」誕生了。那個充滿幻想的、任性的、有點虛榮的女孩林道靜消失了，取而代之的是「張秀蘭」和「路芳」（林道靜參加地下黨時的化名，就像江華是李孟瑜的化名）。或許美好的夢想只有退場之後才會變得美好吧，愛情只有被送到很遠很遠的地方才能夠成為永久吧（像盧嘉川那樣）。江華與張秀蘭或者路芳之間的情感關係，寫得毫無趣味。開始林道靜只是把他當作一個遙不可及、高不可攀的革命領導形象。加入組織之後，就只是領導與被領導的關係了。看看林道靜與江華在表白之夜乾枯的對話吧：

「老江，對不起你，你不是早就說，有什麼話要對我談嗎？……今天來談談吧。」

「我想問問你——你說咱倆的關係，可以比同志的關係更進一步嗎？……」

這個堅強的、她久已敬仰的同志，就將要成為她的愛人嗎？而她所深深愛著的、幾年來時常縈繞夢懷的人，可並不是他呀！……道靜抬起頭，默默地盯著江華。沉了一會兒，用溫柔安靜的聲音回答他：『可以，老江，我很喜歡你……』

夜深了，江華還沒有走的意思，道靜挨在他身邊說：

「還不走呀？都一點鐘了，明天再來。」

「為什麼趕我走？我不走了……」

道靜站起來走到屋外去。聽到江華的要求，他霎地感到這樣惶亂、這樣不安，甚至有些痛苦。屋外是一片潔白，雪很大，還摻雜著凜冽的寒風。屋上、地下、樹梢，甚至整個天宇全籠罩在白茫茫的風雪中。她站到靜無人聲的院子裏，雙腳插在冰冷的積雪中，思潮起伏、激動惶惑。在幸福中，她又嘗到了意想不到的痛楚。好久以來，剛剛有些淡漠的盧嘉川的影子，想不到今夜竟又闖入她的心頭，而且很強烈。她不會忘掉他的，永遠不會。可是為什麼單在這個時候來擾亂人心呢？她在心裏輕輕地呼喚著他，眼前浮現了那明亮深湛的眼睛，浮現了陰森的監獄，也浮現了他軋斷了兩腿還頑強地在地上爬來爬去的景象……她的眼淚流下來了。在撲面的風雪

中，她的胸中交織著複雜的矛盾的情緒。站了一會兒，竭力想用清
冷的空氣驅趕這些雜亂的思緒，但是還沒有等奏效，她又跑回屋裏
來──她不忍扔下江華一個人長久地等待她……

「眞的，你──你不走啦？……那、那就不用走啦……」〔註17〕

愛情和情感死了，婚姻還在。婚姻和愛並不是非得重合不可的。在林道
靜這裡，情感的一部分變成了夢想，還有一部分交給另外一樣東西：革命和
黨。「愛人」也就成了「革命伴侶」了。對盧嘉川的思念是愛情，與江華結
合是婚姻。林道靜與江華的對話，那麼冷靜、理智，哪裏像一位 20 出頭的
姑娘和一位 29 歲的小夥子的語言，簡直像一對結過好幾次婚的四十多歲的
中年人相親；或者不如說像兩個地下工作者在對接頭暗號。林道靜的同意，
彷彿在接受她的領導的一個命令似的。他們兩人的結合，也是小說接近尾聲
的時候。革命的身體替代了自然的身體，革命的熱情耗盡了生命的熱情。這
就是他們那一代人所做出的犧牲。

無論《青春之歌》如何設計敘事的邏輯，無論作者本人如何表白，只要
涉及到情感描寫，對余永澤也好，對盧嘉川也罷，作者的筆墨總是情不自禁
地如水如潮。可以說，意識的壓抑並不能完全塗抹掉潛意識的內容，它會出
現戰略轉移，轉移到夢中，轉移到「潛意識文本」之中。這也是紅色經典小
說敘事需要重新細讀的原因。

小說中除了與林道靜相關的複雜關係之外，其它一些主要人物之間也經
常呈現爲矛盾體。

交際花式的人物白莉蘋，之所以在羅大方和許寧之間選擇許寧，是因爲
白莉蘋不喜歡「革命家」。她與革命之間也有著各種牽扯，但她最終目的還是
個人欲望的滿足和自我價值的實現。這種選擇遭到了林道靜的激烈嘲笑和攻
擊，成爲資產階級享樂主義的化身。白莉蘋在小說裏是一位被漫畫化了的「反

〔註17〕楊沫：《青春之歌》第 484～486 頁，北京，作家出版社，1958。

面人物」，就像余永澤一樣。許寧在白莉蘋與革命者崔秀玉與白莉蘋之間的猶豫不決，使他失去了崔秀玉，但他最後還試圖在身邊找一個崔秀玉的替身，也就是林道靜（遭到林道靜的拒絕）。身體意識（性意識）的遺忘狀態，才是最好的革命狀態。它會將身體的「力比多」轉向鬥爭的領域。而身體意識過於強烈，只能消解革命鬥志，戴愉就是例子。戴愉在王曉燕和鳳娟之間玩性愛遊戲，暗示著這位「革命家」的身體意識過於強烈，最終只能成為革命的叛徒。

三、歐陽山與市民題材

1、《三家巷》出版前後

　　20 世紀 30 年代中國左翼文學家聯盟成員、40 年代延安中央研究院文藝研究室主任、著名的革命作家歐陽山（1908～2000），1949 年之後沒有留在北京文藝界，一直「偏安」南國，擔任華南文藝界主要領導職務。期間最主要的文學成就是 5 卷本長篇小說《一代風流》（1959 年出版的第 1 卷《三家巷》和 1962 年出版的第 2 卷《苦鬥》，尤其是《三家巷》影響較大，1980 年至 1985 年出版的後 3 卷《柳暗花明》、《聖地》、《萬年青》沒有引起關注）。《三家巷》1959 年 9 月由廣東人民出版社出版，到 1960 年 4 月，已經重印 4 次，發行 20 多萬冊。1960 年 1 月，作家出版社說：「為了更廣泛地介紹給全國讀者，根據廣東版重排出版。」〔註18〕此後，它也像《青春之歌》一樣，一版再版，直到引起圍攻。

　　廣東人民出版社是這樣介紹《三家巷》的：「這部作品以高度的藝術概括力描寫了大革命前後廣州青年的無產階級政治上和道德品質上的成長過程。作品以二十年代廣闊的都市生活為背景，通過三個家庭──一個工人家庭、一個買辦資本家家庭和一個官僚地主家庭的歷史，及其親戚朋友之間的相互關係，反映了革命勢力與反革命勢力的鬥爭，以及各個階級力量的對比和消長，思想面貌、精神狀態的上升和下降。作品成功地塑造了周炳、區桃、楊承輝、周金、周榕等正直、勇敢的革命青年的光輝形象，也刻畫了出身反動階級的青年男女陳文雄、陳文娣、陳文婷等人的軟弱、動搖、投降、變節，和何守仁、李民魁、張子豪及其它時代渣滓的醜惡靈魂。轟轟烈烈的省港大罷工、沙基慘案和震驚世界的廣州起義，都在作品中都得到了真實而生動的

〔註18〕歐陽山：《三家巷》（出版說明），北京，作家出版社，1960。

再現。特別值得重視的是，書中還出現了革命先烈張太雷同志的崇高形象。」〔註 19〕這種「出版廣告」當然不足以全面概括作品的全貌，只是一種時尚化的表述而已。

《三家巷》有著與當時流行「紅色經典」小說一樣的通病：虎頭蛇尾。這一類小說下筆之初氣勢如虹；人物一個個都是「閃亮登場」，前面一半的敘事從容不迫；但是，越到後面筆力越弱，人物性格發展停滯；最後，一種強勢意識形態支配了作者和敘事本身，人物漸漸成了觀念的工具，直到草草收場。不過，《三家巷》敘事語言的成熟，人物性格的複雜，乃至它的閱讀效果，都在其它之上。

小說出版的當年年底，學者王起（王季思）在《作品》11 月號發表評論文章《我們以在文學上出現區桃、周炳這樣的英雄人物形象而自豪》，隨後，《羊城晚報》、《南方日報》都刊登了相關評論和商榷文章。《文藝報》1960 年第 2 期發表黃秋耘（昭彥）的《革命春秋的序曲──喜讀〈三家巷〉》一文，認為：「《三家巷》對於大革命前後南中國革命形勢的來龍去脈，階級力量的消長和矛盾鬥爭，政治舞臺的風雲變幻」「作了比較正確的描寫」，「成功地塑造出一幅廣闊而豐富多彩的時代生活的畫卷。」「書中對周炳作為一個勞動者的思想感情，表現得還不夠充分，這自然是一個缺點。……作者塑造了這樣一個鮮明的藝術形象，賦予他以一定的階級特徵和鮮明的個性，雖然未達到完整的地步，還是值得我們肯定和歡迎的。」

1960 年 11 月 2 日，《光明日報》刊載綜述文章《〈三家巷〉的人物塑造及其它》，指出「許多讀者和評論家都認為它取得的成就是多方面的，特別是他填補了我國文學作品反映二十年代南方革命鬥爭這一空白。但也認為尚存在著一些缺點。對這部作品的藝術手法和對正面人物的塑造方面，甚至有針鋒相對的不同意見。」

1964 年開始，《三家巷》遭到了激烈的批評。《文學評論》1964 年第 2 期發表蔡葵的論文《周炳形象及其它──關於〈三家巷〉和〈苦鬥〉的評價問題》（1964 年 7 月 9 日，《羊城晚報》第 2 版轉載）。文中說作者對周炳的描寫「在關於他的愛情生活的描寫中，宣泄的更多的卻是人物不健康的思想感情。」周炳「對革命的認識和在鬥爭中的一些表現，以及他在愛情生活中所流露出來的思想感情，都突出地說明了周炳性格的小資產階級的特點。」

────────────

〔註 19〕歐陽山：《三家巷》（內容提要），廣州，廣東人民出版社，1959。

接著是有組織的來自「各界群眾」的批評：

1964 年 8 月 31 日的《羊城晚報》第 2 版刊登了**來自學校的評論**：《為什麼有人認爲〈三家巷〉〈苦鬥〉是『新紅樓夢』？》。暨南大學饒芃子認爲「在《三家巷》和《苦鬥》中，作者除了對周炳和區桃、胡柳、陳文婷的愛情內容和愛情關係的不正確描寫以外，在具體表現他們的愛情生活時，還流露出許多不健康的、庸俗的，甚至是色情的東西。」

1964 年 9 月 5 日的《羊城晚報》第 2 版刊登了**來自工廠的評論**：《試爲周炳這個形象作一階級分析》。廣州港務局河南作業區張本修認爲「歐陽山的作品《三家巷》和《苦鬥》，離開了無產階級的立場和觀點，去描寫周炳。有的人又離開了無產階級的立場觀點，去評論周炳。這就是一場嚴肅的階級鬥爭。」

1964 年 9 月 9 日的《羊城晚報》第 2 版刊登了**來自部隊的評論**：《〈三家巷〉〈苦鬥〉能不能鼓舞人們的鬥志？》。廣州空軍文工團王大衛說「作者創造了這樣一個『正面』想像，使我們不能不認爲是對革命青年的迷惑，在客觀上幫助了資產階級同我們黨爭奪青年一代。」

1964 年 9 月 11 日的《羊城晚報》第 2 版刊登了**來自農村的評論**：《〈三家巷〉〈苦鬥〉反映的農村面貌符合實際嗎？》。臺山縣附城公社白水大隊譚榮波說「《三家巷》和《苦鬥》不是以無產階級思想來教育讀者，而是向我們灌輸資產階級思想，以資產階級的生活方式來感染年青一代。」「作者沒有把偉大的黨的正確領導和革命群眾的力量反映出來，而以小資產階級的周炳來代替了黨的領導，……看來是要把一個小資產階級知識分子描繪成爲一個『蓋世英雄』。」

1964 年 12 月 1 日《南方日報》第 3 版發表了謝芝蘭《〈三家巷〉〈苦鬥〉是宣揚資產階級思想感情的腐蝕性的作品》一文，認爲「從本質上看，這兩部作品只能是一部兒女風情史，在革命的僞裝下，大膽宣揚資產階級人生觀、戀愛觀，大膽宣揚黃色毒素。」「周炳形象，是作者站在小資產階級的立場，把他當作小資產階級的自我表現來塑造的。」

1964 年 12 月 10 日《天津日報》第 4 版刊登《〈三家巷〉和〈苦鬥〉是兩部壞小說》的討論文章。文中將討論的主要觀點概括爲：說這兩部作品是「階級調和的『大觀園』」、「歪曲黨的領導，歪曲工農革命力量，歪曲革命的歷史事件」「是『合二而一』和『時代精神匯合論』在文學創作上的一個

標本」、「周炳不是革命者的形象」。

1964 年 12 月的《河北文學》發表陳鳴樹的文章《〈三家巷〉〈苦鬥〉的思想和藝術傾向》一文，認為從思想傾向上看，第一，歪曲了時代精神。第二，調和了階級矛盾。第三，以未經改造的小資產階級知識分子冒充英雄人物。第四，宣揚了資產階級的思想感情。在藝術傾向上看，第一，歪曲了典型環境中的典型性格。第二，是新才子佳人式的言情小說第三，充塞著自然主義的色情描寫。第四，是資產階級和小資產階級思想感情的風俗畫。

1964 年第 6 期《文學評論》發表綜述文章《關於〈三家巷〉〈苦鬥〉的評價問題》，問題集中在：一、周炳是個徹頭徹尾的小資產階級人物；二、周炳「精神世界的複雜性」與「覺悟提高」的關係；三、是批判還是歌頌；四、歪曲了革命歷史，歪曲了階級鬥爭；五、資產階級的美學觀。

在今天看來，一部如此革命的小說，一種如此強人所難的敘事邏輯，一種竭力壓抑個人敘事衝動而遷就「集體敘事」的作品，還是難逃「工農兵」的法眼，以至於被批得一無是處。當然，我們也認為這部小說的敘事藝術本身有問題，但卻是另外一種角度。小說前半部寫得成功的原因在於，它是小說而不是「革命鬥爭史」，也就是敘事的對象是「人」，而不是「革命」。小說的後半部越來越難以卒讀的原因在於，主要筆墨不是放在「人」身上，而是放在「革命」身上，且概念化越來越明顯，文風越來越乾枯。那麼我們為什麼要讀小說而不直接去讀歷史？造成這種結構和風格的內在矛盾的原因究竟是什麼？

2、市民的社會背景和人際關係

小說《三家巷》30 萬字不到的篇幅，出場人物卻之多卻是少見的。主要人物是三家巷的周家、陳家、何家，以及皮匠區華、醫生楊樸志 5 個家庭兩代共 30 多人。小說後半部出場的大量革命者和起義的工人，都像影子一樣在小說中晃動，沒有給人留下深刻印象，原因是小說敘事的主要場景，由「家族」移向了「城市」。在城市裏，「人」必須讓位給「街道」及其相關的主題。關於這一點，後文還會論述。這裡先討論三家巷裏這些主要人物的關係（見下表）。

《三家巷》主要人物關係表：

	楊　家	陳　家	周　家	區　家	何　家
第一代	楊在春（醫生，陳、周、區三家的岳父）	？	周大（鐵匠）	？	何小二（小商販）
第二代	楊樸志（醫生，藥鋪老闆）楊郭氏	陳萬利（小商販出身，後為大進出口商人，資本家）陳楊氏	周鐵（鐵匠）周楊氏	區華（皮匠）區楊氏	何應元（官僚資本家、地主）何胡氏，何白氏，何杜氏
第三代	楊承輝（大學畢業，罷工委員會成員，犧牲）楊承榮（學生）楊承遠（學生）	陳文英（高中畢業，基督徒，嫁北伐軍軍官張子豪）陳文雄（大學畢業，洋行職員，娶周泉）陳文娣（周榕前妻，後嫁何守仁，商行會計）陳文婕（大學畢業，嫁李民天）陳文婷（高中生，周炳戀人，後嫁政府官員宋以廉）	周金（工人，黨員，罷工委員會成員，犧牲）周榕（高中畢業，小學教員，罷工委員會成員）周泉（高中畢業，陳文雄之妻）周炳（高中生，鐵匠，罷工委員會成員，起義指揮部通訊員）	區蘇（工人，周榕戀人）區桃（工人，周炳戀人，犧牲）區細（學徒）區卓（學徒）	何守仁（大學畢業，國民政府官員）何守義（學生）何守禮（學生）胡杏（何家女傭，何胡氏娘家震南村佃戶之女，胡柳、胡樹、胡松之妹）

　　從上面的「人物關係表」中可以看出，《三家巷》的主要人物，是由 5 個家庭組成的一個大家族。第一代之間沒有關聯，都是身份平等的移民。楊家第二代的 3 個女兒分別嫁給了陳、周、區 3 家的第二代。陳家和周家、陳家和何家的第三代又有聯姻關係。故事開始的時候，三家巷三戶人家的經濟狀況十分接近，到 1919 年前後，經濟狀況發生了巨變，陳、何兩家突然發財，相比之下，手工業工人出身的周家成了城市「貧民」，只佔據了三家巷原來 6 戶人家房產的六分之一（20 年沒有變化）。而何家和陳家買下了另外 3 家的房產，何家佔據了三家巷的二分之一，陳家佔據了三分之一。這種經濟狀況的突變，就是城市文化的一般特徵，而不是鄉土文化的特徵。鄉土文化貧富差距的變化比較緩慢，很難有一夜暴富（像陳萬利和何應元）的情形。

小說中並沒有明確交代陳何兩家之所以突然發家的詳細原因，周鐵認爲這是「命運」。總之，「經濟基礎」的確是變了，那麼「上層建築」是不是必然跟著發生變化呢？小說最後的確是讓「上層建築」因「經濟基礎」的變化而發生了根本變化。但整個敘事過程，正是這一變化的複雜過程：由一些細小的生活事件導致的衝突，階級分化的跡象並不明顯，至少在三家巷內部。

小說《三家巷》中的人際關係，建基於一種傳統小說所不具備的「雙重文化」矛盾體之上，即具有傳統鄉土社會的家族文化和現代城市社會的市民文化的雙重性。一方面是傳統鄉土社會的人際關係，也就是建立在共同血緣基礎上的親情關係（5 個家庭的第二、第三兩代人的聯姻），以及共同地域基礎上的相鄰關係（三家巷的內部就是一個村落，區家和楊家相當於鄰村，都具有一定的封閉性），因此它具有家族小說的一般特徵。

另一方面，是現代城市社會中的人際關係，也就是建立在現代社會分工的差異性基礎上的協作關係。5 個家庭的第二代分屬三種類型（5 種小類別）的職業，第一類是鐵匠周家和皮匠區家，屬於**「體力勞動者」**，也就是手工業者（在鄉村他們應該屬於技術職業，在現代城市則純屬體力勞動者）。第二類是行醫世家的楊家，屬於**「智力型勞動者」**（還兼開藥材舖）。第三類是買辦型商人陳。陳文家和官商型商人何家，這是一種被中國傳統社會所唾棄的、在現代城市中方興未艾的特殊職業類型。它也是屬於智力型的職業，但似乎不能屬於「勞動者」一類，我將它命名爲**「吃智商差型腦力勞動者」**。

至於第三代，職業就更多了，幾乎遍及城市的各行各業。他們開始都是學生出身（3 位大學生，9 位中學生），不同的是因家境好壞、興趣不同而讀到不同級別的級學校而已。也有像周炳那種自己不願意讀書的（儘管原因是多方面的）。區桃初中畢業後成爲電信局接線生，在 20 世紀 20 年代應該屬於高新產業的「白領」階層。陳文娣爲商行會計，也是「白領」。純粹的「藍領」只有周金、區家姐弟。周榕是小學教師，屬小知識分子。何守仁和宋以廉（陳文婷之夫）是政府公務員英之夫張子豪是軍人（北伐軍營長）。胡杏屬於家政服務行業。周炳本來是學生，多次輟學之後成爲「無業游民」，最終成了「職業革命家」。周家的三個兒子都不滿足於自己的職業，兵工廠工人周金擅自離職（後犧牲），周榕因曠工而被除名，周炳曠課而被學校開除。他們最後選擇的都是一種在正常社會職業分類中沒有的職業：專職革命家。簡單地將三家巷中的這些人分爲另外三類：左邊的無產階級，中間的小資產

階級，右邊的反動的資產階級，是很勉強的。強化職業的階級屬性而淡化它的社會屬性，就可能產生兩種在職業分類中無法自圓其說的職業，一種是周炳兄弟們那一類「專職革命家」（馬克思稱之為「職業密謀家」〔註20〕）及其同盟，還有一種就是以陳萬利為代表的專職「吃智商差型」的「食利者」及其同夥。

　　三家巷中的第三代人，因為他們除了職業上的差別，掙錢多少的差別之外，他們還有很多共同之處。他們都是同學關係，都接受了「五四」啟蒙文化的洗禮，都主張追求自由和個性解放。他們之間的戀情的產生和發展，都沒有依據家庭經濟條件和出身，而是根據自己的情感自然發展的。他們都有愛國的熱情，還立下了「為祖國富強而獻身」的盟誓。〔註21〕這種共同之處一直在制約著職業分類和階級分化的進程。小說的前半部分之所以進展緩慢，就是因為第三代人之間的共同性一時難以剝離，需要時間。當時的閱讀者卻急不可耐，恨不得周炳等人一出生就成為「職業革命家」似的。《三家巷》之所以至今還有令人稱道之處，就在於它忠實了人物性格的發展，展示了一位家族成員、鄰居、市民、學生、情人的思想和精神轉變的軌跡，至少在小說前面一半是這樣的。

　　最有意思的是對周炳身份的設計，作者是破費思量的。周炳才 18 歲，就從事了各種各樣的職業，並且，每一種職業的道路，都陰差陽錯地被截斷。開始在鐵匠鋪跟父親周鐵學打鐵，因討賬時貪玩（看戲之後到區家演《貂蟬拜月》）而被辭退；後來到區家學皮匠，因保護區桃與洋場惡少打架而被解雇，算是當過工人了。一度到何家在南海縣震南村的農場當農民，因偷稻米給窮人胡家被解雇，算是當農民了。北伐戰爭參加了北伐運輸隊，算是參軍了。曾到陳萬利家做養子，因揭發陳萬利與女傭偷情而被趕出家門，做大商人的路被堵死。還在舅舅楊樸志的藥材店學過做生意，因在賬目上遭人陷害而被辭，做小商人的路也不通。後來，在家人和陳文婷的勸說下，還是回到學校繼續讀書，一直讀到高中（沒有畢業）。最後，遇到省港大罷工、廣州起義等政治事件而離開學校，就直接當上了「職業的革命家」。工、農、兵、學、商，全都幹過。那麼究竟什麼職業重要呢？看看小說中的辯論：

〔註20〕馬克思、恩格斯：《評啊·謝努和律西安·德拉奧德》，全集第 7 卷第 324 頁，
　　　　北京，人民出版社，1959。

〔註21〕歐陽山：《三家巷》第 65～73 頁，廣州，廣東人民出版社，1959。

　　姑娘們的爭論，是從陳文娣引起的。她……看見一張宣傳標語，就氣嘟嘟地説：「這是什麼道理？到處都寫著工農兵學商！那工就一定在最前，那商就一定在最後。算是哪道聖旨？」區蘇在她近旁走著，就答腔道：「這不過是人們説慣了罷了，哪裏有什麼意思呢？」陳文娣睜大那棕色的眼睛説：「沒有意思，那就巧了。我把它顛倒過來，説成商學兵農工成不成？」區蘇天真地笑著説：「娣表姐，那可不成。人家都不習慣。」陳文娣緊接著道：「我説呢。這裡面就有道理。不是我爸爸做生意，我就偏幫商人。依我看，商人對國家的貢獻不一定最小，工人對國家的貢獻不一定最大。」區蘇覺著陳文娣不講道理，就有點生氣，聲音也緊了，説：「勞工神聖這句話，你也打算推翻麼？依你説，就是商學兵農工才對？」陳文娣一想，區家是她三姨家，那一家人全是工人，覺著不好説，就沒有馬上回答。……陳文婷插嘴進去説：「別怪我人小，不知世界。我看論功勞大小來排，應該是學商兵工農才對。學生應該領頭。工人要是押尾，也有點委屈。農民雖然人多，但作用不大，又沒知識，該掉一掉。」陳文娣説：「這我也贊成。五四運動就是學生搞出來的。帶頭也成。商人之中，那些有力量、眼光遠大的新式商人，其實也都是學生出身的。還有外洋的留學生呢！」區蘇説：「就是這樣，我還要反對。誰能離開工人的兩隻手？沒有工人，就什麼也沒有了。」區桃接上説：「我也反對。共產黨也好，國民黨也好，都承認工人最重要。」……陳文娣賭氣地説：「阿蘇表妹，反正你説的話，我聽來都不對頭。你應該多讀點書！」區蘇也氣了，就冷笑一聲，高聲説道：「這我知道。娣表姐你飽讀詩書，我沒法給你爭。可是你大人自有大量，何必多餘我一個沒要緊的人呢？」陳文娣……也不甘退讓，就説：「誰跟你爭來？你要是有什麼不遂意的事兒，那該怪你自己，怪不得我。我是不屑跟你爭什麼的！」區桃還沒做聲，陳文婷就幫上去了，説：「蘇表姐的話，反正我到死那天，也不能贊同。」區桃在旁，也接上説道：「……別説這樣不吉利的話。我可是相反，娣表姐的主張，我無論怎樣還是反對！」……區桃説：……「炳表弟，你説一説！」周炳好像很有準備似的，一點也不謙遜就説出來道：「我當過工人，如今又是學生，誰也不偏幫。説老實話，我是工農兵學商派。商人當

然不能帶頭。帶了頭就出陳廉伯，辦起商團來，從英國人那里弄來些駁殼槍，請孫中山下野。這是不行的。學生帶頭也不行。莫説學生不齊心，就是心齊了，頂多也不過罷課。帝國主義和軍閥都不怕罷課，只怕罷工。這一點，這幾年還看不清楚麼？」陳文娣聽了，覺得自己這邊佔了下風，就高聲向前面叫道：「榕表哥，你來！」周榕……説：「這問題很大。大家要慎重研究，不忙做結論。文娣提出來的疑問是有道理的。商人來領導革命是不是一定不好？學生坐第一把交椅是不是就不行？工人不帶頭是不是就算不重要？這些題目都很有趣味，值得咱們平心靜氣，坐下來慢慢探討。大家知道，陳獨秀就主張資產階級來領導革命，資產階級不就是商人麼？」他説完，就趕到前面去了。周泉拍手笑道：「好呀，好呀，四票對四票，這個議案只好保留了。」陳文娣説：「不對。是五票對四票。你沒有把陳獨秀的一票算到我們這邊來。」〔註22〕

　　陳家姐妹提出「商學兵農工」的排序，認為「聯俄，聯共，扶助農工」，誰來聯合呢？資產階級，也就是商人。周炳支持區家姐妹「工農兵學商」的排序。爭論中似乎已經隱約出現了階級分化。這些矛盾，體現在日常生活的細微情感和趣味之中。周炳就對工農出身的女孩子有天然的親緣，比如愛上區桃而不是陳文婷，對區家姐妹和胡家姐妹的親近等。然而，這些差別並沒有完全成為周家男孩與陳家姑娘之間的愛情，周榕與陳文娣結婚，周泉嫁給陳文雄，周炳最終準備與陳文婷相愛等等。直到小説的後半部，因對革命的態度的分歧，才導致了周家與陳家的最終決裂。小説敘事中，楊家姐妹的筆墨太少，作為楊家的親姐妹和兒女親家，他們對子女之間出現你死我活的階級鬥爭的態度，缺少必要的、合乎人情的交代。如果面對親情而無法做出合乎情理的敘述，那麼為什麼要設置這樣的人際關係呢？

3、城市場景中敘事路徑的設置

　　廣州這座城市儘管沒有上海那樣國際化，沒有北京那樣的中國特色，但也有一定代表性。它是一座歷史極其悠久的城市（秦末的設縣，西漢番禺郡治所）。它一直是中國的開放城市和重要港口，與海外有著悠久而頻繁的貿易關係。它還是近代革命的策源地。這些特點導致了這座城市有著較為發達的市民社會和城市文化。小説中的《三家巷》，地處廣州西關的商業繁華地段。

〔註22〕歐陽山：《三家巷》第108～110頁，廣州，廣東人民出版社，1959。

這裡既是一個帶有家族性質的封閉空間，又連接著廣闊的市民商業文化空間。因此，小說中充滿了與市民文化相關的情節描寫，如四處閒逛、到郊野踏青登高、到公園划船、到街上購物、茶樓酒肆的清談、看電影看戲，還有街壘戰、巷戰、密探等等。

周炳就經常一個人閒逛：「過了舊曆年，那萬紫千紅的春天就到來了。周炳既沒有讀書，又沒有做工，整天除了到將軍前大廣場去看戲，聽『講古』，看賣解、耍蛇、賣藥、變戲法之外，就是到三姨家去玩兒，去演戲。……別人看見他游手好閒，不務正業，都替他擔憂，他自己卻滿不在乎。」〔註23〕

在對結伴郊遊的描寫中，有對年輕人個性各異的打扮的詳細描寫，這也是城市文化所特有的：

「參加郊遊的人都到了……。來的人當中，除了區蘇、區桃之外，還有陳家大姐姐陳文英、大姐夫張子豪，李大哥李民魁和他的堂兄弟李民天，加上原來在這裡的周榕、周泉、周炳，陳文娣、陳文婕、陳文婷，何守義、何守禮兩個小孩子，登時把一條三家巷鬧得亂哄哄的，又追又打，又說又笑，誰的衣服如何，誰的鞋襪怎樣，有人忘了帶手巾，有人嚷著帶水壺，十分高興。……這十六個人當中，數陳文英年紀最大，已經二十七歲了，何守禮年紀最小，才八歲，其它多半是二十上下的青年人，個個都是渾身帶勁兒的。當下沿著官塘街、百靈街、德宣街，朝小北門外走去。街上的人看見這八個男、八個女那麼年輕，又那麼興致勃勃，都拿羨慕的眼光望著他們，覺著他們都是占盡了人間幸福的風流人物。……這些人多半都穿著黑呢子學生制服，有新的，有舊的。只有李民魁在國民黨黨部裏面做事，穿著中山裝，渾身上下，都閃著棕色的馬皮一般的光澤；張子豪從中學畢業之後，又進了黃埔軍官學校第二期，出來當了軍官，因此穿著薑黃色呢子軍服，皮綁腿，皮靴，身上束著橫直皮帶。……走在當中的是周泉、陳文娣、陳文婕、陳文婷、區蘇、區桃六個姑娘，加上一個小夥子周炳。

……這些表姐表妹們都穿著漂亮的新衣服。周泉和陳家三個都穿著短衣長裙，有黑的，有白的，有花的，有素的，有布的，有絨的，有鑲邊的，有繡花的。區家兩個是工人打扮，區蘇穿著銀灰色的秋

────────────

〔註23〕歐陽山：《三家巷》第 16 頁，廣州，廣東人民出版社，1959。

絨上衣，黑斜布長褲，顯得端莊寧靜；區桃穿著金魚黃的文華縐薄
棉襖，粉紅色毛布寬腳長褲，看起來又鮮明，又豔麗。在一千九百
二十五年的廣州，剪辮子的風氣還沒大開，但是她們六個人是一色
的剪短了頭髮，梳成當時被守舊的人們嘲笑做「椰殼」的那種樣式。
區桃的頭髮既沒有塗油，又沒有很在意地梳過；那覆蓋著整個前額
的劉海——其中有兩綹在眉心上疊成一個自然嫵媚的交叉，十分動
人。……〔註24〕

　　在這些描寫充滿了年輕人共有的生活趣味和美好情感，沒有階級屬性。
城市的街道和公園是他們談情說愛、游手好閒的地方（1925年春節）：

　　　　區桃、區細、區卓、陳文婕、陳文婷、何守義、何守禮、周炳
這八個少年人一直在附近的橫街窄巷裏遊逛賣懶，談談笑笑，越走越
帶勁兒。……他們一路走一路唱：「賣懶，賣懶，賣到年三十晚。人
懶我不懶！」家家戶戶都敞開大門，劃拳喝酒。門外貼著嶄新對聯，
堂屋擺著拜神桌子，桌上供著雞鴨魚肉，香燭酒水。到處都充滿香味，
油味酒味，在這些溫暖迷人的氣味中間，又流竄著一陣陣的煙霧，一
陣陣的笑語和歡聲。這八個少年人快活得渾身發熱，心裏發癢。轉來
轉去，轉到桂香街，卻碰到了另外一個年輕人。他叫李民天，是常常
在三家巷走動的那李民魁的堂弟弟，和陳文婕是大學裏預科的同班同
學，年紀也一般大小，今年都是十九歲。他一看見陳文婕，就長長地
透了一口氣，站住了。大家望著他，他一面掏出手帕來擦汗，一面說：
「你累得我好找！不說假話，我把每一條小巷子都找遍了！」陳文婕
只是嗤嗤地、不著邊際地笑。大夥兒再往前走，李民天和陳文婕慢慢
落到後面；一出惠愛路，借著明亮的電燈一看，他倆連蹤影兒都不見
了。陳文婷噘著小小的嘴巴說：「咱們玩得多好！就是來了這麼一個
小無賴。咱們不等他了，走吧！」走到惠愛路，折向東，他們朝著清
風橋那個方向走去。馬路上燈光輝煌，人行道上行人非常擁擠，他們
這個隊伍時常被人衝散。有一次，區桃站在一家商店的玻璃櫃前面，
只顧望著那裡的貨物出神。那貨櫃可以說是一個國際商品展覽會，除
了中國貨以外，哪一個國家的貨物都有。周炳站在她後面，催了幾次，
她只是不走。陳文婷和區細、區卓、何守義、何守禮幾個人，在人群

〔註24〕歐陽山：《三家巷》第106～108頁，廣州，廣東人民出版社，1959。

中擠撞了半天，一看，連周炳和區桃都不見了，她就心中不忿地頓著腳說：「連周炳這混賬東西都開了小差了。眼看咱們這攤是賣不成的了。咱們散了吧！」區細奉承她說：「爲什麼呢，婷表姐？咱們玩咱們的不好！」陳文婷傲慢地搖著頭說：「哪來的閒工夫跟你玩？我不想玩了！」說罷，他們就散了夥。區細、區卓兩個向東走去，陳文婷、何守義、何守禮朝西門那邊回家……

1925 年夏天之後，全廣州的街道都成了遊行示威的場所——

　　十萬人以上的、雄壯無比的遊行隊伍已經從東校場出發了。這遊行隊伍的先頭部分，是香港罷工回來的工人和本市的工人，已經穿過了整條永漢路，走到珠江旁邊的長堤，向著西濠口和沙基大街前進。其它的部分，農民、學生、愛國的市民等等，緊緊地跟隨著。區桃、周炳、陳文婕、陳文婷都參加了這個隊伍。……隊伍像一條波濤洶湧的大河，怒氣衝天地向前流著。它沒有別的聲音，也沒有別的指望，只有仇恨和憤怒的吼叫，像打雷似的在廣州的上空盤旋著，轟鳴著，震盪得白雲山搖搖晃晃……區桃在工人隊伍裏面走著，呼喊著。她聽不見自己的聲音，卻聽見另外一種粗壯宏偉的聲音在她的頭上迴旋著，像狂風一樣，像暴雨一樣。她聽到這種聲音之後，登時覺著手腳都添了力量，覺著她不是一個人，而是一個「十萬人」。這是一個多麼強有力的人哪！她一想到這一點，就勇氣百倍。她希望趕快走到沙基大街。她深深相信這十萬人的威力壓在沙面的頭上，一定能使帝國主義者向中國人民屈服。像這樣的想法，周炳也是有的。……他甚至在那十萬人的巨吼之中，清清楚楚地聽著了區桃的活潑熱情、清亮激越的嗓子……〔註 25〕

成爲街壘戰的戰壕——

　　馬路兩旁的店鋪都緊緊閉著大門，路上的行人也很稀少。半空中步槍聲、機關槍聲、手榴彈聲、大炮聲此起彼伏，互相交替地響著。文明門、大南門、油欄門和西關一帶，有十幾處民房中了炮彈，起火燃燒。那燃燒的煙柱升上天空，像一棵、一棵高大無比的紅棉樹一樣。在馬路當中行走的，全是一隊、一隊的紅軍，一排、一排的赤衛隊，或者是一大群、一大群的徒手工人。偶然有個別在人行

〔註 25〕歐陽山：《三家巷》第 136 頁，廣州，廣東人民出版社，1959。

道上單身行走的老大爺、老大娘，都用驚奇羨慕的眼光望著那些紅軍、赤衛隊和工人隊伍。〔註26〕

成爲了巷戰的陣地——

廣州市的東北、東南、正北、西北、西南幾個方向都響起了槍聲和炮聲，運輸汽車也在惠愛路一帶發出鳴鳴的聲響。天空上這裡閃一閃，那裡亮一亮。喊聲一起，赤衛隊的一支駁殼槍和十幾支步槍領著頭，其餘的人舉起梭標和木棍跟在後面，嘴裏喊著：「殺呀！殺呀！打倒國民黨！打到帝國主義！」向公安局門口衝上去。子彈吱吱地朝他們飛過來，有些人呻吟著，倒在地上。槍聲像狂風暴雨一般響著，人們的喊聲更加宏亮，硝磺的氣味刺著人們的鼻孔，馬路上的血液幾乎使人們滑倒，但是人們還在繼續前進。南路前進著，北路前進著，看看到了離公安局大門口還有四、五十公尺的地方，敵人那邊突然響起了一陣機關槍聲，人們紛紛倒退回來。第一百三十小隊向牆邊的方向稍稍移動了一下，大家都仆倒在地上，周炳舉動遲了一點，大個子李恩把他一拉，他也仆倒下去了。拿駁殼槍和步槍的赤衛隊員等機關槍一停，就站起來向敵人射擊。一個倒下去了，別的人就端起他的槍。有些人把手榴彈扔了出去。手榴彈在敵人的陣地裏爆炸了，在公安局的門拱上爆炸了，在馬路中心也爆炸了。有些沒有爆炸的，就像石頭一般砸在敵人的腦袋上。堅強的意志，勝利的決心，深刻的仇恨，都在抵抗著敵人的火力，使得進攻的隊伍仍然一寸地一寸地前進。後面拿著木棍的赤衛隊員，一齊唱起《國際歌》來。〔註27〕

參與巷戰和街壘戰的革命者，既是戰士，也是革命的密謀者，與這些密謀者相幫隨的是秘密警察、偵探、告密者等——

馮敬義一看這幾個人的扮相：黑通帽，黑眼鏡，黑縐紗短打，黑鞋黑襪，每個人的肚子上面，都隱約看得出夾帶著什麼硬邦邦的東西。不用說，這是「偵緝」了。他立刻掉頭，抄橫巷子趕回冼大媽的竹僚，打算給那幾個共產黨員通風報信。可是當他剛一轉過「吉祥果圍」，離冼大媽的竹僚還有十來丈遠的光景，他看見冼大媽那兩

〔註26〕歐陽山：《三家巷》第340頁，廣州，廣東人民出版社，1959。
〔註27〕歐陽山：《三家巷》第321～322頁，廣州，廣東人民出版社，1959。

個年紀輕些的乾兒子正埋頭埋腦地朝家裏走，而後面那幾個黑不隆咚的傢夥也緊跟著嘻哈大笑走過來了。這正是千鈞一髮、危險萬分的時候，馮敬義雖然足智多謀，也是毫無辦法。想喊不能喊，想叫不能叫，想說不能說，想停不能停，眼看著那兩個活生生的棒小夥子自投羅網去送死，他可是一籌莫展。〔註28〕

周炳到「西來初地」裏面一條又髒又窄的小巷子參加時事討論會。這裡是公共汽車的賣票員何錦成的住家。……他老婆何大嫂原來也是香港的工人，罷工回來之後，在一間茶室裏當女招待。去年十月，有一次反動的茶居工會派出許多武裝去搗毀酒樓茶室工會，她為了保衛革命的工會，和那些化了裝的偵緝、密探衝突起來，當場中槍身亡，到如今已經整整一年了。周炳到了他家，跟何錦成談了談外面白色恐怖的情況，不久，滬、粵班船海員麥榮，普興印刷廠工人古滔，沙面的洋務工人黃群、章蝦、洪偉都到了，大家就談起來。討論的題目自然而然地集中在國民黨的逮捕、屠殺等等白色恐怖的措施，和廣州工人怎樣對待這種白色恐怖的問題上面。討論會一下子轉為控訴會。〔註29〕

周炳忽然看見一個穿黑色短打的中年男子，慌裏慌張，鬼鬼祟祟地迎面走來。那個人一見周炳，就急忙轉進雨帽街，只一閃，就沒了蹤影。周炳只覺著他好生面熟，一時卻又想不起是誰，遲疑了一下。後來想起來了：去年四月底，在省港罷工委員會東區第十飯堂裏，曾經鬧過一件事兒。那天，陳文雄去找蘇兆徵委員長，要辭掉工人代表，退出罷工委員會，單獨和廣州沙面的外國資本家談判復工。香港的罷工工人聽見這種風聲，就大吵大鬧起來，說廣州工人出賣了香港工人。這時候，有一個不知姓名的傢夥，乘機煽動香港工人的不滿情緒，挑撥香港工人動手打廣州工人。後來在人聲嘈雜當中，那傢夥一下子就不見了。從此以後，周炳就沒有再看見這個人。現在，這個穿黑色短打的中年男子是誰呢？周炳想了一想，就下了判斷：他就是去年四月挑撥香港工人動手打廣州工人的那個壞蛋。〔註30〕

〔註28〕 歐陽山：《三家巷》第 261～262 頁，廣州，廣東人民出版社，1959。
〔註29〕 歐陽山：《三家巷》第 293 頁，廣州，廣東人民出版社，1959。
〔註30〕 歐陽山：《三家巷》第 344～345 頁，廣州，廣東人民出版社，1959。

三家巷

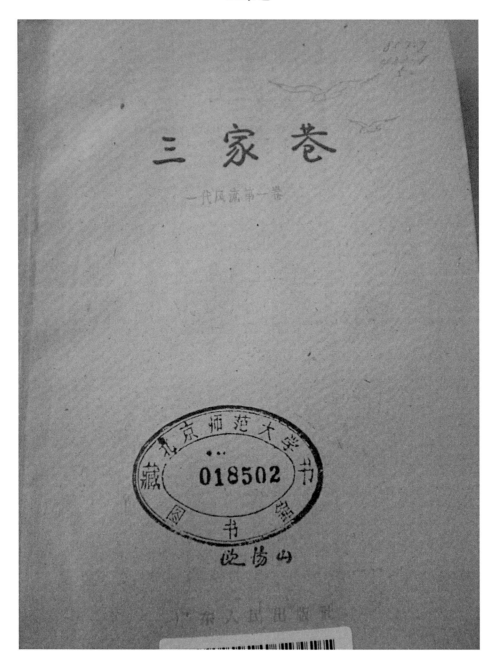

青春之歌初版封面

参加塔什干亚非作家会议的中国作家
访问当地集体农庄，右起第三人即赵树理
（一九五八年）

1979 年初丁玲获中央组织部批准，回到阔别二十年的北京治病，与陈明二人暂住文化部招待所。此为丁玲回到北京后的第一张照片。

于右派分子丁玲的政治结论》；撤销一九五八年中共中国作家协会总支《关于开除右派分子丁玲党籍的决议》，恢复丁玲同志的党籍……"

　　同月　与陈明、甘露首次到北京医院看望周扬、夏衍。

　　六月　被增补为第五届全国政协委员。

　　丁玲三次请求恢复组织生活，作协党组没有答复。丁玲乃向中宣部提出。十月二十二日，中央组织部宣教局通知第四次文代会筹备组转告第四次文代会小组，自即日起恢复丁玲的党籍，恢复组织生活。在本年举行的作协代表大会上被选为作协理事，副主席。

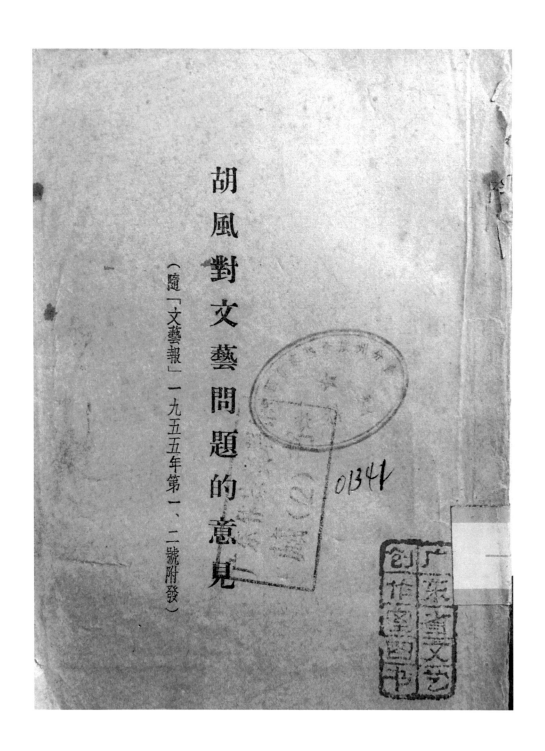

胡風對文藝問題的意見

（隨「文藝報」一九五五年第一、二號附發）

胡風在一九五四年七月向中共中央提出一個關於文藝問題的意見的報告，經中共中央交本會主席團處理。本會主席團認為該報告中關於文藝思想部分和組織領導部分，涉及當前文藝運動的重要問題，主要地是針對着一九五三年「文藝報」刊載的林默涵、何其芳批判胡風資產階級文藝思想的兩篇文章而作的反批判，因此應在文藝界和「文藝報」讀者群眾中公開討論，然後根據討論結果作出結論。現在決定將胡風報告的上述兩部分印成專冊，隨「文藝報」附發，供讀者研究，以便展開討論。為便於讀者研究，將林默涵、何其芳的兩篇文章也重印附發。

中國作家協會主席團
一九五五年一月十二日

第十二章　前十七年文學發展的邏輯

在最後一章中，讓我們再來回顧一下中國當代文學的前 17 年的發展邏輯及其演進節奏。所謂「邏輯」，就是事物發生的「前因後果」所形成的規律。所謂的「節奏」，就是事物發展邏輯所呈現出來的斷續、起伏、波折狀態，也就是事物發展因果（邏輯）複雜變化的表現，它體現了規律內部的矛盾性和複雜性。這種矛盾，是定於一尊的「一體化」文學形態，與質疑它的其它文學形態之間的矛盾，其中既有社會歷史（或政治）對文學的擠壓，也有文學對社會歷史（或政治）的抵抗。社會政治的邏輯與文學的邏輯之間的糾葛，正是左右發展「節奏」的重要因素。我把這 17 年文藝分為三個階段，第一階段是「戰時思維」階段，第二階段是「冷戰思維」階段，第三階段是「另起爐竈」階段。

一、戰時思維與文學鬥爭

建國初期的「戰時思維」滲透到了各個領域，也包括文學領域。「戰時思維」的主要特點就是，尋找和殲滅敵人。1938 年，毛澤東就開始構想新中國文化的基本模式，即「民族的科學的大眾的文化」，認為要建立這種新文化，就必須打倒以帝國主義為盟主的反動文化，「不破不立……它們之間的鬥爭是生死鬥爭。」〔註1〕1949 年初，他指出黨的工作重點開始由「鄉村包圍城市」轉向「城市領導鄉村」，並預言城市裏有大量的「不拿槍的敵人」，

〔註1〕毛澤東：《新民主主義論》，《毛澤東選集》第 2 卷，第 695 頁，北京，人民出版社，1991。

因此要學會在城市向帝國主義、資產階級作政治、經濟、文化鬥爭。〔註 2〕

　　解放區的作家「會師北平」後，腦子裏還有濃厚的軍事鬥爭思維（戰鬥、圍剿、消滅）。郭沫若說：「輝煌的軍事勝利，所消滅的主要是有形的敵人，而兩千多年來的封建思想，百餘年來的買辦思想，二三十年來的法西斯思想，這些無形的敵人，還需得文化戰線來徹底地加以消滅⋯⋯拿筆的軍隊，必須向那槍的軍隊看齊。」〔註 3〕這跟毛澤東的觀點如出一轍：「在我們為中國人民解放的鬥爭中⋯⋯有文武兩個戰線⋯⋯我們要戰勝敵人，首先要依靠手裏拿槍的軍隊，但是僅僅有這種軍隊是不夠的，我們還要有文化的軍隊⋯⋯就是要使文藝很好地成為革命機器的一個有機組成部分，作為團結人民、教育人民、打擊敵人、消滅敵人的有力武器」。〔註 4〕文學藝術是文化戰線的一個有機組成部分，是「人民戰爭」的工具，它必須「組織起來」，形成集體戰鬥能力。

　　新中國文學的邏輯前提就是 1949 年中華人民共和國的成立，人民民主專政國家的建立。在這一歷史過程之中，文化（文藝）一直是「民族獨立和解放」的重要武器。新中國文學的發生，是跟黨領導的文學團體誕生同步的，與此相配套的是黨領導下的機關刊物和出版社。在這些高度組織化的團體中供職的專業作家，主要來自以延安為代表的解放區，還有部分是後來培養的工農兵作家，以及部分國統區的左翼作家（當時中國作家協會駐會作家絕大多數是中共黨員）。而「五四」傳統下培養出來的、有「資產階級」或「小資產階級」思想傾向的作家基本上被邊緣化。這樣一支成建制的、思想一致的作家隊伍，與當時的鬥爭形式是配套的。

　　戰時的鬥爭思維落實到文藝鬥爭中的主要表現形態，就是「文藝批評」。批評的標準是在延安時期確立的，即「政治標準第一，藝術標準第二」。所謂政治標準，即作家作品的政治傾向性，也就是對黨和社會主義的態度。這種標準一直持續到「改革開放」時期。「一體化」規範下的文學規則，制約了文學的發展。也一些人，試圖通過各種方式對「規範」進行質疑或挑戰（比如

〔註 2〕毛澤東：《在中國共產黨七屆二中全會上的報告》，見《毛澤東選集》第 4 卷，第 1427 頁，北京，人民出版社，1991。

〔註 3〕郭沫若：《向軍事戰線看齊》，見《中華全國文學藝術工作者代表大會紀念文集》，第 379 頁，北京，新華書店發行，1950。

〔註 4〕毛澤東：《在延安文藝座談會上的講話》，《毛澤東選集》第 3 卷，第 847～848 頁，北京，人民出版社，1991。

所謂的胡風「反黨集團」）。在胡風「集團」遭到清算之後，質疑和挑戰並沒有結束，其中有兩次值得提及的是 1956 年前後和 60 年代初，可以視爲與上述那種鬥爭哲學和政治思維不同的鬆動期或間歇期。

　　第一次是 1956 年初到 1957 年上半年，由於「雙百」方針的出臺，在全國範圍內引發了思想觀念、文藝觀念和創作方法的解放。秦兆陽發表了《現實主義——廣闊的道路》一文，質疑創作中的公式化、概念化的弊病。鍾惦棐發表《電影的鑼鼓》，批評電影界的沈寂局面，以及電影創作中的教條主義弊端。同時，國家出版大量的中國古典小說和原創小說；整理了優秀傳統劇目 5 萬多個，上演了 1 萬多個。此外，社會各個領域都開始了廣泛的「大鳴大放」。但毛澤東認爲，「雙百」方針主要是針對文藝和學術領域，不能涉及政治領域。於是，他在幾次重要會議上，及時爲文藝界和學術界劃定思維和言論的邊界。關於「百花齊放」，他提出要善於辨別「香花」與「毒草」，「有毒草就得進行鬥爭」，並提出了六條識別標準。〔註5〕關於「百家爭鳴」，他提出在內部可有很多派、很多家，但世界觀只有兩家，那就是無產階級和資產階級。〔註6〕整風運動的對象有二，一是教條主義，二是修正主義。毛澤東認爲，教條主義主要是工作方法上的片面性（帶有「左」的色彩），但他們忠於黨，改正了就好了。而社會上和黨內的右派分子（修正主義或資產階級）是很危險的，必須進行堅決鬥爭，因爲他們反對黨的領導，反對社會主義道路，欣賞資產階級自由主義那一套。〔註7〕隨著 1957 年下半年反右鬥爭的擴大化（丁玲、陳企霞等大批作家被打成「右派」），「百家爭鳴」的局面很快就消失了，隨之而來的是左傾冒進的大躍進運動。

　　第二次是 60 年代初以「三次會議」爲標誌的「調整」時期。1961 年 6 月 1 日至 28 日，中共中央宣傳部在北京召開文藝工作座談會，審議中宣部提交的《關於當前文藝工作的意見（草案）》（「文藝十條」）；文化部同時召開故事片創作會議，審議文化部提交的《關於當前電影工作的意見（草案）》，因爲會址都在北京新僑飯店，通稱「**新僑會議**」，會議發出了發揚民主，尊重文藝

<hr>

〔註5〕 毛澤東：《關於正確處理人民內部矛盾的問題》，見《毛澤東文集》第 7 卷，第 234 頁，北京，人民出版社，1999。

〔註6〕 毛澤東：《在全國宣傳工作會議上的講話》，見《毛澤東文集》第 7 卷，第 273 頁，北京，人民出版社，1999。

〔註7〕 毛澤東：《事情正在起變化》，《建國以來毛澤東文稿》第 6 冊，第 469～475 頁，北京，中央文獻出版社，1992。

規律的呼聲。1962 年 3 月，文化部、中國戲劇家協會在廣州召開全國話劇、歌劇、兒童劇創作座談會，通稱「**廣州會議**」。周恩來在前兩個會議上發表了《在文藝工作座談會和故事片創作會議上的講話》，在後一個會議的預備會（北京）和正式會議（廣州）上分別發表了《對在京的話劇、歌劇、兒童劇作家的講話》和《關於知識分子問題的報告》。陳毅在「廣州會議」上發表了《在全國話劇、歌劇、兒童劇創作座談會上的講話》。陳毅在講話中大聲呼吁，給作家選擇題材的自由、創作藝術風格的自由、探討藝術問題的自由。針對大躍進時期流行的「集體創作」和「三結合」（領導出思想，群眾出生活，作家出技巧）方法，他提出了尖銳的批評。他說：「文學作品的創作，我看，還是以作家的個人努力為主。集體創作只是一種方式，它不是主要的，尤其是人家寫的東西，硬要安上五六個、七八個名字變為集體創作，而且把首長的名字寫在前頭，這是很庸俗的，非常庸俗的……文責自負，這個話是對的，並不是資產階級思想」「領導出思想，我就請問：作家就沒有思想啦？領導就可以包思想啦？群眾出生活，作家就沒有生活？領導就沒有生活啦？領導就死掉啦？作家出技巧，這個作家就僅僅是一個技巧問題呀？」〔註8〕1962 年 8 月 2 日至 8 月 16 日中國作家協會在大連召開了農村題材短篇小說創作座談會，通稱「**大連會議**」。邵荃麟的《在大連「農村題材短篇小說座談會」上的講話》是會議的重要文件，其中提到了「農村題材如何反映人民內部矛盾」、「人物創作的概念化」、「題材的廣闊性與戰鬥性的關係」等重大創作理論問題，還提到了「兩頭小，中間大，好的、壞的人都比較少，廣大的各階層是中間的，描寫他們是很重要的」〔註9〕這些觀點後來被上綱上線為「現實主義深化論」和「中間人物論」，遭到了批判，認為「寫中間人物」與「三突出」的創作方針相違背，是資產階級的文學主張。這三次重要的文藝會議，在一定程度上解放了思想，推動了文藝創作的繁榮。

從 1962 年 9 月的八屆十中全會開始，政治和文化指導思想出現了急劇左

〔註8〕 見《黨和國家領導人論文藝》第 141 頁，北京，文化藝術出版社，1982。「集體創作」之風始於延安時期，在 1958 年的新民歌運動中重新出現（周揚和張光年在《文藝報》發表文章，強調和支持了這種提法）。「三結合」是一種「集體創作」的表現形式之一，在「文革」期間，作為「新生事物」，它幾乎成了唯一的創生產方式。不同的是，原來的「領導出思想，群眾出生活，作家出技巧」變成了「黨委領導，工農兵作者、專業編輯」三結合。

〔註9〕 見《邵荃麟評論選集》（上冊），第 389～394 頁，北京，人民文學出版社，1981。

轉的局勢，階級鬥爭被擴大化和絕對化。毛澤東在會上說：「被推翻的反動統治階級不甘心於滅亡，他們總是企圖復辟。同時，社會上還存在著資產階級的影響和舊社會的習慣勢力，存在著一部分小生產者的自發的資本主義傾向，因此，在人民中，還有一些沒有受到社會主義改造的人……企圖離開社會主義道路，走資本主義道路。在這些情況下，階級鬥爭是不可避免的……我們千萬不要忘記。」簡稱「千萬不要忘記階級鬥爭」。〔註10〕中國共產黨在後來的評價中指出，毛澤東「發展了他在一九五七年反右派鬥爭以後提出的無產階級同資產階級的矛盾仍然是我國社會的主要矛盾的觀點，進一步斷言在整個社會主義歷史階段資產階級都將存在和企圖復辟，並成為黨內產生修正主義的根源……在意識形態領域，對一些文藝作品、學術觀點和文藝界學術界的一些代表人物進行了錯誤的、過火的政治批判，在對待知識分子問題、教育科學文化問題上發生了愈來愈嚴重的左的偏差，並且在後來發展成為『文化大革命』的導火線。」〔註11〕文藝領域首當其衝地成了這種階級鬥爭觀點的犧牲品。康生、張春橋、姚文元等人開始控制文化界和文學界。李建彤的小說《劉志丹》的創作和發表，變成了「利用小說反黨」的事件，作者和編輯受到迫害和審查，最終擴大化為一個冤案。1963 年和 1964 年，毛澤東關於文藝的「兩個批示」，認為國家文藝領導部門被「資產階級」所掌握，已經「跌倒了修正主義的邊緣」。〔註12〕為文藝指導思想進一步走向極左提供了支持。

二、冷戰思維與文學選擇

　　所謂「冷戰」，就是從 1945 年二戰結束到 1991 年蘇聯解體這一時期，國

〔註10〕《建國以來重要文獻選編》第 15 冊，第 653～656 頁，北京，中央文獻出版社，1997。

〔註11〕《關於建國以來黨的若干歷史問題的決議（注釋本）》第 25 頁，北京，人民出版社，1983。

〔註12〕1963 年 12 月 12 日，毛澤東作了嚴厲批評文藝工作的內部批示：「各種藝術形式……問題不少，人數很多，社會主義改造在許多部門中，至今收效甚微。許多部門至今還是『死人』統治著。」「許多共產黨人熱心提倡封建主義和資本主義的藝術，卻不熱心提倡社會主義的藝術，豈非咄咄怪事。」1964 年 6 月 27 日，毛澤東作了關於文藝工作的第二個批示：「這些協會和他們所掌握的刊物的大多數……十五年來，基本上……不執行黨的政策，做官當老爺，不去接近工農兵，不去反映社會主義的革命和建設，最近幾年，竟然跌到修正主義的邊緣。如不認真改造，勢必在將來的某一天，要變成像匈牙利裴多菲俱樂部那樣的團體。」（謝冕、洪子誠主編《中國當代文學史料選》，北京大學出版社，1995）。

際格局中東方與西方的對峙狀態，即以美國爲首的西方集團（北大西洋公約組織成員國）和以蘇聯爲首的東歐集團（華沙條約組織成員國）之間的對抗。爲了避免「熱戰」，雙方實際上只是在經濟、文化、社會政治立場方面的對立和攻擊：西方指責東方不民主、極權主義和共產專制，而東方則批評西方是資本主義和帝國主義專政、貧富分化、剝削工人。所謂「冷戰思維」，就是冷戰的雙方，都將自己的國家意志、價值觀念、局部利益絕對化而產生的對抗和鬥爭思維。這種傳統政治的思維模式，左右了全球的政治走向。美國和蘇聯兩大集團如此，介入其中的中國也是如此。

中國儘管不是「華沙條約組織」的成員國，但作爲一個社會主義國家，作爲蘇聯的盟友，不可避免地被捲入了冷戰的漩渦，成了以美國爲首的西方陣營圍堵的主要對象之一。冷戰格局構成了新中國極爲嚴峻的生存背景。毛澤東認爲，對資本主義國家不要抱幻想，只能鬥爭，並指出，帝國主義的「搗亂－失敗－滅亡」邏輯和革命人民的「鬥爭－失敗－勝利」邏輯，是歷史的必然規律，要「丟掉幻想，準備鬥爭」。〔註13〕因此，建國以來，意識形態和文學藝術領域的鬥爭思維，與當時的國際形勢和中國所處的地位密切相關。冷戰時期，中外關係從「一邊倒」到「一條線」，再到「第三世界」的設想，這些冷戰格局下的國際政治鬥爭政策和策略，在很大程度上制約了中國社會實踐的各個領域，包括文藝領域。

在《論人民民主專政》一文中，毛澤東提出了「一邊倒」（倒向蘇聯）的決策——「帝國主義侵略打破了中國人學西方的迷夢」，「走俄國人的路——這就是結論」，「積四十年和二十八年的經驗，中國人不是倒向帝國主義一邊，就是倒向社會主義一邊，絕無例外」，「我們在國際上是屬於以蘇聯爲首的反帝國主義戰線一方面的，眞正的友誼的援助只能向這一方面去找」，「蘇聯共產黨就是我們最好的先生，我們必須向他們學習。」〔註14〕周揚說：「『走俄國人的路』，政治上如此，文學藝術上也是如此。」〔註15〕實際上這是一種沒有選擇的選擇。

〔註13〕毛澤東就美國的「美中關係白皮書」所寫的評論：《丟掉幻想，準備鬥爭》，見《毛澤東選集》第4卷，第1486～1487頁，北京，人民出版社，1991。

〔註14〕毛澤東：《論人民民主專政》，見《毛澤東選集》第4卷，第1473、1475、1481頁，北京，人民出版社，1991。

〔註15〕周揚：《社會主義現實主義——中國文學前進的道路》，見《周揚文集》第2卷，第183頁，北京，人民文學出版社，1985。

這種文學上「一邊倒」的蘇聯模式，反映在文藝政策，文學理論，文藝管理體制，文學運動，對文學資源的控制等各個方面。文學政策是冷戰時期的國際、國內政治思維在文藝領域的表述（反對帝國主義和資本主義，強調文學的階級性原則）。文學理論以蘇聯的「社會主義現實主義」爲中國當代文學創作的最高規範和「唯一正確的道路」。文學機構設置和組織形式，內部運作規則（黨組負責的權力形式），乃至 1950 年成立的中央文學研究所，在基本任務、管理模式、教學內容與教學方式等方面，幾乎都是照搬蘇聯「高爾基文學院」的模式。文學運動（也就是文學批判運動）的基本方式是，一開始是組織專業批評，然後進行組織決議（包括領導批示、黨報社論、專業團體宣言等），最後是發動群眾大批判，直到將批評的對象變成「敵我矛盾」。比如，1954 年 12 月 8 日關於整改《文藝報》的決議，1955 年 5 月 25 日關於「胡風反黨集團」的決議等，與蘇聯日丹諾夫時期的情況非常相似。在文學資源的管制上，只接受蘇聯文學、弱小民族的反抗文學和古典批判現實主義文學；拒絕資本主義國家的文學，特別是「現代派」文學。甚至 1956 年「雙百方針」的正式公佈，也與蘇聯密切相關。周揚說：「最近中央提出了『百花齊放，百家爭鳴』的方針……很自然，這和蘇共第二十次代表大會提出對斯大林的批評有關。不管這個批評的本身怎樣，它有一個很大的好處：就是思想解放，迷信破除。」〔註16〕

在一系列文學活動之中，我們除了發現其國際冷戰背景下的鬥爭策略之外，還有一個重要的維度，就是發展中國家的「不安全感」，並由此引發出一種更爲強烈的民族國家獨立和發展的訴求。50 年代初，「蘇聯模式」爲此提供的不僅僅是一種意識形態支持，更有相應的經濟、技術援助。冷戰的國際鬥爭背景——民族國家獨立和發展訴求——文學自主性的訴求，形成了一個鏈條及相應的邏輯等級，屬於支配與被支配的關係。因而，文學就不是單純的美學問題，而是冷戰時期的政治問題（它可以爲戰爭、政治、建設、意識形態批判等各種集體意志服務）。在冷戰思維中，「民族國家」成了一個人格化的「文學主體」，支配著 50 年代初到 60 年代初的文學實踐。

20 世紀 60 年代，中蘇關係徹底破裂，「一邊倒」政策隨之中止。這一事件隊當代中國的政治和文化產生了重大影響。蘇共二十大於 1956 年 2 月召

〔註16〕周揚：《當前文藝創作上的幾個問題》，見《周揚文集》第 2 卷，第 405 頁，
　　　　北京，人民文學出版社，1985。

開，24 日夜，赫魯曉夫作《關於個人崇拜及其危害》的「秘密報告」，公開點名批評斯大林。同時提出「三和政策」：和平共處──不同社會制度的國家能和平共處。和平競賽──資本主義和社會主義之間的競賽，最終勝利的是社會主義。和平過渡──社會革命的形式有多種，暴力和內戰不是改造社會的唯一途徑。蘇聯文藝界因此進入了所謂的「解凍時期」。自同年 4 月開始，中國共產黨發表《論無產階級專政的歷史經驗》及其續篇，在肯定斯大林的功績的同時，既反對「教條主義」，也反對「現代修正主義」，並繼續堅持無產階級專政，在國內明確提出「雙百」方針。1957 年發生「波匈事件」，國內下半年開始反右派鬥爭。1958 年，中蘇矛盾進一步激化。1960 年 7 月關係破裂，蘇聯單方撕毀兩國協議，撤走專家。1961 年蘇聯開始逼債，10 月蘇共 22 大，中蘇發生爭執，開始了為時數年的「中蘇論戰」。1963 年，中國拒絕派代表參加蘇共 23 大，兩黨關係完全中斷。

1962 年，周揚在紀念毛澤東的《講話》發表 20 週年的文章中，批評「現代修正主義」是帝國主義的奴僕，「我們的文藝必須同帝國主義文藝、修正主義文藝……進行不調和的鬥爭。」同時提出「要團結世界各國一切可以團結的文藝家，建立最廣泛的統一戰線。」〔註 17〕與此同時，蘇聯的文藝作品開始遭到冷落。在 1966 年出臺的《部隊文藝工作座談會紀要》中，「別、車、杜」成了沙俄時代的資產階級思想，「對十月革命後出現的一批比較優秀的蘇聯革命文藝作品，不能盲目崇拜，更不要盲目模仿」，「文藝上反對外國修正主義的鬥爭……要捉大的，捉肖洛霍夫，要敢於碰他。他是修正主義文藝的鼻祖。」〔註 18〕這就是無條件的「一邊倒」導致的無條件的批判。曾經竭力推崇俄蘇文藝的周揚，也因此遭到激烈的批判，成了修正主義文藝黑線在中國的代言人。〔註 19〕

與前蘇聯的決裂（「一邊倒」的終結），與美國的修好（「一條線」的外交戰略的確定）。1971 年中美關係解凍。1972 年尼克松總統訪華。中國開始改善同美國的關係，逐漸形成「聯美反蘇」的戰略，形成對付蘇聯的一條線，

〔註 17〕 周揚：《為最廣大的人民群眾服務》，《周揚文集》第四卷，北京，人民文學出版社，1991。

〔註 18〕 《林彪同志委託江青同志召開的部隊文藝工作座談會紀要》，見謝冕、洪子誠主編：《中國當代文學史料選》636～639 頁，北京大學出版社，1995。

〔註 19〕 姚文元：《評反革命兩面派周揚》，見謝冕、洪子誠主編：《中國當代文學史料選》，北京大學出版社，1995。

稱爲「一條線」戰略。毛澤東在跟基辛格會談的時候說：「要搞一條橫線，就是緯度，美國、日本、中國、巴基斯坦、伊朗、土耳其、歐洲」，其實這不過是外交策略上的權宜之計。

只是中國的國際關係政策的調整，並沒有解決意識形態（特別是文藝和文化）問題。標誌著中國融進世界潮流的「五四」新文學，主張全面批判封建主義文學、向西方啓蒙（資產階級）文藝學習。而新中國的「無產階級文學」（在 1949～1962 期間）主張向蘇聯文學學習。但是，來自蘇聯的所謂「社會主義現實主義」有「深化」爲修正主義和「資產階級反動文學」的危險。也就是說，所有這些文學的道路都要被堵死了。1974 年，毛澤東在接見贊比亞總統卡翁達時，明確提出「三個世界」的設想，認爲美國和蘇聯是第一世界，其它歐洲國家、日本屬於第二世界，中國和其它發展中國家屬於第三世界。鄧小平在 1982 年 12 月、1984 年 5 月、1985 年 3 月多次採用「第三世界」的概念，說中國永遠屬於第三世界。〔註20〕毛澤東的「第三世界」理論，幾乎是在傳統冷戰格局中另起爐竈，其實是一種更爲激進的「冷戰思維」（主要是想聯合亞非拉發展中國家，即所謂的「黑朋友、窮朋友、小朋友」，共同反對美蘇兩個超級大國）。反映到文藝界，就是拒絕以美國爲代表的資產階級文藝和以蘇聯爲代表的修正主義文藝，企圖探索一條中國自己的「無產階級文藝」的道路。最終導致一種源自 1958 年大躍進時期的（20 世紀 60 年代初期有短暫中斷）、以「京劇革命」爲樣板的激進文藝探索「實驗」。其目的在於，既要擺脫「蘇聯模式」的羈絆和緩解發展中的「焦慮症」，又要創造一種在意識形態上能夠自圓其說的、完全新式的「無產階級文藝」形式（下面我們還將集中討論這種激進的「文藝試驗」），實際上是在閉門造車。直到 20 世紀 70 年代末的國門大開，中國思想界和文藝界才重新開始與整個 20 中國文學和世界文學接軌。1991 年冷戰結束後，國際關係由原來的「東西對抗」逐漸轉變成「南北對話」（即南方欠發達國家，與北方發達國家的對話、交流、合作）。鄧小平不但主張打開國門，吸收西方的先進科學技術，也主張「南北對話」和「南南合作」，並認爲「和平問題是東西問題，發展問題是南北問題，南北問題是核心問題」，這與赫魯曉夫在 50 年代提出的「三和政策」有接近之處。〔註21〕

〔註20〕見《毛澤東文集》第 8 卷，第 441 頁，北京，人民出版社，1999。《鄧小平文選》第 3 卷的相關部分，北京，人民出版社，1993。
〔註21〕見《鄧小平文選》第 3 卷，第 56 頁、第 105 頁，北京，人民出版社，1993。

三、極端激進的文學實驗

激進的文藝實驗，是冷戰思維中的激進傾向在文藝中的反映，其中包含國際壓力下產生的激進民族主義情緒。20 世紀 40 年代的「秧歌運動」──1958 年大躍進時期的「新民歌運動」──1966 年之後「文革」期間的「樣板文藝」，這三者之間無疑存在密切的邏輯關聯。新中國文學中的激進文學創作（實驗）運動，不同程度地帶有建國前解放區的「戰時動員」色彩，也就是將文藝創作，當作動員人民群眾實現某一時期的政治任務的宣傳工具。但是，與建國前不同的是，「新民歌運動」和「革命樣板戲」，不僅僅是一種政治宣傳「手段」，它們本身就是「目的」，就是「社會主義革命」的有機組成部分。比如大躍進時期的「文學大躍進」或者「民歌大躍進」，還有「文革」時期的「革命樣板戲」的生產，無論是創作數量還是質量，都與 1958 年「大煉鋼鐵」、農村的「實驗田」運動類似。比如，「文革」期間的「革命樣板戲」，本身就是「反帝防修」鬥爭實踐的一部分。這些急於生產出全新「共產主義文藝」的激進文藝實驗，與「大躍進」、「文革」時期的「跑步進入共產主義」、「15 年超過英國」、「徹底打敗帝修反」等激進政治思維是一致的。

1958 年 3 月，毛澤東在中共中央醞釀「大躍進」運動的成都會議的講話中，涉及到諸多的意識形態問題和文學藝術問題。在涉及借鑒蘇聯經驗問題時毛澤東說：「從蘇聯搬來了一大批……搬，要有分析，不要硬搬，硬搬就不是獨立思考，忘記了歷史上教條主義的教訓」，「學習蘇聯及其它國家的長處，這是一個原則。但是學習有兩種方法：一種是專門模仿，一種是創新精神。學習應該與獨創精神相結合。」〔註 22〕他反覆強調要獨創、創新。在兩個月之後的八大二次會議上，他又反覆強調要破除迷信，要學習列寧在第二國際時期的「標新立異」精神。這些思路就是要擺脫斯大林和赫魯曉夫以來的「蘇聯模式」的羈絆。他在談到詩歌問題時說：「我看中國詩的出路恐怕是兩條：一條是民歌，一條是古典，這兩面都要提倡學習，結果要產生一個新詩。現在的新詩不成型，不引人注意，誰去讀那個新詩。將來我看是古典同民歌這兩個東西的結婚，產生第三個東西。形式是民族的，內容應該是**現實主義與浪漫主義的對立統一**。」〔註 23〕就是在這次會議上，毛澤東正式發出了搜集和創作新民歌的號召，搜集和寫作民歌便成了一項急迫的政治任務。1958 年

〔註 22〕 《建國以來毛澤東文稿》第七卷，120～122 頁，北京，中央文獻出版社，1992。
〔註 23〕 《建國以來毛澤東文稿》第七卷，124 頁，北京，中央文獻出版社，1992。

4月14日，《人民日報》發表了《大規模地收集全國民歌》的社論，號召全國人民收集民歌，這就是著名的「新民歌運動」。社論指出，河南民歌：「要使九百一十三個山頭，一個個向人民低頭」；四川民歌：「不怕冷，不怕餓，羅鍋山得向我認錯」等，都是「現實主義和浪漫主義相結合的好詩。」〔註24〕1958年6月，周揚在《紅旗》創刊號上發表《新民歌開拓了詩歌的新道路》一文，全面評價了「大躍進民歌」。周揚指出，新民歌既是「政治鼓動詩」和「生產鬥爭的武器」，「又是勞動群眾自我創作、自我欣賞的藝術品」，「民間歌手和知識分子詩人之間的界線將會逐漸消泯，到那時，人人都是詩人，詩為人人所共賞」。〔註25〕這種重新確立文學創作主體的企圖，與重新在經濟和文化上確立民族國家主體的實踐在邏輯上是同一的。由於激進思維和主觀判斷上的失誤，這次「新民歌運動」跟工農業生產上的浮誇風是一致的。當時幾乎每一個省、市、自治區、縣、鄉、工廠、學校，都開展了創作和編選新民歌的「大生產」運動，像誇張地彙報糧食產量一樣逐級向上彙報。據統計，當時出現了8萬多種民歌選本，發行量幾千萬冊。〔註26〕

　　毛澤東在這裡提出的「兩結合」，後來被郭沫若、周揚等人表述為「革命浪漫主義和革命現實主義相結合」，稱之為一種「全新的創作方法」、「最好的創作方法」。邵荃麟、賀敬之等人在《文藝報》上紛紛撰文，談學習「兩結合」的體會，認為大躍進民歌和毛澤東詩詞，都是「兩結合」的典範。周揚在《新民歌開拓了詩歌的新道路》中，對此進行了詳細的解釋，認為，沒有革命浪漫主義的「現實主義」，會流於庸俗的自然主義；沒有革命現實主義的「浪漫主義」，會變成「虛張聲勢的空喊或知識分子的想入非非」，只有「兩結合」，才能充分反映人民群眾的革命熱情、建設熱情，和共產主義風格。〔註27〕但是，周揚等人還是想維護文學概念的連續性，試圖通過蘇聯文學和高爾基，將「兩結合」與蘇聯的「社會主義現實主義」方法結合在一起，而忽略這一提法中擺脫「蘇聯模式」的動機（到「文革」時期，這些觀點都成了「反革

〔註24〕見《文藝政策學習資料》（內部發行），第543～544頁，長春，吉林人民出版社，1961。

〔註25〕見《詩刊》編輯部編：《新詩歌的發展問題》第1集，第1～13頁，北京，作家出版社，1959。

〔註26〕潘旭瀾：《新中國文學詞典》，第1183頁，南京，江蘇文藝出版社，1993。

〔註27〕參見邵荃麟：《門外談詩》，賀敬之：《漫談詩的革命浪漫主義》，周揚：《新民歌開拓了詩歌的新道路》等文章，見《詩刊》編輯部編：《新詩歌的發展問題》第1集，北京，作家出版社，1959。

命修正主義」的罪狀）。

萌芽於延安時期，二十世紀五六十年代得到進一步強化和完善的文藝生產模式——配合中心任務是文藝創作的根本原則，「兩結合」是實現這一原則的專業表達，「三結合」的生產方式是這一原則的組織和實施。這些都可以視為新中國激進文藝生產和實驗的基本戒律。60 年代初短暫的「調整」時期之後，這些戒律在「文革」前期就被全盤接受。

1964 年 7 月，江青在《談京劇革命》的講話中指出，塑造工農兵形象和革命英雄形象，是社會主義文藝的首要人物，並將「三結合」解釋為「領導、專業人員、群眾」三結合〔註 28〕。在《部隊文藝工作座談會紀要》中說，文藝創作「要採取革命的現實主義和革命的浪漫主義相結合的方法」。〔註 29〕在實施這種激進的文藝實驗的過程中，江青等人又總結出了一套創作技巧的戒律。

最主要的戒律就是「三突出」這一總原則：在所有人物中突出正面人物，在正面人物中突出英雄人物，在英雄人物中突出主要英雄人物。這是一種特殊時期的激進主義文藝美學原則。此外，還有一些處理其它次要人物和藝術要素的方法和原則，是在遵循「三突出」原則的前提之下產生的次級原則：

陪襯原則，用反面人物陪襯正面人物（認為「這是什麼階級主宰舞臺」的重大問題）；

烘托原則，用其它正面人物烘托英雄人物（「群眾是英雄存在的基礎，英雄是群眾的榜樣」）；

渲染原則，通過環境的渲染，在一般英雄人物中突出主要英雄人物（舞臺上的美學設計、燈光、音響等，必須為人物特別是英雄人物服務，脫離這一點，就是資產階級唯美主義）〔註 30〕

將政治直接美學化的「三突出」原則，以及其它配套的次級美學原則，就是「文革」時期激進文藝實驗中出現的一個全新而又畸形的「美學」範疇，它涉及到作品的結構方式、人物形象塑造的規則，乃至舞臺美術、燈光、音響等

〔註 28〕 江青：《談京劇革命》，見謝晃、洪子誠主編：《中國當代文學史料選》601～605 頁，北京大學出版社，1995。

〔註 29〕 《林彪同志委託江青同志召開的部隊文藝工作座談會紀要》，見謝晃、洪子誠主編：《中國當代文學史料選》第 636～639 頁，北京大學出版社，1995。

〔註 30〕 於會泳：《讓文藝舞臺永遠成為宣傳毛澤東思想的陣地》，上海京劇團：《努力塑造無產階級英雄人物的光輝形象》。見謝晃、洪子誠主編：《中國當代文學史料選》第 731～734 頁，北京大學出版社，1995。

技術資源的配置規則等問題。「只有塑造好無產階級英雄典型，才能實現無產階級在文藝領域對資產階級的專政……要讓京劇的唱、做、念、打各種藝術手段都爲塑造無產階級英雄形象服務」。〔註31〕所以，在文藝爲廣大群眾服務的背後，包含了一種及其嚴格的等級觀念，歌頌最終的指向就是最高領導人。

「樣板戲」的基本結構要素，一是中國共產黨領導的現代革命歷史故事；二是經過改造的古老戲曲形式（京劇）、西方古典藝術（交響樂和芭蕾舞）；三是精細的藝術形式。「樣板戲」改造了傳統京劇形式，並賦予這種形式以「現代」意味。從它的結構安排、臺詞和唱腔設計、舞臺藝術（燈光、舞美、音樂等）設計以及舞臺表演等方面，都經過了精心安排。它大量地運用誇張、變形、隱喻、象徵、諷喻等現代藝術手法（「革命浪漫主義」）。「樣板戲」是一種浪漫的、激進的「政治烏托邦想像」形式，是江青等人想像出來的人物典型（高、大、全）的舞臺化。舞臺上塑造了一批與物質形態的人不相干的「虛擬人」、「超人」，沒有肉體的物質性，只有一種「超人」精神，他們與現實的日常生活幾乎沒有關係。在人物配置上也體現了這些特徵，比如，《沙家浜》中的阿慶嫂和沙奶奶沒有丈夫；《智取威虎山》中的小常寶的媽媽死了，《林海雪原》中少劍波的小情人（白茹）也不見蹤影；《紅燈記》中的李玉和沒有老婆，李奶奶的丈夫也不在。其中的女性，要麼是尙未發育完全的（小鐵梅、小常寶），要麼是老耄之人（沙奶奶、李奶奶）。還有一些中性人（江水英、方海珍、柯湘、洪常青）。因此，這既是一個男性的、權力的世界，也是一個被閹割了的民間世界。在這裡，沒有家庭，沒有愛情，沒有欲望，只有誇張的激情和烏托邦幻想。因此，它是一種對「純潔性」的極端追求，是一個赫胥黎筆下的「美麗新世界」。

作爲一種激進文藝實驗的樣板，「革命現代京劇樣板戲」有以下特徵：

第一，爲對中心政治任務的宣傳服務，配合「三個世界理論」這一欠發達國家新的對抗性戰略思維，試圖超越傳統「冷戰」格局，創造一種全新的、與政治想像相配套的文藝想像模式。

第二，兩結合的創作理論：革命現實主義就是對資產階級和修正主義的鬥爭（拒絕這些文藝遺產），革命浪漫主義就是一種對英雄人物歌頌的熱情，對未來想像的激情。日丹諾夫也主張過十分近似的觀點。日丹諾夫《在第一

〔註31〕初瀾：《京劇革命十年》，見謝晃、洪子誠主編：《中國當代文學史料選》第756頁，北京大學出版社，1995。

次全蘇作家代表大會上的演講》（1934）：「要和舊的浪漫主義斷絕聯繫……我們的……文學是不能和浪漫主義絕緣的，但這是新型的浪漫主義，是革命的浪漫主義……革命的浪漫主義應當……列入文學創作裏去。因為我們黨的全部生活、工人階級的全部生活及其鬥爭，就在於把最嚴肅的、最冷靜的實際工作跟最偉大的英雄氣概和雄偉的遠景結合起來。我們黨之所以始終是強有力的，就是因為它過去和現在都把加倍的實事求是精神和實際性，去跟遼闊的遠景、不斷前進的志向、為建設共產主義社會的鬥爭結合起來。蘇聯文學應當善於表現出我們的英雄，應當善於展望到我們的明天。」〔註32〕

第三，利用大眾藝術形式作為基本載體，主要是戲劇表演（京劇）、音樂（交響樂）、舞蹈（芭蕾舞）。僅僅就形式本身而言，它顯示出了一種容納古今、改造利用的氣派。

第四，利用「臉譜化」、「程序化」等簡易的藝術技巧，直接將政治觀念直接變成美學符號，達到了較好的傳播效果。我們似乎都在將「臉譜化」作為一個貶義詞來使用，藉此來批判「革命樣板戲」。其實這是中國傳統京劇藝術的基本表現手法，藝術史證明了它的生命力。戲曲人物形象譜系有「生」（忠正溫厚、秀俊風流者）、「旦」（貞淑才慧、節操烈義者）、「淨」（剛強獰猛者）、「丑」（滑稽便佞者）等諸種角色。每一個角色都有相應的程序化、類型化的臉譜，使觀眾一目了然。但「生、旦、淨、丑」眾多臉譜不是孤立的，而是「互文見義」的藝術整體。這是中國藝術思維中的「一多互攝」觀，也是中國傳統藝術符號的「變易」與「簡易」的辯證關係。所以，中國傳統藝術中的「臉譜化」背後有更複雜的價值指向。「樣板戲」不過是利用了傳統京劇藝術的「臉譜化」特點，達到了較好的傳播效果。但從歷史角度看，它不過是一個「政治烏托邦想像」支配下的假面舞會。

第五，文藝生產方式上的中央集權。管理上的計劃經濟色彩，中央直接調配導演、編劇、演員和各種物資供應，「集中兵力打殲滅戰」而產生的高效率。文藝生產組織上的「三結合」原則，消除和限制了文藝生產中的個人主義痕跡。

樣板文藝生產中所強調的那一系列規範、戒律、理想，在「文化大革命」時期，由舞臺走向了現實，最終在中國的土地上上演了一齣全民參與的荒誕的「樣板戲」。

〔註32〕《日丹諾夫論文學藝術》第 10 頁，北京，人民文學出版社，1959。

主要參考文獻

1. 《人民日報》，1948～1976。

2. 《文藝報》，1949～1966。

3. 《人民文學》，1949～1966。

4. 《說說唱唱》，1951～1955。

5. 《新文學史料》，1987，1989、1991。

6. 《炎黃春秋》，1993。

7. 馬克思、恩格斯：《馬克思恩格斯選集》，第 1 卷，北京，人民出版社，1972 第 1 版。

8. 毛澤東：《毛澤東選集》，1～4 卷，北京，人民出版社，1991，第 2 版。

9. 毛澤東：《毛澤東選集》第 5 卷，北京，人民出版社，1977，第 1 版。

10. 毛澤東：《毛澤東文集》1～8 卷，北京，人民出版社，1992、1996、1999，第 1 版。

11. 毛澤東：《建國以來毛澤東文稿》，第 6、7 卷，北京，中央文獻出版社，1992，第 1 版。

12. 中共中央文獻研究室編：《毛澤東文藝論集》，北京，中央文獻出版社，2002，第 1 版。

13. 中共中央文獻研究室編：《關於建國以來黨的若干歷史問題的決議》（注釋本）北京，人民出版社，1983。

14. 中共中央文獻研究室編：《建國以來重要文獻選編》，15 冊，北京，中央文獻出版社，1997。

15. 中共中央書記處研究室文化組編：《黨和國家領導人論文藝》，北京，文化藝術出版社，1982。

16. 中華全國文藝工作者代表大會宣傳處編：《中華全國文學藝術工作者代表

大會紀念文集》，北京，新華書店，1950。

17. 中共中央文獻研究室：《毛澤東年譜1893～1949》，北京，人民出版社，中央文獻出版社，2002。

18. 逄先知、金沖及主編：《毛澤東傳（1949～1976）》，北京，中央文獻出版社，2003。

19. 中共中央文獻研究室：《周恩來年譜1898～1949》，北京，人民出版社，中央文獻出版社，1989。

20. 《鄧小平文選》1～3卷，北京，人民出版社，1994。

21. 薄一波：《若干重大決策與事件的回顧》，北京，中央黨史出版社，2008。

22. 人民解放軍國防大學黨史政工教研室編：《中共黨史教學參考資料》，北京，國防大學出版社，1986。

23. 《中華全國文學藝術工作者代表大會紀念文集》，新華書店，1950。

24. 《邵荃麟評論選集》，北京，人民文學出版社，1981。

25. 《關於建國以來黨的若干歷史問題的決議（注釋本）》，北京，人民出版社，1983。

26. 《郭沫若全集‧文學編》，北京，人民文學出版社，1983。

27. 《葉聖陶集》，南京，江蘇教育出版社，1994。

28. 《茅盾全集》，北京，人民文學出版社，1997。

29. 《胡適日記全編》，合肥，安徽教育出版社，2003。

30. 《費孝通文集》，北京，群言出版社，1999。

31. 《王蒙自傳》，廣州，花城出版社，2006。

32. 《張光年文集》，北京，人民文學出版社，2002。

33. 《沈從文全集》，太原，北嶽文藝出版社，2002。

34. 《楊沫文集》，北京十月文藝出版社，1994。

35. 《胡風全集》，武漢，湖北人民出版社，1999

36. 《丁玲全集》，石家莊，河北人民出版社，2001。

37. 《周揚文集》，北京，人民文學出版社，1985。

38. 《艾青全集》，石家莊，花山文藝出版社，1991。

39. 《郭小川全集》，桂林，廣西師範大學出版社，2000。

40. 楊沫：《青春之歌》，北京，作家出版社，1958。

41. 楊沫：《青春之歌》，北京十月文藝出版社，1992。

42. 歐陽山：《三家巷》，廣州，廣東人民出版社，1959。

43. 歐陽山：《三家巷》，北京，作家出版社，1960。

44. 浦江清：《清華園日記・西行日記》，北京，三聯書店，1999。

45. 宋雲彬：《紅塵冷眼》，太原，山西人民出版社，2002。

46. 臧克家：《臧克家回憶錄》，第209～210頁，北京，中國工人出版社，2004

47. 王實味：《野百合花》，北京，中國青年出版社，1999。

48. 賀敬之：《放歌集》，北京，人民文學出版社，1961。

49. 卞之琳：《雕蟲記歷》，北京，人民文學出版社，1984。

50. 聞捷：《天山牧歌》，北京，作家出版社，1956。

51. 昌耀：《一個挑戰的旅行者步行在上帝的沙盤》，蘭州，敦煌文藝出版社，1996。

52. 公木主編：《中國新文藝大系1937～1949・詩集》，北京，中國文聯出版公司，1996。

53. 賈芝主編：《中國解放區文學書系・民間文學編》，重慶出版社，1992。

54. 《抗日戰爭時期延安及各革命根據地文學運動資料》，太原，山西人民出版社，1983。

55. 《延安文藝作品精編・理論詩歌卷》，杭州，浙江文藝出版社，1992。

56. 王增如，李向東：《丁玲年譜長編1904～1986》，天津，天津人民出版社，2006。

57. 張毓茂：《蕭軍傳》，重慶，重慶出版社，1992。

58. 龔濟民、方仁念：《郭沫若年譜1892～1978》，天津，天津人民出版社，1992。

59. 蕭軍：《人與人間——蕭軍回憶錄》，北京，中國文聯出版社，2006。

60. 張僖：《隻言片語——中國作協前秘書長的回憶》，北京十月文藝出版社，2002

61. 陳明遠：《知識分子與人民幣時代》，上海，文匯出版社，2006。

62. 蔣祖林，李靈源：《我的母親丁玲》，瀋陽，遼寧人民出版社，2004。

63. 陳明編：《我在霞村的時候——丁玲延安作品集》，西安，陝西人民教育出版社，1999。

64. 涂光群：《五十年文壇親歷記》，瀋陽，遼寧教育出版社，2005。

65. 《青年作者的鑒戒——劉紹棠批判集》，東海文藝出版社編，1957。

66. 劉紹棠：《我是劉紹棠》，北京，團結出版社，1996。

67. 魯迅文學院編：《文學的日子——我與魯迅文學院》，內部紀念文集，2000。

68. 邢小群：《丁玲與中央文學研究所的興衰》，第29頁，濟南，山東畫報出版社，2003。

69. 王培元：《延安魯藝風雲錄》，桂林，廣西師範大學出版社，2004。

70. 梅志《胡風傳》，北京十月文藝出版社，1998。

71. 郭曉惠等編：《檢討書—詩人郭小川在政治運動中的另類文字》，北京，中國工人出版社，2001。

72. 中央民族學院整風辦公室編：《關於「野草」、「蜜蜂」社反動小集團的材料》，1957 年 12 月。

73. 袁鷹：《風雲側記——我在人民日報副刊的歲月》，北京，中國檔案出版社，2006。

74. 中國社科院新聞研究所編：《延安文萃》，北京，北京出版社，1984。

75. 丁玲《魍魎世界·風雪人間》，北京，人民文學出版社，1989 第 1 版。

76. 杜高：《又見昨天》，北京十月文藝出版社，2004。

77. 殷毅：《回首殘陽已含山》，北京十月文藝出版社，2003。

78. 戴煌：《九死一生：我的右派歷程》，北京，中央編譯出版社，1998。

79. 李輝編：《一紙蒼涼——杜高檔案原始文本》，北京，中國文聯出版社，2004。

80. 戴煌：《胡耀邦與平反冤假錯案》，北京，中國工人出版社，2004。

81. 董大中：《趙樹理評傳》，天津，百花文藝出版社，1986。

82. 夏衍：《懶尋舊夢錄》（，北京，三聯書店，2000。

83. 張穎：《風雨往事——維特克採訪江青實錄》，鄭州，河南人民出版社，1997。

84. 李輝：《胡風集團冤案始末》，北京，人民日報出版社，1989。

85. 《我所親歷的胡風案——法官王文正口述》，北京，中共黨史出版社，2007。

86. 葉永烈編：《王造時：我的當場答覆》，北京，中國青年出版社 1999。

87. 謝泳編：《羅隆基：我的被捕經過與反感》，北京，中國青年出版社，1999。

88. 《文藝政策學習資料》（內部發行），長春，吉林人民出版社，1961。

89. 《詩刊》編輯部編：《新詩歌的發展問題》第一集，北京，作家出版社，1959。

90. 潘旭瀾：《新中國文學詞典》，南京，江蘇文藝出版社，1993。

91. 洪子誠編：《二十世紀中國小說理論資料》，北京，北京大學出版社，1997。

92. 謝冕、洪子誠主編《中國當代文學史料選》，北京大學出版社，1995。

93. 老鬼：《母親楊沫》，武漢，長江文藝出版社，2005。

94. 〔德〕黑格爾：《美學》，朱光潛譯，北京，商務印書館 1991。

95. 〔德〕席勒：《論素樸的詩和感傷的詩》，曹葆華譯，北京大學出版社，1985。

96. 〔蘇〕《日丹諾夫論文學藝術》第 10 頁，北京，人民文學出版社，1959。

97. 〔蘇〕托洛茨基：《文學與革命》第 133～134 頁，劉文飛等譯，北京，外國文學出版社，1992。

98. 〔蘇〕納克：《人與事》第 135 頁，烏蘭汗、桴鳴譯，北京，三聯書店，1992。

99. 蕭斯塔科維奇：《見證》第 314～315 頁，葉瓊芳譯，廣州，花城出版社，1998。

100. 〔德〕埃利亞斯‧卡內提：《群眾與權力》第 11 頁，馮文光等譯，北京，中央編譯出版社，2003。

101. 〔美〕德克‧博迪：《北京日記——革命的一年》，第 9～10 頁，洪菁耘，陸天華譯，上海，東方出版中心，2001。

後 記

  本書簡體字版，出版於 2009 年，是張炯教授主編的 4 卷本《共和國文學六十年》的第一卷（1949 年～1965 年）。按當時的體例，沒有要求 4 卷的每位作者寫「前言」和「後記」。所以，我想借本書繁體字版出版的機會，交代一下自己「中國當代文學史」教學和研究的經歷或經驗。我原來所學的是「世界文學與比較文學」專業，師從著名的托爾斯泰研究專家倪蕊琴先生，研究「十九世紀俄羅斯文學」和「中蘇比較文學」。畢業後分配到廣東省作家協會創作研究部，便開始從事當下的中國文學和大眾文化批評。2003 年 12 月借調到中國社會科學院文學研究所，參與白燁先生主持的《當代文情報告》編寫工作。2005 年 5 月，被聘為北京師範大學的特聘教授，開設《當代中國大眾文化批評》公選課（現在叫通識課）。其實學院打算在特聘一年結束之後，就將我正式調入北京師範大學工作。所以他們通知我，準備為本科生講授《中國當代文學史》這門每周三學時的專業必修課。我一口就應承下來了。其實我對中國當代文學六十多年中的「前二十七年」（1949～1976），並不是很熟悉，作品倒是讀過不少，但我要上的課不是「作家作品解讀」，而是「文學史」，我覺得有點棘手，但我必須答應，因為我沒有別的選擇。我先找來一批「當代文學史」著作，如北京大學洪子誠先生所著的《中國當代文學史》，中國社會科學院文學研究所楊匡漢先生主持的《共和國文學五十年》，復旦大學陳思和先生主編的《中國當代文學教程》。讀完這些著作，對那段時間的文學發展狀況有了一個輪廓，但這並不足以能讓我站到講臺上，每周給學生授課三小時。於是我便開始了為其一年的原始史料的收集、閱讀、整理，到國家圖書館去閱讀 1949 年以來的《人民日報》《文藝報》等各種原始文獻，讀《人民

文學》《說說唱唱》等各種發黃的老雜誌，讀作家日記、回憶錄、自傳、訪談文獻。同時，我參與了本科生教材《新中國文學史》的編撰並撰寫了「緒論」和「前言」；參與了十卷本《中國當代文學編年史》編撰並主編了其中的兩卷；撰寫了《共和國文學六十年》的第一卷。這些都成了我每周站在講臺上，為本科生授課三小時的重要基礎。

在北京師範大學開設《中國當代文學史》課程，迄今已有 10 年了。可以說，這是文學課程中最枯燥、最難引起學生學習興趣的課程。面對這樣一門美學上乏善可陳、意識形態色彩過強、又不允許過多講述作家「八卦」的課程，我之所以能夠堅持下來，首先要感謝我的學生給予我的信任和支持。試想，他們那些正在對美文滿懷憧憬的大學二年級學生，突然要面對「革命現實主義」「工農兵文學」「反資反修」「樣板戲」「三突出」「高大全」這些隔世的術語，每周三小時擠在狹小的教室裏，實在不容易。作為「專業必修課」，我必須要嚴肅認真地向他們陳述那段歷史中曾經發生過的事情，但是又不能僅僅局限於「事情」本身。我把這段特殊歷史的發生學問題，放在二十世紀中國歷史之中，乃至整個「冷戰時期」的意識形態鬥爭史或者「第三世界文學」問題史之中去解釋，讓學生對這一段時期的總體思潮有所瞭解。在涉及到作品分析的時候，我將《三里灣》《青春之歌》《紅岩》《紅旗譜》《三家巷》《創業史》《豔陽天》《雷鋒之歌》等作品，像玩「七巧板」那樣，拆開或者組裝，這個過程，實際上也是在訓練學生對文學形式構成要素的理解。我十分強調「事實判斷」：它是什麼？而不是強調「價值判斷」：它好不好？通過這種方法，來訓練他們面對研究對象（不管你喜歡還是不喜歡）的科學態度。我對學生說，我們就像在上「解剖課」，它的重要性在「解剖」本身，而不是解剖的「對象」你是否喜歡。事實證明，效果不錯。

遺憾的是，我對「中國當代文學」的研究心得，並沒有全部寫成專著。本書局限在大陸文學的「前 17 年」，只能算是一本「斷代小史」。近兩年，學校開始教學改革，壓縮專業課，增加通識課。我參與了「原典精讀」基礎課程中的「20 世紀中國文學」部分教學，2015 年出版的專著《民國作家的觀念與藝術》，就是為此而作的準備。

感謝臺北花木蘭文化出版社給我這次機會。我之所以想出版這個繁體字版，是因為此前看到了他們出版的由李怡教授主編的學術叢書，書籍印刷之精美、裝幀之大方，讓我大開眼界。這在出版市場不景氣的情況之下，實屬

難能可貴。感謝我的妻子、詩人呂約博士，感謝她對我的研究一如既往的理解和支持。

張　檸

2015 年 11 月 16 日寫於北京師範大學